AGATHA CHRISTIE

ASSASSINATO NO CAMPO DE GOLFE

UM CASO DE
HERCULE POIROT

AGATHA CHRISTIE

ASSASSINATO NO CAMPO DE GOLFE

UM CASO DE
HERCULE POIROT

Tradução
Marcelo Barbão

GLOBOLIVROS

The murder on the links © 1941Agatha Christie Limited. Todos os direitos reservados. agatha christie, poirot e a assinatura de Agatha Christie são marcas registradas de Agatha Christie Limited no Reino Unido e demais territórios. Todos os direitos reservados.

Tradução intitulada *Assassinato no campo de golfe* © 2014Agatha Christie Limited.

Copyright © 2020by Editora Globo S.A. para a presente edição

Todos os direitos reservados. Nenhuma parte desta edição pode ser utilizada ou reproduzida — em qualquer meio ou forma, seja mecânico ou eletrônico, fotocópia, gravação etc. — nem apropriada ou estocada em sistema de banco de dados sem a expressa autorização da editora.

Texto fixado conforme as regras do novo Acordo Ortográfico da Língua Portuguesa (Decreto Legislativo nº 54, de 1995).

Título original: *The murder on the links*

Editora responsável: Amanda Orlando
Assistente editorial: Isis Batista
Preparação: Thalita Aragão
Revisão: Daiane Cardoso e Jaciara Lima
Diagramação: Abreu's System
Capa: Rafael Nobre

CIP-BRASIL. CATALOGAÇÃO NA PUBLICAÇÃO
SINDICATO NACIONAL DOS EDITORES DE LIVROS, RJ

C479a
2. ed.
    Christie, Agatha
        Assassinato no campo de golfe : um caso de Hercule Poirot / Agatha Christie ; tradução Marcelo Barbão. – 2. ed. – Rio de Janeiro : Globo Livros, 2020
        288p. ; 21cm.

    Tradução de: *The murder on the links*
    ISBN 9786580634293

    1. Ficção policial inglesa. I. Barbão, Marcelo. II. Título.

20-62544
        CDD: 823
        CDU: 82-3(410.1)

Vanessa Mafra Xavier Salgado – Bibliotecária – CRB-7/6644

1ª edição, 2014
2ª edição, 2020 - 2ª reimpressão, 2025

Direitos exclusivos de edição em língua portuguesa para o Brasil adquiridos por Editora Globo S.A.
Rua Marquês de Pombal, 25 — 20230-240 — Rio de Janeiro — RJ
www.globolivros.com.br

*Ao meu marido
Um entusiasta das histórias de detetive e a quem sou
grata pelos muitos sábios conselhos e críticas*

SUMÁRIO

1 Uma companheira de viagem 11
2 Um pedido de ajuda 19
3 Na Villa Geneviève 33
4 A carta assinada "Bella" 45
5 A história da sra. Renauld 55
6 A cena do crime 67
7 A misteriosa madame Daubreuil 75
8 Um encontro inesperado 89
9 *Monsieur* Giraud encontra algumas pistas 101
10 Gabriel Stonor 111
11 Jack Renauld 119
12 Poirot elucida certos pontos 133
13 A garota de olhos ansiosos 143

14 O segundo corpo 155
15 Uma fotografia 163
16 O caso Beroldy 173
17 Aprofundamos as investigações 179
18 Giraud age 187
19 Uso minha massa cinzenta 195
20 Uma declaração impressionante 201
21 Hercule Poirot em ação 213
22 Encontro o amor 221
23 Dificuldades à frente 233
24 "Salve-o!" 239
25 Um *dénouement* inesperado 249
26 Recebo uma carta 255
27 A história de Jack Renauld 261
28 Fim da jornada 275

Apresentação

por Marcos Peres

O uso da tradição, sabemos, é corriqueiro na história da literatura. Nos romances policiais, no entanto, volver-se ao passado é um expediente quase obrigatório, uma benção que o novo deve pedir ao antigo. *Assassinato no campo de golfe* vai além; não apenas lança mão de argumentos canônicos, mas avisa o leitor sobre essa reverência quase anárquica. Estão lá os elementos clássicos: o investigador, o crime bárbaro, o enigma. No entanto, Hercule Poirot não lida apenas com pistas falsas e reviravoltas; ao seu lado, Giraud também tenta desvendar o crime. A tensão entre os detetives, muitas vezes, ganha destaque na trama, superando até o maniqueísmo comum das obras de crime e justiça. Giraud rasteja pelos cantos buscando detalhes e é nomeado jocosamente por Poirot como "o farejador". Por sua vez, nosso protagonista é tratado como a "velha guarda" superada. E, se há ecos de Holmes no meticuloso e histriônico Giraud, talvez não seja um ato completo de rebeldia. Ao confrontar Poirot com a sombra de um detetive cujo *modus operandi* se assemelha ao de Holmes, Agatha Christie prova que o amor e a homenagem, na literatura, podem ganhar caminhos tortuosos.

Este exercício metaliterário é significativo. Mostra que a Rainha do Crime compreendeu e aplaudiu seus antecessores, mas não se limitou a ser um eco. A rebeldia de Poirot e o confronto dos métodos de ambos os detetives podem ser lidos como o argumento potente de uma autora que buscava impor a sua voz (e cabe lembrar: *Assassinato no campo de golfe* é o terceiro romance publicado por Christie, o segundo protagonizado por Poirot).

Hastings é, não há dúvidas, a figura do amigo que detém a palavra, o narrador maravilhado com as façanhas do protagonista. No decorrer da narrativa, no entanto, seus anseios são revelados — e se mostram relevantes na direção que a investigação tomará. As vontades do assistente do protagonista causam estranhamento, como a fala rebelde de alguém que, tradicionalmente, teria a simples função de ser um escriba dedicado e amigo fiel. E, se o atrito entre os detetives mostra-se um conflito geracional, a tensão entre Poirot e Hastings rememora outros, também arquetípicos, como o império da razão *versus* a emoção arrebatadora.

Essas lutas simbólicas, no texto, minimizam o maniqueísmo e aproximam os polos, o Bem e o Mal, os Vícios e as Virtudes. E aqui talvez esteja evidenciada a atualidade da leitura das aventuras de Poirot: os adjetivos dos mocinhos e dos vilões são conceitos embaralhados pela própria natureza humana, com seu ego, suas paixões, seu ciúme e sua cobiça. Ao lermos *Assassinato no campo de golfe*, temos uma pintura do Homem e de toda a complexidade que o rege. Aí está — com o perdão do trocadilho — a hercúlea virtude deste livro.

1

UMA COMPANHEIRA DE VIAGEM

Acredito que exista uma conhecida anedota sobre um jovem escritor que, determinado a tornar o início de sua história impetuoso e original o suficiente para capturar e prender a atenção do mais *blasé* dos editores, escreveu a seguinte frase: "— Droga! — disse a duquesa".

Estranhamente, esta minha história começa da mesma maneira. A diferença é que a mulher que proferiu tal exclamação não era uma duquesa.

Era um dia no início de junho. Eu havia feito alguns negócios em Paris e estava voltando no trem da manhã para Londres, onde ainda dividia a casa com meu velho amigo, o ex-detetive belga Hercule Poirot.

O expresso de Calais estava estranhamente vazio — na verdade, em meu compartimento só havia uma outra pessoa. Eu saíra apressado do hotel e estava me assegurando de que havia recolhido todas as minhas coisas quando o trem começou a andar. Até então, mal notara minha companheira, mas de repente fui lembrado de sua existência de uma forma quase violenta. Pulando de seu assento, ela abaixou a janela e colocou a cabeça para fora do trem, recuando um momento depois com uma breve e impetuosa exclamação: "Droga!".

Sei que sou um pouco antiquado. Uma mulher, na minha opinião, deve ser feminina. Não tenho paciência com essas garotas modernas neuróticas que não param um minuto o dia inteiro, fumam como uma chaminé e usam um linguajar que deixaria envergonhada uma vendedora de peixes de Billingsgate!

Levantei a cabeça, franzindo a testa levemente, e vi um rosto bonito e insolente, debaixo de um pequeno chapéu vermelho vistoso. Volumosos cachos pretos escondiam as orelhas. Calculei que tinha pouco mais de dezessete anos, mas seu rosto estava coberto com pó e seus lábios estavam absurdamente vermelhos.

Nem um pouco envergonhada, retribuiu o olhar e fez uma careta.

— Meu Deus, deixamos o gentil cavalheiro chocado! — observou ela para uma plateia imaginária. — Peço desculpas pelo meu vocabulário! É impróprio para uma senhorita, e tudo o mais; porém, meu Deus, tenho motivos mais do que suficientes para falar assim! Sabia que perdi minha irmã?

— É mesmo? — falei educadamente. — Que triste.

— Ele desaprova — comentou a senhorita. — Ele desaprova totalmente. Ele me desaprova e desaprova a minha irmã, o que é injusto com ela, porque nem a conhece!

Abri minha boca, mas ela se antecipou.

— Não diga mais nada! Ninguém me ama! Vou para o jardim comer minhocas!* Buá! Estou arrasada!

---

* "Say no more! Nobody loves me! I shall go into the garden and eat worms!". Esta fala faz referência a uma popular cantiga infantil em língua inglesa, "Guess I'll go eat worms". (N. E.)

Ela se escondeu atrás de uma grande revista em quadrinhos francesa. Um ou dois minutos depois, vi seus olhos me espiando furtivamente por cima das páginas. Apesar de tudo, não pude deixar de sorrir, e um minuto depois ela jogou a revista para o lado e explodiu em uma alegre gargalhada.

— Eu sabia que você não era tão estúpido quanto parecia! — gritou.

O riso dela era tão contagiante que não pude deixar de rir também, embora gostasse pouco de ser chamado de "estúpido". A garota era certamente tudo o que eu mais detestava, mas isso não era motivo para eu agir como um idiota. Decidi ser menos severo. Afinal, ela era muito bonita...

— Pronto! Agora somos amigos! — declarou a insolente. — Diga que sente muito pela minha irmã...

— Estou desolado!

— Bom garoto!

— Deixe-me terminar. Ia acrescentar que, apesar de estar desolado, estou resignado com a ausência dela. — Fiz uma pequena reverência.

Mas essa senhorita muito imprevisível franziu as sobrancelhas e balançou a cabeça.

— Pare com isso. Prefiro a cara de "desaprovação digna". Ah, seu rosto! Ele estava dizendo: "Ela não é uma de nós". E você estava certo, apesar de que, não se esqueça, é muito difícil perceber hoje em dia. Não é todo mundo que consegue distinguir entre uma qualquer e uma duquesa. Pronto, acho que o deixei chocado de novo! Você é das antigas mesmo. Não que isso me importe. Eu posso aguentar pessoas como você. O que odeio são esses rapazes safados. Eles me deixam louca.

Ela balançou a cabeça vigorosamente.

— Como você fica quando está brava? — perguntei com um sorriso.

— Um verdadeiro demônio! Não penso no que falo nem no que faço! Quase acertei um homem uma vez. Isso mesmo! Mas ele mereceu.

— Bem — implorei —, não fique brava comigo.

— Não vou ficar. Gosto de você, desde que o vi pela primeira vez. Mas você parecia tão acusador que nunca pensei que ficaríamos amigos.

— Bom, ficamos. Conte-me um pouco sobre você.

— Sou atriz. Não, não desse tipo que você está pensando, que almoça no Savoy coberta de joias e com fotografias publicadas em todos os jornais dizendo o quanto adora o creme para o rosto de madame Tal e Tal. Vivo nos palcos desde que tinha seis anos, dando cambalhotas.

— Como é? — perguntei, intrigado.

— Nunca ouviu falar de crianças acrobatas?

— Ah, entendi!

— Nasci nos Estados Unidos, mas passei a maior parte da minha vida na Inglaterra. Temos um novo espetáculo agora...

— Temos?

— Eu e minha irmã. Com um pouco de música e dança, um pouco de conversa e uma pitada de números tradicionais. É uma ideia completamente nova e está fazendo muito sucesso. Vamos conseguir ganhar um bom dinheiro...

Minha nova amiga inclinou-se para a frente e discursou com eloquência, apesar de eu não conseguir entender a maioria dos termos que ela usava. No entanto, fui ficando cada vez mais interessado nela. Parecia uma mistura muito curiosa de criança e mulher. Embora fosse muito articulada e capaz de cuidar de si, como ela mesma dizia, ainda havia algo curiosamente ingênuo em sua atitude obstinada com a vida e em sua determinação sincera de "se dar bem". Esse vislumbre de um mundo desconhecido para mim não deixou de ter seu charme, e gostei de ver como seu rostinho vívido se iluminava enquanto ela falava.

Passamos por Amiens. O nome despertou muitas lembranças. Minha companheira parecia saber intuitivamente o que estava passando pela minha mente.

— Está pensando na guerra?

Assenti.

— Você participou dela, suponho.

— Bastante. Fui ferido e, depois da batalha do Somme, me deram baixa por invalidez. Tive um emprego militar por um tempo. Agora sou uma espécie de secretário particular de um deputado.

— Nossa! Isso é importante!

— Não é, não. Não há muita coisa para fazer. Normalmente, resolvo tudo em algumas poucas horas. É muito chato também. Na verdade, não sei o que faria se não tivesse uma atividade paralela.

— Não me diga que coleciona insetos!

— Não. Divido a casa com um homem muito interessante. Ele é belga, um ex-investigador da polícia. Trabalha como detetive particular em Londres e está indo muito bem. É realmente um homenzinho maravilhoso. Várias vezes provou estar certo quando a polícia falhara.

Minha companheira ouvia com os olhos arregalados.

— Que coisa mais interessante! Eu adoro crimes. Vou assistir a todos os filmes de mistério no cinema. E quando há um assassinato, devoro os jornais.

— Lembra-se do caso Styles? — perguntei.

— Deixe-me ver, foi o daquela velha dama envenenada? Em algum lugar em Essex?

Assenti.

— Esse foi o primeiro grande caso de Poirot. Sem dúvida, se não fosse por ele, o assassino teria escapado impune. Foi uma investigação incrível.

Empolgado com o assunto, repassei os detalhes do caso até chegar ao desfecho triunfante e inesperado. A menina ouvia, encantada. Na verdade, ficamos tão absortos que o trem chegou à estação de Calais sem que percebêssemos.

— Meu Deus! — gritou minha companheira. — Onde está meu pó de arroz?

Passou muito pó no rosto e depois retocou o batom nos lábios, verificando o efeito em um pequeno espelho de bolso sem nenhum constrangimento.

— Acho... — hesitei. — Ouso dizer que é atrevimento da minha parte, mas para que tudo isso?

A garota parou o que estava fazendo e olhou para mim sem disfarçar a surpresa.

— Você já é tão bonita sem tudo isso — falei, gaguejando.

— Meu garoto! Tenho que fazer isso. Todas as garotas fazem. Acha que quero parecer uma caipira desleixada?

Deu uma última olhada no espelho, sorriu em aprovação e guardou o espelho e o pó de arroz na bolsa.

— Assim está melhor. Manter as aparências dá trabalho, eu admito, mas uma garota que se preze não deve parecer desleixada.

Para esse sentimento essencialmente moral, não tive resposta. O ponto de vista dela fez uma grande diferença.

Contratei alguns carregadores e descemos para a plataforma. Minha companheira estendeu a mão.

— Adeus, e tomarei mais cuidado com o meu linguajar no futuro.

— Ah, mas certamente permitirá que eu cuide da senhorita no barco, não?

— Talvez eu não embarque. Tenho que ver se essa minha irmã embarcou em algum lugar. Mas obrigada, mesmo assim.

— Ah, mas nos encontraremos de novo, não é? Eu... — hesitei. — Quero conhecer sua irmã.

Nós dois rimos.

— Isso é muito gentil da sua parte. Direi a ela o que você falou. Porém, não acho que nos encontraremos novamente. Você foi muito bom comigo nessa viagem, principalmente levando em conta como fui atrevida. Mas o que seu rosto expressou no começo é a pura verdade. Não sou da sua classe. E isso traz problemas... *eu* sei bem disso...

A expressão dela mudou. Por um momento, toda a sua alegria desapareceu. Parecia zangada e vingativa...

— Então, adeus — ela se despediu, em um tom mais leve.

— Você nem vai me dizer seu nome? — gritei, enquanto ela se virava.

A garota olhou para trás. Uma covinha apareceu em cada bochecha. Ela parecia um lindo quadro de Greuze.

— Cinderela — disse, e riu.

Não imaginei quando e como voltaria a ver Cinderela de novo.

2

Um pedido de ajuda

Eram 9h05 quando entrei na sala de estar para tomar café na manhã seguinte. Meu amigo Poirot, pontual como sempre, estava quebrando seu segundo ovo.

Ele sorriu quando entrei.

— Dormiu bem? Recuperou-se da terrível travessia? É uma maravilha que esteja tão bem esta manhã. *Pardon*, mas sua gravata não está simétrica. Permita-me arrumá-la.

Eu já descrevi Hercule Poirot em outras ocasiões. Um homenzinho extraordinário! Altura, cerca de um metro e sessenta e poucos, a cabeça em forma de ovo levemente inclinada para um dos lados, olhos verdes que brilhavam quando ele estava empolgado, um austero bigode militar, um imenso ar de dignidade! Ele estava sempre arrumado e tinha uma aparência impecável. Era apaixonado pela organização perfeita. Ver um enfeite fora do lugar, um grão de poeira ou um leve desalinho no vestuário de alguém era uma tortura para o homenzinho, que só acabava quando ele conseguia aliviar seus sentimentos resolvendo o problema. "Ordem" e "Método" eram seus deuses. Tinha certo desdém por evidências tangíveis, como pegadas e cinzas de cigarro, e sustentava que, por si só, nunca permitiriam que um detetive resolvesse um problema. Então batia em sua cabeça com formato de ovo com uma complacência absurda e comentava com grande satisfação: "O verdadeiro trabalho, é feito aqui dentro. Na *massa cinzenta* — lembre-se sempre da massa cinzenta, *mon ami*!".

Sentei-me e observei, em resposta à saudação de Poirot, que uma hora no mar de Calais a Dover dificilmente poderia ser dignificada com o epíteto de "terrível".

Poirot agitou a colher do ovo refutando vigorosamente a minha observação.

— *Du tout!** Se por uma hora experimentamos as sensações e emoções mais terríveis, é como se vivêssemos muitas horas! Não foi um de seus poetas ingleses que disse que o tempo é contado, não por horas, mas por batimentos cardíacos?

— Mas acho que Browning estava se referindo a algo mais romântico do que enjoo marítimo.

— Porque ele era inglês, alguém que vive em uma ilha e para quem *la Manche* não significa nada. Ah, vocês ingleses! Com *nous autres*, é diferente. Saiba que uma senhora minha conhecida fugiu para Ostende no início da guerra. Lá, ela teve uma terrível crise de nervos. Impossível continuar fugindo, a não ser atravessando o mar! Mas tinha horror — *mais une horreur!* — do mar! O que podia fazer? Diariamente *les Boches*** estavam se aproximando. Imagine que terrível situação!

— O que ela fez? — perguntei, curioso.

— Felizmente, o marido dela era um *homme pratique*. Ele também era muito calmo, as crises dos nervos não o afetaram.

---

* De jeito nenhum! (N. T.)
** Termo pejorativo francês para falar dos soldados alemães. (N. T.)

Il l'a emportée simplement!* Naturalmente, quando chegou à Inglaterra, ela estava prostrada, mas ainda respirava.

Poirot balançou a cabeça com seriedade. Mantive o rosto sério da melhor maneira que pude.

De repente, ele se empertigou. Apontou um dedo dramático para o prato com torradas.

— Ah, *par exemple, c'est trop fort!*** — falou alto.

— O quê?

— Esse pedaço de torrada. Não consegue ver?

Ele tirou a transgressora do prato e a levantou para que eu pudesse examiná-la.

— É quadrada? Não. É triangular? Novamente não. É redonda? Não. É de alguma forma remotamente agradável aos olhos? Qual simetria temos aqui? Nenhuma.

— Foi cortada de um pão caseiro — tentei explicar.

Poirot me lançou um olhar fulminante.

— Como é inteligente, meu amigo Hastings! — exclamou, sarcástico. — Não compreendeu que proibi este tipo de pão: um pão desordenado e sem forma, que nenhum padeiro se permitiria assar!

Tentei distraí-lo do assunto:

— Chegou algo interessante pelo correio? — perguntei.

Poirot balançou a cabeça, parecendo insatisfeito.

— Ainda não examinei minhas cartas, mas nada de interessante chega pelo correio hoje em dia. Os grandes criminosos, os criminosos com método, não existem mais. Os casos em que

---

* Ele simplesmente a levou! (N. T.)
** Por exemplo, isso é demais! (N. T.)

trabalhei ultimamente foram *banais* até o último grau. Na verdade, estou reduzido a recuperar cãezinhos perdidos para mulheres elegantes! O último problema que despertou certo interesse foi aquele intrincado caso do diamante Yardly, e isso foi... há quantos meses, meu amigo?

Ele balançou a cabeça, desanimado, e eu dei uma risada.

— Anime-se, Poirot, a sorte mudará. Abra as suas cartas. De repente, há um grande caso aparecendo no horizonte.

Poirot sorriu e, pegando o pequeno abridor de cartas com o qual abria a sua correspondência, cortou as partes superiores dos vários envelopes que estavam ao lado de seu prato.

— Uma conta. Outra conta. É que estou ficando extravagante na velhice. Ah! Uma carta de Japp.

— É mesmo? — fiquei interessado. O inspetor da Scotland Yard nos tinha apresentado casos interessantes mais de uma vez.

— Ele apenas me agradece, à moda dele, por uma pequena ajuda no caso Aberystwyth, que o levou à solução do crime. Fico feliz por ter sido útil.

— Como ele agradece? — perguntei com curiosidade, porque conhecia meu Japp.

— Ele teve a gentileza de dizer que sou um colega maravilhoso, apesar da minha idade, e que estava feliz por ter me deixado entrar no caso.

Isso era tão típico de Japp que não pude deixar de rir. Poirot continuou lendo sua correspondência placidamente.

— Um convite para dar uma palestra para nossos escoteiros locais. A condessa de Forfanock ficaria grata se eu fosse visitá-la. Outro cachorrinho perdido, sem dúvida! E agora a última. Ah...

Olhei para ele assim que percebi a mudança de tom. Poirot estava lendo atentamente. Um minuto depois, ele me entregou a folha.

— Isso é completamente fora do comum, *mon ami*. Leia você mesmo.

A carta fora escrita em um tipo de papel estrangeiro, à mão, com uma letra forte:

Villa Geneviève, Merlinville-sur-Mer, França.

Caro senhor, preciso dos serviços de um detetive e, pelas razões que contarei aqui, não desejo chamar a polícia. Ouvi falar do senhor em vários lugares e todas as informações demonstram que não é apenas um homem de grande capacidade, mas alguém que também sabe ser discreto. Não desejo confiar os detalhes ao correio, mas, devido a um segredo que guardo, temo diariamente pela minha vida. Estou convencido de que o perigo é iminente, portanto, imploro que não perca tempo e rume para a França. Mandarei um carro para encontrá-lo em Calais, se o senhor me avisar quando irá chegar. Ficarei muito grato se o senhor desistir de todos os casos nos quais está trabalhando e se dedicar exclusivamente aos meus interesses. Estou pronto para pagar por qualquer compensação necessária. Provavelmente precisarei de seus serviços por um período considerável, pois pode ser necessário que tenha de viajar a Santiago, onde passei vários anos da minha vida. Ficaria grato se estabelecesse o valor de seus honorários.
Garantido mais uma vez que o assunto é urgente.

Atenciosamente,
P. T. Renauld.

Debaixo da assinatura havia uma linha rabiscada às pressas, quase ilegível: "Pelo amor de Deus, venha logo!".

Devolvi a carta com a pulsação acelerada.

— Finalmente! — disse. — Aqui temos, está claro, algo fora do comum.

— Sim — disse Poirot, pensativo.

— Você vai, é claro — continuei.

Poirot assentiu. Ele estava imerso em pensamentos. Finalmente, pareceu se decidir e olhou para o relógio. Seu rosto transparecia seriedade.

— Veja, meu amigo, não há tempo a perder. O expresso continental parte de Victoria às onze horas. Não precisa se preocupar. Temos muito tempo. Podemos dedicar uns dez minutos para discutir essa questão. Você vem comigo, *n'est-ce pas?*

— Bom...

— Disse que seu empregador não precisaria de você nas próximas semanas.

— Ah, isso não é problema. Mas este sr. Renauld dá fortes sugestões de que o problema dele é privado.

— Ta-ta-ta! Eu cuido de *monsieur* Renauld. A propósito, você conhece o nome?

— Há um milionário sul-americano muito conhecido. O nome dele é Renauld. Não sei se é o mesmo.

— Sim, sem dúvida. Isso explica a menção a Santiago. Santiago está no Chile e o Chile está na América do Sul! Ah, estamos avançando!

— Meu caro Poirot — disse, cada vez mais animado. — Sinto cheiro de um bom dinheirinho neste caso. Se formos bem-sucedidos, poderemos ganhar uma fortuna!

— Não tenha tanta certeza disso, meu amigo. Não se separa tão facilmente um homem rico de seu dinheiro. Eu já vi um conhecido milionário vasculhar um bonde cheio de pessoas em busca de uma moeda.

Reconheci a sabedoria dessa afirmação.

— De qualquer forma — continuou Poirot — não é o dinheiro que me atrai aqui. Será agradável ter *carte blanche* em nossas investigações, podemos ter certeza de que nenhum minuto será desperdiçado, mas há algo ligeiramente bizarro nesse problema que desperta meu interesse. Você reparou no pós-escrito? O que achou?

Pensei por um momento.

— Ficou claro que ele escreveu a carta mantendo-se firme, mas no final seu autocontrole se rompeu e, por impulso do momento, rabiscou aquelas seis palavras desesperadas.

Meu amigo balançou a cabeça energicamente.

— Você está errado. Não vê que, enquanto a tinta da assinatura é bastante forte, a do pós-escrito está muito mais fraca?

— E então? — perguntei, intrigado.

— *Mon Dieu, mon ami*, use sua massa cinzenta. Não é óbvio? O sr. Renauld escreveu sua carta. Sem passar o mata-borrão, ele a releu cuidadosamente. Então, não por impulso, mas deliberadamente, acrescentou essas últimas palavras e aí enxugou a carta com o mata-borrão.

— Mas para quê?

— *Parbleu!** Para produzir em mim o efeito que teve sobre você.

---

* Meu Deus! (N. T.)

— O quê?

— *Mais oui*, para ter certeza que eu iria! Ele releu a carta e ficou insatisfeito. Não era forte o suficiente.

Fez uma pausa e acrescentou, suavemente, os olhos brilhando com a luz verde que sempre demonstrava empolgação:

— Então, *mon ami*, como o pós-escrito foi acrescentado, não por impulso, mas sobriamente, a sangue frio, a urgência é muito grande e precisamos ir ao encontro dele o mais rápido possível.

— Merlinville — murmurei, pensativo. — Já ouvi falar desse lugar, acho.

Poirot assentiu.

— É um lugarzinho tranquilo, bastante chique! Fica a meio caminho entre Boulogne e Calais. Está cada vez mais na moda. Os ingleses ricos que desejam tranquilidade estão começando a frequentar. O sr. Renauld tem uma casa na Inglaterra, imagino?

— Tem, em Rutland Gate, pelo que me lembro. Também tem uma grande propriedade no campo, em algum lugar em Hertfordshire. Mas eu o conheço muito pouco, não tem muita vida social. Acredito que possui grandes negócios sul-americanos na cidade e passou a maior parte de sua vida no Chile e na Argentina.

— Bem, ele mesmo vai nos contar todos os detalhes. Vamos organizar nossa bagagem. Uma pequena mala cada um e depois um táxi para Victoria.

— E a condessa? — perguntei, com um sorriso.

— Ah! *Je m'en fiche!** O caso dela com certeza não era interessante.

— Por que tem tanta certeza disso?

---

* Não me importa. (N. T.)

— Porque, nesse caso, ela teria vindo, não escrito. Uma mulher não consegue esperar, lembre-se sempre disso, Hastings.

Às onze horas saímos de Victoria a caminho de Dover. Antes de partir, Poirot enviou um telegrama ao sr. Renauld, informando o horário de nossa chegada a Calais.

— Estou surpreso que você não tenha comprado algumas garrafas de remédio para enjoo, Poirot — observei maliciosamente, enquanto lembrava nossa conversa no café da manhã.

Meu amigo, que observava ansiosamente o tempo, olhou-me com reprovação.

— Você esqueceu o excelente método de Laverguier? Eu sempre pratico o sistema dele. Nós mesmos nos equilibramos, se você lembra, virando a cabeça da esquerda para a direita, inspirando, expirando e contando até seis a cada respiração.

— Hum — objetei. — Você vai ficar cansado de se equilibrar e contar até seis quando chegar a Santiago, Buenos Aires ou onde quer que termine a viagem.

— *Quelle idée!* Você está pensando que vou para Santiago?

— É o que sugere o sr. Renauld em sua carta.

— Ele não conhece os métodos de Hercule Poirot. Não corro de um lado para outro, fazendo viagens e me agitando. Meu trabalho é feito aqui dentro: *aqui* — e bateu com vigor na testa.

Como sempre, essa observação despertou minha perspicácia argumentativa.

— Muito bem, Poirot, mas acho que você está adquirindo o hábito de desprezar demais certas coisas. Às vezes, uma impressão digital leva à prisão e condenação de um assassino.

— E, sem dúvida, levou à forca mais de um homem inocente — observou Poirot secamente.

— Mas é claro que o estudo de impressões digitais, pegadas, cinzas de cigarro, diferentes tipos de lama e outras pistas que compõem a observação minuciosa dos detalhes é de vital importância, não?

— Certamente. Nunca neguei isso. O observador treinado, o especialista, sem dúvida é útil! Mas os outros, os Hercule Poirots, estão acima dos especialistas! É para estes que os especialistas levam os fatos, para os que se preocupam com o método do crime, a dedução lógica, a sequência e a ordem apropriadas dos fatos; acima de tudo, a verdadeira psicologia do caso. Já participou da caça à raposa?

— Eu caçava um pouco, de vez em quando — disse, bastante perplexo com essa mudança repentina de assunto. — Por quê?

— *Eh bien*, nesta caça à raposa, você precisa dos cães, não?

— Cães de caça — corrigi gentilmente. — Sim, com certeza.

— E mesmo assim — Poirot balançou o dedo para mim. — Você desceu do cavalo, enfiou seu nariz no chão e latiu alto?

Mesmo sem querer, ri descontroladamente. Poirot assentiu de maneira satisfeita.

— Então. Você deixa que os cães de caça façam o trabalho deles. No entanto, exige que eu, Hercule Poirot, me exponha ao ridículo deitando-me (possivelmente na grama úmida) para estudar pegadas hipotéticas e recolher cinza de cigarro quando não sei diferenciar um tipo do outro. Lembre-se do mistério do Plymouth Express. O bom Japp partiu para fazer um levantamento da linha férrea. Quando ele voltou, eu, sem ter saído dos meus aposentos, fui capaz de dizer exatamente o que ele havia encontrado.

— Então você acha que Japp perdeu seu tempo?

— De jeito nenhum, pois as provas dele confirmaram minha teoria. Mas *eu* teria desperdiçado meu tempo se tivesse ido. É o mesmo com os chamados "especialistas". Lembre-se do testemunho do perito caligráfico no caso Cavendish. O questionamento do advogado de acusação levou a um testemunho que ressaltava as semelhanças, a defesa trouxe provas para mostrar as diferenças. Toda a linguagem é muito técnica. E o resultado? O que todos sabíamos desde o começo. A caligrafia era muito parecida com a de John Cavendish. E a mente é confrontada com a pergunta "Por quê?". Porque era realmente a caligrafia dele ou porque alguém queria que pensássemos que era dele? Respondi a essa pergunta, *mon ami*, e respondi corretamente.

E Poirot, tendo efetivamente silenciado, mesmo que não tivesse me convencido, recostou-se com um ar satisfeito.

No barco, eu sabia que não devia perturbar a solidão do meu amigo. O clima estava ótimo e o mar tão suave quanto um lago, de modo que não fiquei surpreso ao ouvir que o método de Laverguier tinha mais uma vez dado ótimos resultados quando encontrei um Poirot sorridente no desembarque em Calais. Um desapontamento estava reservado para nós, pois nenhum carro fora enviado para nos encontrar, mas Poirot afirmou que seu telegrama deveria ter atrasado.

— Já que temos *carte blanche*, vamos alugar um carro — disse ele alegremente. Poucos minutos depois, estávamos rangendo e sacudindo no mais arruinado automóvel de aluguel que já existira em direção a Merlinville.

Eu estava muito animado.

— Que ar delicioso! — exclamei. — Promete ser uma viagem agradável.

— Para você, sim. Para mim, tenho trabalho a fazer. Lembre-se do objetivo de nossa viagem.

— Nah! — disse, alegre. — Você vai descobrir tudo, garantir a segurança do sr. Renauld, desmascarar os supostos assassinos e tudo terminará com a glória.

— Você é um otimista, meu amigo.

— Sou, tenho absoluta certeza do sucesso. Você não é o grande e único Hercule Poirot?

Mas meu pequeno amigo não caiu na isca. Ele estava me observando com seriedade.

— Os escoceses chamam de "fey" uma pessoa como você, Hastings. Pressagia um desastre.

— Besteira. De qualquer maneira, você não sente o mesmo.

— Não, mas estou receoso.

— Receoso do quê?

— Não sei. Mas tenho uma premonição, um *je ne sais quoi!* — falou ele, de uma forma tão séria que fiquei impressionado. — Sinto que isso será um caso importante, um problema longo e preocupante que não será fácil de resolver — disse devagar.

Eu o teria questionado mais, mas já estávamos entrando na pequena cidade de Merlinville, e diminuímos a velocidade para perguntar como chegar à Villa Geneviève.

— Vá em frente, *monsieur*, cruzando a cidade. A Villa Geneviève está a uns oitocentos metros do outro lado. Não tem como errar. É bem grande e fica de frente para o mar.

Agradecemos ao nosso informante e seguimos adiante, deixando a cidade para trás. Uma bifurcação na estrada nos levou a uma segunda parada. Um camponês estava vindo na nossa direção, e esperamos que ele chegasse até nós para perguntar o caminho novamente. Havia uma pequena *villa* à direita da estrada, mas era muito pequena e dilapidada para ser a que estávamos procurando. Enquanto esperávamos, o portão se abriu e uma garota saiu.

O camponês estava passando por nós agora, e o motorista se inclinou para frente do seu assento e perguntou o endereço.

— A Villa Geneviève? Só mais uns passos por essa estrada à direita, *monsieur*. Daria para ver daqui se não fosse pela curva.

O chofer agradeceu e voltou a ligar o carro. Fiquei fascinado com a garota que tinha ficado parada, com uma mão no portão, olhando para nós. Sou admirador da beleza, e ali havia uma que chamaria a atenção de qualquer pessoa. Muito alta, com as proporções de uma jovem deusa, os cabelos dourados descobertos brilhando à luz do sol. Jurei para mim mesmo que era uma das garotas mais bonitas que já vira. Enquanto continuamos pela estrada esburacada, virei a cabeça para olhar para ela.

— Deus do céu, Poirot! — exclamei. — Você viu aquela jovem deusa?

Ele ergueu as sobrancelhas.

— *Ça commence!** — ele murmurou. — Você já avistou uma deusa!

— E ela não era?

— Talvez, não prestei atenção.

— Mas você a viu, não viu?

— *Mon ami*, é raro que duas pessoas vejam a mesma coisa. Você, por exemplo, viu uma deusa. Eu... — ele hesitou.

— O quê?

---

* Já começa. (N. T.)

— Vi apenas uma garota de olhos ansiosos — disse Poirot, sério.

Mas naquele momento chegamos a um grande portão verde e, ao mesmo tempo, soltamos uma exclamação de surpresa. Na frente do portão havia um imponente *sergent de ville*. Ele levantou a mão para barrar nosso avanço.

— Não podem passar, *messieurs*.

— Mas queremos falar com o sr. Renauld — eu disse. — Temos uma reunião com ele. Esta é a *villa* dele, não é?

— Sim, *monsieur*, mas... — Poirot se inclinou para a frente.

— Mas o quê?

— *Monsieur* Renauld foi assassinado esta manhã.

3

Na Villa Geneviève

Um segundo depois, Poirot já tinha saído do carro. Seus olhos brilhavam de agitação.

— O que você está dizendo? Assassinado? Quando? Como?

O *sergent de ville* ficou sério.

— Não posso responder nenhuma pergunta, *monsieur*.

— É verdade. Eu entendo. — Poirot refletiu por um minuto. — O comissário de polícia, sem dúvida, está aí dentro, não?

— Sim, *monsieur*.

Poirot tirou um cartão e rabiscou algumas palavras nele.

— *Voilà!* Teria a bondade de entregar esse cartão ao comissário imediatamente?

O homem pegou o cartão e, virando a cabeça, deu um forte assobio. Poucos segundos depois, outro policial se aproximou e recebeu a mensagem de Poirot. Esperamos por alguns minutos até aparecer um homem baixo e corpulento, com um bigode enorme, no portão. O *sergent de ville* o cumprimentou e ficou de lado.

— Meu querido *monsieur* Poirot — exclamou o recém-chegado —, estou muito feliz por vê-lo. Sua chegada é muito oportuna.

O rosto de Poirot se iluminou.

— *Monsieur* Bex! É realmente um prazer. — Ele se voltou para mim. — Este é um amigo meu inglês, o capitão Hastings... *Monsieur* Lucien Bex.

O comissário e eu nos cumprimentamos cerimoniosamente, e *monsieur* Bex voltou-se novamente para Poirot.

— *Mon vieux*, não o vejo desde 1909, aquela vez em Ostend. Ouvi dizer que você deixou a Força.

— Exatamente. Trabalho como detetive particular em Londres.

— E você diz que tem informações para nos dar que podem nos ajudar?

— Possivelmente você já sabe que fui chamado para vir aqui.

— Não. Por quem?

— Pelo falecido. Parece que *monsieur* Renauld sabia que haveria um atentado contra ele. Infelizmente me chamou tarde demais.

— *Sacré tonnerre!** — exclamou o francês. — Então, ele previu o próprio assassinato. Isso atrapalha muito as nossas teorias! Mas entre.

Ele abriu o portão e começamos a caminhada até a casa. *Monsieur* Bex continuou contando:

— O juiz de instrução, *monsieur* Hautet, deve ser informado disso imediatamente. Ele acabou de examinar a cena do crime e ia começar os interrogatórios. Um homem encantador. Você vai gostar dele. Muito simpático. Com métodos originais, mas um excelente juiz.

— Quando o crime ocorreu? — perguntou Poirot.

---

* Literalmente, "Santo Trovão!". (N. T.)

— O corpo foi descoberto esta manhã, por volta das nove horas. O testemunho de madame Renauld e os exames dos médicos mostram que a morte deve ter ocorrido ao redor das duas horas da manhã. Mas entrem, por favor.

Tínhamos chegado à escada que levava à porta da frente da casa. No corredor havia outro *sergent de ville* sentado. Ele se levantou rapidamente ao ver o comissário.

— Onde está *monsieur* Hautet? — perguntou o comissário.

— No *salon, monsieur*.

Monsieur Bex abriu uma porta à esquerda do corredor e nós entramos. *Monsieur* Hautet e seu secretário estavam sentados a uma grande mesa redonda. Eles olharam para nós, enquanto entrávamos. O comissário nos apresentou e explicou nossa presença.

Monsieur Hautet, o *juge d'instruction*, era um homem alto e magro, com olhos escuros penetrantes e uma barba grisalha bem cortada, que ele costumava acariciar enquanto falava. De pé junto à lareira havia um homem idoso, com ombros levemente curvados, que nos foi apresentado como dr. Durand.

— Absolutamente extraordinário — observou *monsieur* Hautet quando o comissário terminou de falar. — Trouxe a carta, *monsieur*?

Poirot a entregou e o juiz a leu.

— Hum! Ele fala de um segredo. Uma pena que não foi mais explícito. Somos muito gratos ao senhor, *monsieur* Poirot. Espero que possamos ter a honra de nos ajudar em nossas investigações. Ou precisa voltar para Londres?

— *Monsieur le juge*, minha intenção é ficar. Não cheguei a tempo de evitar a morte do meu cliente, mas sinto que tenho o dever de descobrir quem foi o assassino.

O juiz concordou.

— São sentimentos dignos. Também, sem dúvida, madame Renauld desejará contar com seus serviços. Nós estamos esperando *monsieur* Giraud da Sûreté de Paris a qualquer momento, e tenho certeza de que vocês poderão ajudar um ao outro nessa investigação. Enquanto isso, espero que me dê a honra de estar presente nos meus interrogatórios, e nem preciso dizer que, se precisar de algo, estou à sua disposição.

— Obrigado, *monsieur*. O senhor há de convir que no momento estou completamente no escuro. Não sei absolutamente nada sobre o que aconteceu.

Monsieur Hautet acenou para o comissário, e este começou a expor os fatos:

— Esta manhã, a velha criada Françoise, ao descer para começar seu trabalho, encontrou a porta da frente entreaberta. Tendo ficado alarmada pela possibilidade de um roubo, ela olhou para a sala de jantar, mas vendo que a prataria estava segura, esqueceu o assunto, concluindo que o patrão tinha, sem dúvida, levantado cedo e saído para caminhar.

— *Pardon, monsieur*, por interromper, mas era um hábito dele?

— Não era, mas a velha Françoise tem essa ideia popular sobre os ingleses: que eles são loucos e fazem coisas inexplicáveis a todo momento! Ao ir acordar sua patroa como sempre, uma jovem empregada, Léonie, ficou horrorizada ao descobrir que ela estava amordaçada e amarrada, e quase no mesmo momento chegaram notícias de que o corpo de *monsieur* Renauld fora encontrado, já duro como pedra, esfaqueado nas costas.

— Onde?

— Essa é uma das características mais extraordinárias do caso. *Monsieur* Poirot, o corpo estava de bruços, *em uma cova aberta.*

— O quê?

— Sim. A cova tinha sido cavada recentemente, a poucos metros fora dos terrenos da Villa Geneviève.

— E fazia quanto tempo que ele estava morto?

Foi o dr. Durand que respondeu.

— Examinei o corpo hoje de manhã às dez horas. A morte deve ter ocorrido ao menos sete e, possivelmente, dez horas antes.

— Hum! Isso indica que o crime ocorreu entre meia-noite e três da manhã.

— Exatamente, e o testemunho da senhora Renauld diz que aconteceu depois das duas da manhã, o que restringe ainda mais o intervalo de tempo. A morte deve ter sido instantânea e, naturalmente, não poderia ter sido autoinfligida.

Poirot assentiu e o comissário continuou:

— A madame Renauld foi logo libertada das cordas que a prendiam pelos criados horrorizados. Ela estava muito fraca, quase inconsciente pela dor causada pelas amarras. Parece que dois homens mascarados entraram no quarto, amordaçaram-na e amarraram-na, enquanto sequestravam o marido. Sabemos disso pelo que contaram os empregados. Ao ouvir a trágica notícia, ela ficou imediatamente perturbada ao extremo. Ao chegar, o dr. Durand prescreveu prontamente um sedativo e ainda não conseguimos falar com ela. Mas, sem dúvida, vai acordar mais calma e aguentará um interrogatório.

O comissário fez uma pausa.

— E quem mora na casa, *monsieur*?

— Temos a velha Françoise, a governanta, que viveu por muitos anos com os ex-proprietários da Villa Geneviève. Depois, há duas garotas, irmãs, Denise e Léonie Oulard. Vivem em Merlinville e sua família é muito respeitável. Também há um motorista que *monsieur* Renauld trouxe da Inglaterra com ele, mas agora está de folga. Finalmente, madame Renauld e seu filho, *monsieur* Jack Renauld. Ele também não está na casa no momento.

Poirot assentiu. *Monsieur* Hautet chamou:

— Marchaud!

O *sergent de ville* apareceu.

— Traga a mulher, Françoise.

O homem fez uma saudação e desapareceu. Alguns momentos depois, voltou acompanhando a assustada Françoise.

— Seu nome é Françoise Arrichet?

— Sim, *monsieur*.

— Trabalha há muito tempo na Villa Geneviève?

— Onze anos com madame la Vicomtesse. Quando ela vendeu a Villa na última primavera, concordei em continuar com o milorde inglês. Nunca imaginei... — O juiz a interrompeu.

— Sem dúvida, sem dúvida. Agora, Françoise, na questão da porta da frente, quem tem a obrigação de fechá-la à noite?

— Eu, *monsieur*. Sempre fiz isso.

— E na noite passada?

— Eu a tranquei como sempre.

— Tem certeza disso?

— Juro por tudo que há de mais sagrado, *monsieur*.

— A que horas foi isso?

— Na mesma hora de sempre, dez e meia, *monsieur*.

— E o resto das pessoas da casa já tinha ido dormir?

— A madame tinha ido deitar algum tempo antes. Denise e Léonie tinham subido comigo. *Monsieur* ainda estava em seu escritório.

— Então, se alguém destrancou a porta depois, deve ter sido o próprio *monsieur* Renauld?

Françoise encolheu os seus largos ombros.

— Para que ele faria isso? Com ladrões e assassinos soltos por aí! Que ótima ideia! *Monsieur* não era imbecil. E ele nem tinha que acompanhar aquela senhora até a saída...

O juiz a interrompeu:

— Senhora? Que senhora?

— Ora, a senhora que veio vê-lo.

— Uma senhora veio vê-lo ontem à noite?

— Sim, *monsieur*, e muitas outras noites também.

— Quem era ela? Você a conhecia?

Com um olhar astuto, ela respondeu:

— Como posso saber quem era? — resmungou. — Não fui eu que abri a porta na noite passada.

— Certo! — gritou o juiz, batendo forte com a mão na mesa. — Você não está brincando com a polícia, está? Exijo que me diga imediatamente o nome dessa mulher que vinha visitar *monsieur* Renauld à noite.

— A polícia... a polícia — murmurou Françoise. — Nunca pensei que teria problemas com a polícia. Mas eu sei bem quem é ela. É a madame Daubreuil.

O comissário soltou uma exclamação, e se inclinou para a frente, absolutamente espantado.

— Madame Daubreuil, da Villa Marguerite, no final da estrada?

— Foi o que eu disse, *monsieur*. Ah, ela é bem bonita.

A velha sacudiu a cabeça com desdém.

— Madame Daubreuil — murmurou o comissário. — Impossível.

— *Voilà* — resmungou Françoise. — É isso que eu ganho por dizer a verdade.

— De maneira alguma — disse o juiz, apaziguador. — Ficamos surpresos, nada mais. Então, madame Daubreuil e *monsieur* Renauld, eles eram...? — O juiz fez uma pausa. — Hã? Não há dúvidas sobre isso?

— Como vou saber? Mas o que haveria de ser? *Monsieur*, ele era um *milord anglais...* *três riche...* e madame Daubreuil é pobre... e *três chic*, embora viva tranquilamente com a filha. Sem dúvida, deve ter muitas histórias a contar! Ela não é mais jovem, mas *ma foi!** Eu mesma já vi vários homens virarem a cabeça depois de passarem por ela na rua. Além disso, ultimamente, ela estava gastando mais dinheiro, toda a cidade sabe disso. As pequenas economias estão chegando ao fim — disse Françoise, balançando a cabeça com um ar de certeza inabalável.

Monsieur Hautet acariciou a barba, pensativo.

— E madame Renauld? — perguntou, por fim. — Como ela via essa... amizade?

Françoise sacudiu os ombros.

— Ela sempre foi muito amável, muito educada. Poderíamos dizer que ela não suspeitava de nada. Mesmo assim, o coração sofre, não é, *monsieur*? Dia após dia, vi a madame ficar mais pálida e mais magra. Ela não era a mesma mulher que chegou aqui há um

---

* Francamente! (N. T.)

mês. O *monsieur* também mudou. Ele também estava preocupado. Daria para dizer que ele estava à beira de uma crise de nervos. E como poderia ser diferente, tendo um caso desta maneira? Sem reticências, sem discrição. *Style anglais*, sem dúvida!

Eu me contive, indignado, em minha cadeira, mas o juiz de instrução continuou com suas perguntas, sem se distrair com essas questões secundárias.

— Disse que *monsieur* Renauld não precisava abrir a porta para madame Daubreuil sair? Ela já tinha ido embora, então?

— Sim, *monsieur*. Ouvi quando eles saíram do escritório e foram até a saída. *Monsieur* desejou boa noite e fechou a porta.

— A que horas foi isso?

— Umas 10h25, *monsieur*.

— Sabe quando o *monsieur* Renauld foi dormir?

— Ouvi que subiu uns dez minutos depois de nós. A escada range, então dá para ouvir todo mundo que sobe e desce.

— E foi só isso?

— Não ouviu nenhum outro barulho durante a noite?

— Nada mais, *monsieur*.

— Qual dos empregados desceu primeiro pela manhã?

— Eu, *monsieur*. Imediatamente vi a porta aberta.

— E as outras janelas do térreo, estavam todas trancadas?

— Todas elas. Não havia nada suspeito ou fora do lugar.

— Muito bem. Françoise, você pode ir.

A senhora se arrastou até a porta. Ao chegar à soleira, ela se virou.

— Vou dizer uma coisa, *monsieur*. Aquela madame Daubreuil é uma pessoa má! Estou falando, uma mulher conhece outra. Ela é má, lembre-se disso.

E, sacudindo a cabeça como se soubesse o que falava, Françoise saiu da sala.

— Léonie Oulard — chamou o juiz.

Léonie apareceu tomada pelas lágrimas e à beira de um ataque histérico. *Monsieur* Hautet foi hábil ao lidar com ela. Seu testemunho tinha mais a ver com a descoberta de sua patroa amarrada e amordaçada, e seu relato foi um tanto quanto exagerado. Ela, como Françoise, não ouvira nada durante a noite.

Sua irmã, Denise, foi a seguinte. Ela concordou que seu patrão havia mudado muito nos últimos tempos.

— A cada dia ele parecia mais taciturno. Comia menos. Estava sempre deprimido. — Mas Denise tinha sua própria teoria. — Sem dúvida era a Máfia que estava atrás dele! Dois homens mascarados, o que mais poderia ser? É uma terrível organização!

— É claro que isso é possível — disse o juiz, de forma calma. — Agora, minha garota, foi você que deixou entrar madame Daubreuil na casa ontem à noite.

— Não *ontem* à noite, *monsieur*, na noite anterior.

— Mas Françoise acabou de nos dizer que madame Daubreuil esteve aqui ontem à noite.

— Não, *monsieur*. Realmente uma dama veio ver *monsieur* Renauld ontem à noite, mas não era madame Daubreuil.

Surpreso, o juiz insistiu, mas a garota se manteve firme. Ela conhecia muito bem madame Daubreuil de vista. Essa dama era morena também, mas era mais baixa e bem mais jovem. Denise manteve seu testemunho.

— Tinha visto essa dama antes?

— Nunca, *monsieur*. — Então a garota acrescentou, timidamente: — Mas acho que era inglesa.

— Inglesa?

— Sim, *monsieur*. Ela perguntou por *monsieur* Renauld em um francês muito bom, mas o sotaque, por mais leve que seja, sempre é possível reconhecer. Além disso, quando saíram do escritório, estavam falando em inglês.

— Você ouviu o que eles estavam falando? Conseguiu entender, quero dizer?

— Eu falo inglês muito bem — afirmou Denise, orgulhosa. — A dama estava falando rápido demais para que pudesse entender o que dizia, mas ouvi as últimas palavras do *monsieur* quando ele abriu a porta para ela. — Ela fez uma pausa e depois repetiu, com cuidado e laboriosamente: — "Sim... Sim... Mas pelo amor de Deus, vá embora agora!"

— Sim, sim, mas pelo amor de Deus, vá embora agora! — repetiu o juiz.

Ele dispensou Denise e, depois de uns momentos para pensar, chamou Françoise de novo. Para ela, perguntou se não tinha cometido um erro ao afirmar qual havia sido a noite da visita de madame Daubreuil. Françoise, no entanto, mostrou-se inesperadamente obstinada. Madame Daubreuil tinha ido na noite anterior. Era ela, sem dúvida. Denise queria bancar a interessante, *voilà tout!* Por isso tinha inventado esse belo conto sobre uma dama desconhecida. E para mostrar seu conhecimento de inglês, também! Provavelmente, *monsieur* nunca tinha pronunciado aquela frase em inglês e, mesmo que tivesse, não provava nada, pois madame Daubreuil falava inglês muito bem e geralmente usava esse idioma ao conversar com *monsieur* e madame Renauld.

— Por exemplo, era comum *monsieur* Jack, o filho de *monsieur*, estar aqui, e ele falava muito mal o francês.

O juiz não insistiu. Em vez disso, perguntou sobre o motorista e soube que, no dia anterior, *monsieur* Renauld havia declarado que provavelmente não precisaria usar o carro, e que Masters poderia tirar uma folga.

Uma ruga de perplexidade começou a se formar entre os olhos de Poirot.

— O que foi? — sussurrei.

Ele balançou a cabeça, impaciente, e fez uma pergunta:

— *Pardon, monsieur* Bex, mas sem dúvida *monsieur* Renauld sabia dirigir o carro?

O comissário olhou para Françoise e a velha respondeu no ato:

— Não, *monsieur* não sabia dirigir.

As sobrancelhas de Poirot ficaram ainda mais franzidas.

— Gostaria que me dissesse o que o preocupa — falei, impaciente.

— Não vê? Em sua carta, *monsieur* Renauld fala em mandar o carro me buscar em Calais.

— Talvez estivesse falando de um carro alugado — sugeri.

— Sem dúvida, devia ser. Mas por que alugar um carro quando ele tem um? Por que escolher o dia de ontem para dispensar o motorista, de repente, sem nenhum aviso? Será que, por alguma razão, ele queria o motorista fora do caminho antes da nossa chegada?

4
A carta assinada "Bella"

Françoise saíra da sala. O juiz tamborilava pensativamente sobre a mesa.

— *Monsieur* Bex — disse ele depois de um tempo —, aqui temos testemunhos conflitantes. Em qual devemos acreditar, Françoise ou Denise?

— Denise — disse o comissário, decidido. — Foi ela quem deixou a visitante entrar. Françoise é velha e teimosa, além de ser evidente que não gosta de madame Daubreuil. Ademais, o que sabemos tende a mostrar que Renauld estava envolvido com outra mulher.

— *Tiens!* — gritou *monsieur* Hautet. — Esquecemos de informar *monsieur* Poirot disso.

Ele procurou entre os papéis sobre a mesa e finalmente entregou o que procurava ao meu amigo.

— Esta carta, *monsieur* Poirot, encontramos no bolso do sobretudo do morto.

Poirot pegou o papel e o desdobrou. A carta estava um pouco apagada e amassada, escrita em inglês com uma caligrafia que parecia imatura:

Meu querido, por que faz tanto tempo que não escreve? Você ainda me ama, não é? Ultimamente, suas cartas têm sido tão diferentes, frias e estranhas, e agora esse longo silêncio. Isso me dá medo. Se você deixasse de me amar! Mas isso é impossível, como sou boba, sempre imaginando coisas! Mas se você realmente deixasse de me amar, não sei o que faria, talvez me matasse! Não poderia viver sem você! Às vezes imagino que existe outra mulher entre nós. Ela que se cuide, só isso. E você também! Prefiro matá-lo a deixar que fique com ela. Estou falando sério.

Mas estou escrevendo besteiras. Você me ama e eu te amo. Sim, te amo, te amo, te amo!

Sua adorada Bella.

Não havia endereço ou data. Poirot devolveu a carta com o rosto sério.

— E a suposição é que...?

O juiz de instrução encolheu os ombros.

— Obviamente, *monsieur* Renauld estava envolvido com essa inglesa... Bella! Ele vem para cá, conhece madame Daubreuil e começa a ter um caso com ela. Ele esfria o relacionamento com a outra, que imediatamente suspeita de algo. Esta carta contém uma clara ameaça, *monsieur* Poirot. À primeira vista, o caso parece extremamente simples. Ciúmes! O fato de *monsieur* Renauld ter sido esfaqueado pelas costas parecia apontar claramente para um crime cometido por uma mulher.

Poirot assentiu.

— A facada nas costas, sim... mas não a cova! É algo trabalhoso, árduo, nenhuma mulher cavou aquela cova, *monsieur*. Isso foi o trabalho de um homem.

O comissário exclamou, entusiasmado:

— Sim, sim, você está certo. Não tínhamos pensado nisso.

— Como eu disse — continuou *monsieur* Hautet —, à primeira vista o caso parecia simples, mas os homens mascarados e a carta que o senhor recebeu de *monsieur* Renauld complicam as coisas. Aqui, parece que temos conjuntos completamente diferentes de circunstâncias, sem relação entre os dois. Sobre a carta que ele mandou para o senhor, acha que é possível que se refira de alguma forma a essa "Bella" e suas ameaças?

Poirot balançou a cabeça.

— Dificilmente. É pouco provável que um homem como *monsieur* Renauld, que levou uma vida aventureira em lugares distantes, pedisse proteção contra uma mulher.

O juiz de instrução concordou enfaticamente.

— Também é a minha opinião. Então, devemos procurar por uma explicação para a carta...

— Em Santiago — finalizou o comissário. — Vou enviar um telegrama sem demora para a polícia daquela cidade, solicitando detalhes completos da vida do homem assassinado quando vivia lá, seus casos amorosos, transações comerciais, amizades e quaisquer inimigos que tenha feito. Será estranho se, depois disso, não conseguirmos nenhuma pista deste assassinato misterioso.

O comissário olhou em volta pedindo aprovação.

— Excelente! — disse Poirot, concordando.

— A esposa também pode nos dar alguma pista — acrescentou o juiz.

— Vocês não encontraram nenhuma outra carta dessa Bella entre as coisas de *monsieur* Renauld? — perguntou Poirot.

— Não. Claro que uma das primeiras providências foi procurar entre os documentos dele no escritório. Não encontramos nada interessante, no entanto. Tudo parece estar em ordem. A única coisa fora do normal foi seu testamento. Aqui está.

Poirot examinou o documento.

— Então. Ele deixa mil libras para o sr. Stonor. A propósito, quem é ele?

— O secretário de *monsieur* Renauld. Ele ficou na Inglaterra, mas já passou o fim de semana aqui, uma ou duas vezes.

— E todo o resto foi deixado para sua amada esposa, Eloise. Feito com simplicidade, mas perfeitamente legal. Com duas testemunhas, Denise e Françoise. Nada muito incomum.

Ele devolveu o testamento.

— Talvez — começou Bex — não tenha notado...

— A data? — interrompeu Poirot. — Sim, eu notei. Há quinze dias. Possivelmente quando notou o primeiro indício de perigo. Muitos homens ricos morrem sem testamento por nunca considerarem a probabilidade de sua morte. Mas é perigoso tirar conclusões prematuramente. Isso indica, no entanto, seu verdadeiro amor pela esposa, apesar de seus casos extraconjugais.

— Sim — disse *monsieur* Hautet, duvidando. — Mas pode ser um pouco injusto para seu filho, já que o deixa totalmente dependente da mãe. Se ela voltar a se casar, e o segundo marido tiver influência sobre ela, esse rapaz pode nunca chegar a tocar em um centavo sequer do dinheiro do pai.

Poirot encolheu os ombros.

— O homem é um animal vaidoso. *Monsieur* Renauld deve ter pensado, sem dúvida, que sua viúva nunca voltaria a se casar. Quanto ao filho, pode ter sido uma sábia precaução deixar o dinheiro nas mãos da mãe. É de conhecimento geral que os filhos dos homens ricos são descontrolados.

— Pode ser como você diz. Agora, *monsieur* Poirot, você sem dúvida gostaria de visitar a cena do crime. Lamento que o corpo tenha sido removido, mas é claro que foram tiradas fotografias de todos os ângulos possíveis, e estarão à sua disposição assim que tiverem sido reveladas.

— Obrigado, *monsieur*, por toda a sua cortesia.

O comissário se levantou.

— Venham comigo, *messieurs*.

Ele abriu a porta e se inclinou cerimoniosamente para que Poirot saísse primeiro. Poirot, com a mesma polidez, recuou e fez uma reverência ao comissário.

— *Monsieur*.

— *Monsieur*.

Finalmente eles saíram para o corredor.

— Aquela sala ali é o escritório, não? — perguntou Poirot de repente, indicando com a cabeça a porta em frente.

— É. Gostaria de vê-lo?

Ele abriu a porta enquanto falava e nós entramos.

A sala que *monsieur* Renauld escolhera para seu uso particular era pequena, mas estava mobiliada com muito bom gosto e conforto. Uma escrivaninha, com muitos escaninhos, ficava na janela. Duas grandes poltronas de couro estavam de frente para a lareira e entre elas havia uma mesa redonda coberta com os últimos livros e revistas.

Havia estantes de livros em duas paredes e, no final da sala, de frente para a janela, um belo aparador de carvalho com um armário de bebidas em cima. As cortinas e a *portière* eram de um verde suave e opaco, e o tapete combinava com elas.

Poirot ficou olhando para o cômodo por um momento, depois deu um passo à frente, passou a mão levemente sobre as cadeiras de couro, pegou uma revista na mesa e passou um dedo cauteloso sobre a superfície do aparador de carvalho.

Seu rosto expressou total aprovação.

— Nenhuma poeira? — perguntei, com um sorriso.

Ele sorriu para mim, apreciando meu conhecimento de suas peculiaridades.

— Nenhuma partícula, *mon ami*! E dessa vez, certamente, é uma pena.

Seus olhos afiados como os de um pássaro percorriam todo o quarto.

— Ah! — observou ele, de repente, com um tom de alívio. — O tapete da lareira está torto. — E se inclinou para ajeitá-lo.

De repente, soltou uma exclamação e se levantou. Na mão, segurava um pequeno fragmento de papel rosa.

— Na França, como na Inglaterra, os empregados se esquecem de varrer debaixo dos tapetes — observou.

Bex pegou o fragmento e cheguei perto para examiná-lo.

— Você reconhece... não, Hastings?

Balancei a cabeça, confuso, no entanto, aquele tom particular de papel rosa era muito familiar.

Os processos mentais do comissário foram mais rápidos que os meus.

— O pedaço de um cheque! — exclamou.

O pedaço de papel não tinha mais de cinco centímetros quadrados.

Era possível ver a palavra "Duveen".

— *Bien!* — disse Bex. — Este cheque foi feito para ou por alguém chamado Duveen.

— Acho que a primeira hipótese — disse Poirot. — Pois, se não me engano, a letra é de *monsieur* Renauld.

Isso foi logo confirmado ao compararmos a letra no cheque com um memorando que estava na mesa.

— Meu Deus — murmurou o comissário, com um ar abatido —, realmente não sei como pude deixar escapar isso.

Poirot riu.

— A moral da história é: sempre olhe debaixo do tapete! Meu amigo Hastings aqui confirmará que qualquer coisa fora do lugar é um tormento para mim. Assim que vi que o tapete estava desalinhado, pensei: *Tiens!* As pernas da cadeira prenderam o tapete ao serem empurradas para trás. Possivelmente pode ter algo debaixo dele que a boa Françoise não viu.

— Françoise?

— Ou Denise ou Léonie. Quem limpou esta sala. Como não há nenhum pó, esta sala *deve* ter sido limpa esta manhã. Assim reconstruo o incidente. Ontem, possivelmente à noite, *monsieur* Renauld fez um cheque para alguém chamado Duveen. Posteriormente, ele foi rasgado e se espalhou pelo chão. Esta manhã...

Mas *monsieur* Bex já estava tocando, impaciente, a campainha.

Françoise apareceu. Sim, havia muitos pedaços de papel no chão. O que ela fizera com eles? Jogou no fogão da cozinha, claro! O que mais?

Com um gesto de desespero, Bex mandou que fosse embora. Então, seu rosto se iluminou e ele correu para a mesa. Um minuto depois, estava procurando o talão de cheques do falecido. Então voltou a desanimar. O último canhoto estava em branco.

— Coragem! — exclamou Poirot, batendo nas costas dele.

— Sem dúvida, madame Renauld poderá nos contar tudo sobre essa pessoa misteriosa chamada Duveen.

O rosto do comissário ficou mais animado.

— Isso é verdade. Vamos continuar.

Quando nos viramos para deixar a sala, Poirot fez um comentário casual:

— Foi aqui que *monsieur* Renauld recebeu sua visita ontem à noite, não?

— Foi... mas como o senhor sabia?

— Por *isso*. Encontrei no encosto da cadeira de couro.

Segurava entre o dedo indicador e o polegar um longo fio de cabelo preto — o cabelo de uma mulher!

Monsieur Bex nos levou pela parte de trás até um pequeno galpão anexo à casa. Tirou uma chave do bolso e destrancou a porta.

— O corpo está aqui. Nós o tiramos da cena do crime pouco antes de os senhores chegarem, pois os fotógrafos já tinham terminado seu trabalho.

Ele abriu a porta e entramos. O homem assassinado estava deitado no chão, coberto por um lençol. *Monsieur* Bex o descobriu com um movimento rápido. Renauld era um homem de estatura média, magro e esbelto. Tinha uns cinquenta anos e o cabelo escuro estava cheio de mechas grisalhas. A barba estava feita e ele tinha um nariz comprido e fino, os olhos um pouco unidos e a pele muito bronzeada, como a de um homem que tinha passado a maior parte da vida sob os céus tropicais. Os lábios estavam entreabertos, deixando os dentes à mostra e uma expressão de total espanto e terror estampada nos traços lívidos.

— Dá para ver pelo rosto que ele foi esfaqueado pelas costas — observou Poirot.

Com muito cuidado, ele virou o morto. Ali, entre as omoplatas, havia uma mancha escura e redonda no sobretudo castanho-claro. No meio dela havia um corte no tecido. Poirot o examinou por algum tempo.

— Vocês sabem qual arma foi usada para cometer o crime?

— Ela foi deixada na ferida.

O comissário se abaixou e pegou um grande frasco de vidro. Nele havia um pequeno objeto que me parecia mais uma faca para abrir cartas do que qualquer outra coisa. Tinha um cabo preto e uma lâmina fina e brilhante. No total, não media mais do que vinte e cinco centímetros. Poirot tocou cuidadosamente a ponta manchada com o dedo.

— *Ma foi!* É bem afiada! Uma ótima ferramenta para cometer assassinato!

— Infelizmente, não conseguimos encontrar vestígios de impressões digitais — observou Bex, lamentando-se. — O assassino deve ter usado luvas.

— Claro que sim — disse Poirot com desdém. — Até em Santiago eles sabem que se deve fazer isso. Até o inglês mais amador sabe disso, graças à publicidade que o sistema Bertillon recebeu na imprensa. Mesmo assim, me interessa muito o fato de não haver impressões digitais. É tão simples deixar as impressões digitais de outra pessoa! E assim a polícia fica feliz. — Poirot balançou a cabeça. — Receio que nosso criminoso não seja um homem de método. Ou estava pressionado pelo tempo. Mas veremos.

Ele deixou o corpo voltar à sua posição original.

— Estou vendo que ele usava apenas roupa de baixo sob o casaco — comentou.

— Sim, o juiz achou isso bastante curioso.

Neste momento houve uma batida na porta que Bex tinha fechado ao entrarmos. Ele a abriu. Era Françoise. Ela tentou espiar com uma curiosidade mórbida.

— O que foi? — exigiu saber Bex, impacientemente.

— É a madame Renauld. Ela mandou avisar que já está recuperada e que pode receber o juiz.

— Ótimo — disse *monsieur* Bex, bruscamente. — Avise *monsieur* Hautet e diga que iremos imediatamente.

Poirot ficou parado um instante, olhando para o corpo. Pensei por um momento que iria se dirigir ao morto, declarar em voz alta sua determinação de não descansar até descobrir o assassino. Mas, quando ele falou, foi de forma serena e desajeitada, com um comentário ridiculamente inapropriado para a solenidade do momento.

— Ele estava usando um casaco muito comprido — disse, constrangido.

5

A história da sra. Renauld

Encontramos *monsieur* Hautet nos esperando no corredor, e todos subimos juntos, Françoise à frente para nos mostrar o caminho. Poirot subiu em zigue-zague, algo que me deixou intrigado, até que ele sussurrou, com uma careta:

— Não é de admirar que as criadas tenham ouvido *monsieur* Renauld subindo as escadas, todos os degraus emitem rangidos que poderiam acordar os mortos!

No topo da escada, havia um pequeno corredor que bifurcava.

— Os quartos dos empregados — explicou Bex.

Continuamos por um corredor e Françoise bateu na última porta à direita.

Uma voz fraca pediu que entrássemos e passamos para um aposento amplo e ensolarado, com vista para o mar, que brilhava, azul, a cerca de seiscentos metros de distância.

Em um sofá, apoiada em almofadas e acompanhada pelo dr. Durand, havia uma mulher alta e de aparência deslumbrante. Ela era de meia-idade e seu cabelo, que antes tinha sido escuro, estava quase todo grisalho, mas a intensa vitalidade e a força de sua personalidade poderiam ser sentidas em qualquer lugar.

Qualquer um saberia imediatamente que estava na presença do que os franceses chamam *une maîtresse femme*.*

Ela nos cumprimentou com uma inclinação de cabeça muito digna.

— Queiram sentar-se, *monsieurs*.

Nós nos sentamos nas cadeiras e o assistente do juiz se acomodou em uma mesa redonda.

— Espero, madame — começou *monsieur* Hautet —, que não seja um incômodo nos contar o que ocorreu ontem à noite.

— De nenhuma maneira, *monsieur*. Eu sei que o tempo é importante se quisermos pegar e punir esses malditos assassinos.

— Muito bem, madame. Causarei menos cansaço, acho, se fizer perguntas e a senhora se limitar a respondê-las. A que horas foi dormir ontem à noite?

— Às nove e meia, *monsieur*. Estava cansada.

— E o seu marido?

— Cerca de uma hora depois, acho.

— Ele parecia perturbado, chateado de alguma forma?

— Não, não mais do que o normal.

— O que aconteceu então?

— Nós dormimos. Fui acordada com uma mão tapando minha boca. Tentei gritar, mas a mão me impediu. Havia dois homens no quarto. Ambos estavam mascarados.

— Pode descrevê-los, madame?

— Um era muito alto e tinha uma longa barba preta, o outro era baixo e forte. A barba era ruiva. Os dois estavam usando chapéus que cobriam os olhos.

---

* Uma mulher poderosa, imponente. (N. T.)

— Hum! — disse o juiz, pensativo. — Barba demais, na minha opinião.

— Quer dizer que eram falsas?

— Sim, madame. Mas continue sua história.

— Era o homem baixo que estava me segurando. Ele enfiou uma mordaça na minha boca e depois amarrou minhas mãos e meus pés com uma corda. O outro homem estava perto do meu marido. Ele pegou minha pequena faca de abrir cartas da penteadeira e ficou apontando para o coração de meu marido. Quando o homem baixo conseguiu me imobilizar, juntou-se ao outro, e os dois forçaram meu marido a se levantar e acompanhá-los até o quarto de vestir ao lado. Eu estava quase desmaiando de terror, mas também desesperada para conseguir ouvir o que diziam.

"Eles estavam falando baixo demais para eu entender, mas reconheci o idioma, um espanhol vulgar, falado em algumas partes da América do Sul. Pareciam exigir algo do meu marido e, de repente, ficaram com raiva e suas vozes se elevaram um pouco. Acho que era o homem alto que estava falando. 'Você sabe o que queremos?', ele disse. *'O segredo!* Onde está?' Não sei o que meu marido respondeu, mas o outro reagiu de forma violenta: 'Está mentindo! Sabemos que está com você. Onde estão as suas chaves?'

"Então ouvi sons de gavetas sendo puxadas. Há um cofre na parede do quarto de vestir do meu marido, onde ele sempre guardava uma quantia razoável de dinheiro. Léonie me disse que ele está aberto e que o dinheiro foi retirado, mas é evidente que o que eles estavam procurando não estava lá, pois ouvi o homem alto, com uma blasfêmia, ordenar que meu marido se vestisse. Logo depois, acho que algum barulho na casa deve tê-los assustado, pois trouxeram meu marido para o quarto apenas parcialmente vestido."

— *Pardon* — interrompeu Poirot —, mas não há outra saída do quarto de vestir?

— Não, *monsieur*, apenas a porta de ligação com meu quarto. Eles arrastaram meu marido com pressa, o homem baixo na frente e o alto atrás com a faca ainda na mão. Paul tentou se livrar e vir na minha direção. Vi que estava agoniado. Ele falou com os homens: "Preciso falar com ela". Então, chegando ao lado da cama, falou: "Está tudo bem, Eloise. Não tenha medo. Voltarei antes do amanhecer". Embora tentasse falar com uma voz confiante, consegui ver o terror em seus olhos. Então eles o empurraram pela porta e o homem alto disse: "Um pio e você é um homem morto, lembre-se disso". Depois — continuou a senhora Renauld —, devo ter desmaiado. A próxima coisa que lembro é Léonie esfregando meus pulsos e me dando conhaque.

— Madame Renauld — disse o juiz —, tem alguma ideia do que os assassinos estavam procurando?

— Nenhuma, *monsieur*.

— Tinha conhecimento de que o seu marido temia alguma coisa?

— Sim. Percebi que ele estava mudado.

— Desde quando percebeu isso?

A senhora Renauld refletiu.

— Talvez uns dez dias.

— Não mais do que isso?

— Possivelmente. Só notei naquele momento.

— Perguntou ao seu marido qual era a causa?

— Uma vez. Ele me respondeu de maneira evasiva. No entanto, estou convencida de que estava sofrendo com uma terrível ansiedade. Como ele evidentemente desejava ocultar o fato, tentei fingir que não havia notado nada.

— Sabia que ele tinha contratado os serviços de um detetive?

— Um detetive? — disse a senhora Renauld, muito surpresa.

— Sim, este cavalheiro, *monsieur* Hercule Poirot.

Poirot fez uma reverência.

— Ele chegou hoje após ser convocado por seu marido.

E, tirando a carta escrita por *monsieur* Renauld do bolso, entregou-a à dama.

Ela leu com espanto, aparentemente, genuíno.

— Não tinha nenhuma ideia disso. É evidente que ele estava bem consciente do perigo.

— Agora, madame, imploro que seja franca comigo. Existe algum incidente na vida passada de seu marido na América do Sul que poderia ter relação com o assassinato dele?

A senhora Renauld refletiu por um tempo, mas finalmente balançou a cabeça.

— Não consigo pensar em nada. Certamente meu marido teve muitos inimigos, pessoas que ele usou de uma maneira ou de outra, mas não consigo pensar em nenhum caso específico. Não digo que não tenha ocorrido nenhum incidente, apenas que não tenho conhecimento dele.

O juiz de instrução coçou a barba, desconsolado.

— E consegue estabelecer a que horas aconteceu o ataque?

— Sim, lembro-me claramente de ouvir o relógio na lareira bater quando eram duas horas.

Ela acenou com a cabeça em direção a um relógio portátil em um estojo de couro que ficava no centro da lareira.

Poirot levantou-se, examinou cuidadosamente o relógio e assentiu, satisfeito.

— E aqui também! — exclamou *monsieur* Bex. — Há um relógio de pulso, derrubado da penteadeira pelos assassinos, sem dúvida, e esmagado até ficar em pedaços. Mal sabiam que iria testemunhar contra eles.

Gentilmente, ele pegou os pedaços de vidro quebrado.

De repente, seu rosto demonstrou tremendo espanto.

— *Mon Dieu!* — ele exclamou.

— O que foi?

— Os ponteiros do relógio estão marcando sete horas!

— O quê? — falou o juiz, atônito.

Mas Poirot, hábil como sempre, pegou o relógio quebrado do comissário, espantado, e o aproximou do ouvido. Então, sorriu:

— O vidro está quebrado, sim, mas o relógio ainda está funcionando.

A explicação do mistério foi recebida com um sorriso aliviado. Porém, o juiz pensou em outra questão.

— Mas claro que não são sete horas agora.

— Não — disse Poirot gentilmente —, passam alguns minutos das cinco.

— Possivelmente o relógio costuma adiantar, é isso, madame?

A sra. Renauld estava franzindo a testa, perplexa.

— Realmente — ela admitiu. — Mas nunca vi adiantar tanto assim.

Com um gesto de impaciência, o juiz deixou o assunto do relógio e prosseguiu com o interrogatório.

— Madame, a porta da frente foi encontrada entreaberta. Temos quase certeza que os assassinos entraram por lá, mas ela não foi forçada. A senhora teria alguma explicação para isso?

— É possível que meu marido tenha saído para dar uma volta à noite e se esquecido de trancá-la quando entrou.

— Era comum acontecer isso?

— Bastante. Meu marido era um homem muito distraído.

Ela franziu a testa enquanto falava, como se esse traço no caráter do homem morto às vezes a irritasse.

— Acho que podemos inferir uma coisa — observou o comissário, de repente. — Como os homens insistiram para que o sr. Renauld se vestisse, parece que o lugar para onde o estavam levando, o lugar onde "o segredo" estava escondido, encontra-se a certa distância.

O juiz assentiu.

— Sim, longe, e ainda assim não muito longe, já que ele falou em voltar pela manhã.

— A que horas sai o último trem da estação de Merlinville? — perguntou Poirot.

— Às 23h50 para uma direção e às 00h17 para a outra, mas é mais provável que eles tivessem um carro esperando.

— Claro — concordou Poirot, parecendo um pouco desanimado.

— De fato, essa pode ser uma maneira de localizá-los — continuou o juiz, animado. — É bem provável que tenham notado um carro com dois estrangeiros. É uma excelente ideia, *monsieur* Bex.

Ele sorriu para si mesmo e, depois, voltando a ficar sério, disse à sra. Renauld:

— Há outra pergunta. Conhece alguém chamado "Duveen"?

— Duveen? — a senhora Renauld repetiu, pensativa. — Não, neste momento, não posso afirmar com certeza.

— Nunca ouviu seu marido mencionar alguém com esse nome?

— Nunca.

— A senhora conhece alguém cujo primeiro nome seja Bella?

Ele observou bem a sra. Renauld enquanto falava, procurando notar qualquer sinal de raiva ou de que soubesse de algo, mas ela apenas balançou a cabeça de maneira bastante natural. Ele continuou a perguntar.

— Sabe que seu marido recebeu uma visita ontem à noite?

Nesse momento, ele viu como ela corou levemente, mas respondeu com compostura:

— Não, quem era?

— Uma dama.

— É mesmo?

Mas, por enquanto, o juiz se contentou em não dizer mais nada. Parecia improvável que madame Daubreuil tivesse alguma ligação com o crime, e ele estava ansioso para não importunar a sra. Renauld mais do que o necessário.

Ele fez um sinal para o comissário, e este respondeu com um aceno de cabeça. Então, levantando-se, atravessou a sala e voltou com a jarra de vidro que vimos no galpão. De dentro, tirou a faca.

— Madame — disse gentilmente —, reconhece isso?

Ela deixou cair algumas lágrimas.

— Sim, é minha pequena faca. — Então viu o ponto manchado, e desviou os olhos, arregalados de horror. — Isso é... sangue?

— Sim, madame. Seu marido foi morto com esta arma. — Ele afastou a faca da vista dela. — Tem certeza de que é a que estava em sua penteadeira ontem à noite?

— Ah, sim. Foi um presente do meu filho. Ele esteve na Força Aérea durante a guerra. Ele mentiu a idade para poder se alistar. — Havia um toque de orgulho materno em sua voz. — Foi feita a partir de um cabo de avião e meu filho me deu como lembrança da guerra.

— Entendo, madame. Isso nos leva a outro assunto. Seu filho, onde ele está agora? É necessário que seja avisado por telégrafo sem demora.

— Jack? Está indo para Buenos Aires.

— O quê?

— É. Meu marido telegrafou para ele ontem. Ele o mandara a negócios para Paris, mas ontem descobriu que seria necessário que viajasse sem demora para a América do Sul. Havia um barco saindo de Cherbourg para Buenos Aires na noite passada e ele mandou uma mensagem para que meu filho viajasse.

— Sabe qual é o negócio em Buenos Aires?

— Não, *monsieur*, não sei nada sobre isso, mas Buenos Aires não é o destino final do meu filho. De lá ele irá para Santiago, por terra.

E, juntos, o juiz e o comissário, exclamaram:

— Santiago! Mais uma vez Santiago!

Foi nesse momento, quando todos ficamos surpresos com a menção dessa palavra, que Poirot se aproximou da sra. Renauld. Ele tinha ficado junto à janela como um homem perdido em um sonho, e duvido que tenha entendido completamente o que havia passado. Parou ao lado da dama com uma reverência.

— *Pardon*, madame, mas posso examinar seus pulsos?

Embora ligeiramente surpresa com o pedido, a sra. Renauld estendeu-os. Em volta de cada um deles havia uma marca vermelha cruel onde as cordas tinham ferido a carne. Enquanto ele examinava, parecia que ia desaparecendo uma centelha momentânea de empolgação que eu vira antes em seus olhos.

— Devem causar muita dor — disse ele, e mais uma vez parecia intrigado.

Mas o juiz estava falando entusiasmado.

— O jovem *monsieur* Renauld deve ser informado imediatamente por telegrama. É vital que saibamos tudo o que ele pode nos contar sobre essa viagem a Santiago. — Ele hesitou. — Esperava que ele estivesse por perto, para que pudéssemos evitar incomodá-la, madame.

Ele fez uma pausa.

— Está falando — disse ela em voz baixa — da identificação do corpo de meu marido?

O juiz concordou com a cabeça.

— Sou uma mulher forte, *monsieur*. Posso aguentar o que for necessário. Estou pronta... agora.

— Ah, amanhã também seria possível, eu lhe asseguro...

— Prefiro acabar logo com isso — disse ela em voz baixa, com um espasmo de dor atravessando o rosto. — Poderia me apoiar em seu braço, doutor?

O médico se aproximou com pressa, uma capa foi colocada sobre os ombros da sra. Renauld e uma lenta procissão desceu as escadas. *Monsieur* Bex se adiantou para abrir a porta do galpão. Em um ou dois minutos, a sra. Renauld apareceu na entrada. Estava muito pálida, mas determinada. Atrás dela, *monsieur* Hautet dava as condolências e pedia desculpas como uma barata tonta.

Ela levou a mão ao rosto.

— Um momento, senhores, preciso me preparar.

Ela afastou a mão e olhou para o morto. Então o maravilhoso autocontrole que a sustentara até aquele momento a abandonou.

— Paul! — ela gritou. — Meu marido! Oh Deus!

E, curvando-se para a frente, caiu inconsciente no chão.

Poirot imediatamente se pôs ao seu lado, verificando sua pupila e sentindo seu pulso. Quando teve certeza de que ela realmente tinha desmaiado, ele se afastou. Então me pegou pelo braço.

— Sou um imbecil, meu amigo! Se alguma vez houve amor e tristeza na voz de uma mulher, foi o que acabamos de ouvir. Minha ideia inicial estava completamente errada. *Eh bien!* Preciso começar de novo!

6

A CENA DO CRIME

O médico e *monsieur* Hautet levaram a mulher inconsciente para dentro de casa. O comissário olhava para eles, sacudindo a cabeça.

— *Pauvre femme* — murmurou para si mesmo. — O choque foi demais para ela. Bem, bem, não podemos fazer nada. Agora, *monsieur* Poirot, vamos visitar o local onde o crime foi cometido?

— Por favor, *monsieur* Bex.

Passamos pela casa e saímos pela porta da frente. Poirot olhou para a escada ao passar e balançou a cabeça, insatisfeito.

— É incrível para mim que os criados não tenham ouvido nada. O rangido daquela escada, com *três* pessoas descendo, teria acordado até os mortos!

— Foi no meio da noite, lembre-se. Eles estavam dormindo profundamente.

Poirot, porém, continuou balançando a cabeça como se não tivesse aceitado completamente a explicação. Quando caminhava para a parte ampla da casa, ele parou, olhando atentamente.

— O que os levou a pensar que a porta da frente estaria aberta? Era o lugar mais improvável de estar. Era muito mais possível que tentassem antes forçar uma janela.

— Mas todas as janelas do térreo estão protegidas com grades de ferro — objetou o comissário.

Poirot apontou para uma janela no primeiro andar.

— Essa é do quarto de onde acabamos de sair, não é? E veja: há uma árvore pela qual seria muito fácil subir.

— Possivelmente — admitiu o outro. — Mas eles não poderiam ter subido sem deixar pegadas no canteiro.

Ele tinha razão. Havia dois grandes canteiros ovais com gerânios escarlates, um de cada lado da escada que levava à porta da frente. A árvore em questão tinha as raízes na parte de trás do canteiro e seria impossível alcançá-la sem pisar na terra.

— Veja — continuou o comissário —, devido ao tempo seco, não ficaria nenhuma pegada na entrada ou nos caminhos. Mas, na terra macia do canteiro de flores, a situação teria sido muito diferente.

Poirot se aproximou do canteiro e o estudou atentamente. Como Bex dissera, a terra estava perfeitamente lisa. Não havia marca em lugar algum.

Poirot assentiu, como se estivesse convencido, e nos afastamos, mas de repente ele saiu correndo e começou a examinar o outro canteiro de flores.

— *Monsieur* Bex! — chamou. — Veja aqui. Há muitos rastros para o senhor.

O comissário se juntou a ele e sorriu.

— Meu caro *monsieur* Poirot, essas são, sem dúvida, as pegadas das grandes botas do jardineiro. De qualquer forma, isso não teria importância, pois deste lado não temos árvores e, consequentemente, nenhuma forma de obter acesso ao andar superior.

— É verdade — disse Poirot, evidentemente desapontado.
— Então o senhor acha que essas pegadas não têm importância?
— De forma alguma.

Então, para minha total surpresa, Poirot pronunciou estas palavras:

— Não concordo com o senhor. Tenho a opinião de que essas pegadas são as coisas mais importantes que já vimos.

Monsieur Bex não disse nada, apenas encolheu os ombros. Ele era cortês demais para expressar sua verdadeira opinião.

— Podemos prosseguir? — ele perguntou.

— Claro. Posso investigar essa questão das pegadas mais tarde — disse Poirot, alegre.

Em vez de seguir a alameda até o portão, *monsieur* Bex virou para outro caminho que se ramificava em ângulo reto. Essa trilha levava, por uma ligeira inclinação, à direita da casa e era delimitada dos dois lados por uma espécie de arbusto. De repente, terminava em uma pequena clareira com vista para o mar. Um banco tinha sido colocado ali e, não muito longe, havia um velho galpão. Alguns passos mais adiante, uma linha organizada de pequenos arbustos marcava os limites da Villa. *Monsieur* Bex abriu caminho por meio deles, e nos encontramos em um longo terreno aberto. Olhei em volta e vi algo que me encheu de espanto.

— Ora, é um campo de golfe! — gritei. Bex assentiu.

— As marcações ainda não foram concluídas — explicou. — Acham que poderão abri-lo no mês que vem. Foram alguns homens que trabalham aqui que encontraram o corpo no início desta manhã.

Soltei uma exclamação. Um pouco à minha esquerda, em um ponto no qual não tinha prestado muita atenção, havia um buraco longo estreito e, nele, de bruços, estava o corpo de um homem! Por um momento, meu coração acelerou, e imaginei que uma segunda tragédia tinha acontecido. Mas o comissário dissipou minha ilusão, avançando com uma forte exclamação de aborrecimento:

— Onde estão meus policiais? Eles tinham ordens estritas para não permitir que ninguém se aproximasse do local sem credenciais adequadas!

O homem no chão virou a cabeça para nos olhar.

— Mas eu tenho credenciais adequadas — observou, e levantou-se lentamente.

— Meu querido *monsieur* Giraud! — exclamou o comissário. — Nem sequer me ocorreu que o senhor já tivesse chegado. O juiz de instrução o aguarda ansiosamente.

Enquanto ele falava, eu estava examinando o recém-chegado com grande curiosidade. Eu já conhecia de nome o famoso detetive da Sûreté de Paris e fiquei extremamente interessado ao vê-lo em carne e osso. Ele era muito alto, talvez com cerca de trinta anos, cabelos e bigode ruivos e uma postura militar. Havia um traço de arrogância em seus modos, mostrando que tinha plena consciência de sua importância. Bex nos apresentou, indicando que Poirot era um colega. Um lampejo de interesse surgiu nos olhos do detetive.

— Eu o conheço de nome, *monsieur* Poirot — disse ele. — O senhor foi muito famoso nos velhos tempos, não? Mas os métodos são muito diferentes agora.

— Os crimes, no entanto, são praticamente os mesmos — observou Poirot, gentilmente.

Vi imediatamente que Giraud estava preparado para ser hostil. Estava ressentido por ter outro grande detetive trabalhando no caso e senti que, se descobrisse alguma pista importante, seria mais do que provável que guardasse para si mesmo.

— O juiz de instrução... — recomeçou Bex, mas Giraud o interrompeu de forma brusca:

— Que se dane o juiz de instrução! A luz é o mais importante. Para todos os propósitos práticos, ela desaparecerá daqui a meia hora. Eu sei tudo sobre o caso, e as pessoas na casa podem esperar até amanhã; mas, se vamos encontrar uma pista dos assassinos, é aqui que isso vai acontecer. Foi a sua polícia que andou pisando tudo por aqui? Pensei que estivessem mais bem treinados hoje em dia.

— Claro que estão. As marcas das quais o senhor reclama foram feitas pelos trabalhadores que descobriram o corpo.

O outro resmungou, irritado.

— Consigo ver marcas onde os três atravessaram a cerca viva, mas foram astutos. Dá para reconhecer as pegadas principais como as de *monsieur* Renauld, mas as que estão ao lado foram cuidadosamente apagadas. Não que realmente houvesse muito para ver nesse terreno difícil, mas eles não queriam correr nenhum risco.

— O sinal externo — disse Poirot. — É isso que procura, não é?

O outro detetive ficou olhando.

— Claro.

Um sorriso muito discreto apareceu nos lábios de Poirot. Ele parecia prestes a falar algo, mas se controlou. Poirot se inclinou para onde estava uma pá.

— Foi com ela que a cova foi aberta, claro — disse Giraud. — Mas não vai conseguir nada com isso. Era a pá de Renauld, e o homem que a usou estava com luvas. Aqui estão elas. — Apontou com o pé para onde estavam duas luvas manchadas de terra. — E também são de Renauld ou pelo menos do jardineiro dele. Estou dizendo, aqueles que planejaram esse crime não correram riscos. O homem foi esfaqueado com sua própria faca e enterrado com sua própria pá. Eles se esforçaram para não deixar vestígios! Mas vou vencê-los. Sempre tem *alguma coisa!* E pretendo encontrá-la.

Mas Poirot agora estava aparentemente interessado em outra coisa, um pedaço pequeno e descolorido de um cano de chumbo ao lado da pá. Tocou-o delicadamente com o dedo.

— E isso também pertence ao homem assassinado? — perguntou, e imaginei ter detectado um tom sutil de ironia no questionamento.

Giraud sacudiu os ombros para indicar que não sabia nem se importava.

— Pode estar aqui há semanas. Enfim, não me interessa.

— Eu, pelo contrário, acho muito interessante — disse Poirot, com a voz gentil.

Imaginei que ele estivesse apenas tentando irritar o detetive de Paris e, se assim fosse, tinha conseguido. O outro se virou bruscamente, observando que não tinha tempo a perder e se curvou, retomando sua busca minuciosa no chão.

Enquanto isso, Poirot, como se tivesse sido atingido por uma ideia repentina, deu um passo para trás e tentou abrir a porta do pequeno galpão.

— Está trancado — disse Giraud por cima do ombro. — Mas é só um lugar onde o jardineiro guarda suas coisas. A pá não veio daí, mas do galpão de ferramentas perto da casa.

— Maravilhoso — murmurou *monsieur* Bex, em êxtase, para mim. — Ele está aqui há meia hora e já sabe tudo! Que homem! Sem dúvida, Giraud é o maior detetive vivo hoje.

Embora eu não simpatizasse nem um pouco com o detetive, ainda assim estava secretamente impressionado. A eficiência parecia irradiar do homem. Não pude deixar de sentir que, até aquele momento, Poirot não tinha se destacado em nada, e isso me irritou. Ele parecia estar dirigindo sua atenção para todas as questões mais tolas que não tinham nada a ver com o caso. De fato, de repente, ele perguntou:

— *Monsieur* Bex, diga-me, por favor, o significado dessa linha caiada de branco que se estende ao redor da cova. Foi feita pela polícia?

— Não, *monsieur* Poirot, é uma marca do campo de golfe. Mostra que aqui há um "bunkair", como vocês chamam.

— Um bunkair? — Poirot se virou em minha direção. — É o buraco irregular cheio de areia e com um barranco de um lado, não é?

Concordei.

— O senhor não joga golfe, *monsieur* Poirot? — perguntou Bex.

— Eu? Nunca! Que jogo! — ele ficou empolgado. — Imagine, cada buraco a uma distância diferente. Os obstáculos não estão dispostos simetricamente. Até a relva está normalmente mais alta de um lado! Só existe uma coisa agradável. Como se chama? As áreas do tee box! Elas pelo menos são simétricas.

Não pude deixar de rir da maneira como Poirot via o jogo, e meu amigo sorriu para mim afetuosamente, sem nenhuma malícia.

— Mas, *monsieur* Renauld, indubitavelmente, jogava golfe?

— Sim, ele era um bom jogador. É principalmente por causa dele, e de suas grandes contribuições, que este lugar está sendo construído. Ele até participou do desenho do campo.

Poirot assentiu pensativamente. Então observou:

— Não foi uma escolha muito boa que eles fizeram, do local para enterrar o corpo, não? Quando os homens começassem a cavar o chão, o corpo logo seria descoberto.

— Exatamente! — gritou Giraud, triunfante. — E isso *prova* que eles não conheciam o lugar. É uma excelente prova circunstancial.

— É — disse Poirot, duvidando. — Ninguém que conhecesse enterraria um corpo ali, a menos que *quisesse* que fosse descoberto. E isso é um completo absurdo, não é?

Giraud nem se deu o trabalho de responder.

— Exato — disse Poirot, com uma voz um tanto insatisfeita. — Sim, sem dúvida, absurdo!

7

A MISTERIOSA MADAME DAUBREUIL

Enquanto voltávamos para a casa, *monsieur* Bex pediu licença e nos deixou, explicando que deveria informar imediatamente o juiz de instrução sobre a chegada de Giraud. O próprio Giraud tinha ficado satisfeito quando Poirot declarou que tinha visto tudo o que queria. A última coisa que observamos, quando saímos do local, foi Giraud, engatinhando de quatro, prosseguindo sua busca com uma minúcia que eu não podia deixar de admirar. Poirot adivinhou meus pensamentos, pois assim que ficamos sozinhos, observou ironicamente:

— Finalmente, você viu o detetive que admira: o cão de caça humano! Não é mesmo, meu amigo?

— Pelo menos, ele está *fazendo* alguma coisa — falei, com aspereza. — Se houver algo lá para descobrir, ele encontrará. Já você...

— *Eh bien!* Eu também encontrei algo! Um pedaço de cano de chumbo.

— Bobagem, Poirot. Sabe muito bem que não tem nada a ver com o crime. Eu quis dizer *pequenas* coisas, traços que podem nos levar infalivelmente aos assassinos.

— *Mon ami*, uma pista de sessenta centímetros de comprimento é tão valiosa quanto outra medindo seis milímetros! Mas existe uma ideia romântica de que todas as pistas importantes devem ser infinitesimais. Quanto ao cano de chumbo não ter nada a ver com o crime, você diz isso porque Giraud falou. Não — disse ele, quando eu estava prestes a fazer uma pergunta —, não vamos falar mais sobre isso. Deixe Giraud com a busca dele e eu com as minhas ideias. O caso parece bastante descomplicado, e ainda assim, e ainda assim, *mon ami*, não estou nada satisfeito! E você sabe por quê? Por causa do relógio de pulso que está duas horas adiantado. E há vários pequenos pontos curiosos que parecem não se encaixar. Por exemplo, se o objetivo dos assassinos era a vingança, por que não esfaquearam Renauld durante o sono e acabaram com tudo?

— Eles queriam o "segredo" — lembrei-o.

Poirot limpou um pedaço de poeira da manga com um ar descontente.

— Bem, onde está esse "segredo"? Supostamente em algum lugar distante, pois pediram que se vestisse. No entanto, ele foi encontrado morto muito perto da casa. Por outro lado, é puro acaso que uma arma como a faca estivesse casualmente à mão, pronta para ser usada.

Ele fez uma pausa, franzindo a testa, e depois continuou:

— Por que os criados não ouviram nada? Foram drogados? Havia um cúmplice, e esse cúmplice garantiu que a porta da frente estivesse aberta? Eu me pergunto se...

Ele parou bruscamente. Tínhamos chegado à frente da casa. De repente, voltou-se para mim.

— Meu amigo, estou prestes a surpreendê-lo. Você vai ficar satisfeito! Levei a sério suas críticas! Vamos examinar aquelas pegadas!

— Onde?

— No canteiro direito, lá embaixo. *Monsieur* Bex diz que são as pegadas do jardineiro. Vejamos se é verdade. Observe, ele se aproxima com o carrinho de mão.

De fato, um homem idoso estava atravessando a alameda com um carrinho de mão cheio de mudas. Poirot o chamou, e ele deixou o carrinho e veio mancando em nossa direção.

— Você vai pedir uma das botas dele para comparar com as pegadas? — perguntei, meio sem fôlego. Minha fé em Poirot reviveu um pouco. Como tinha dito que as pegadas no canteiro direito eram importantes, era provável que *fossem de fato*.

— Exatamente — disse Poirot.

— Mas ele não vai achar isso muito estranho?

— Ele não vai achar estranho.

Não pudemos conversar mais, pois o velho tinha chegado perto de nós.

— Precisa de alguma coisa, *monsieur*?

— Preciso. O senhor é jardineiro aqui há muito tempo, não é?

— Vinte e quatro anos, *monsieur*.

— E seu nome é...?

— Auguste, *monsieur*.

— Eu estava admirando esses magníficos gerânios. São verdadeiramente esplêndidos. Foram plantados há muito tempo?

— Faz algum tempo, *monsieur*. Mas, é claro, para manter os canteiros com boa aparência, é preciso sempre plantar mudas novas e remover as que morreram, além de manter as plantas velhas bem podadas.

— O senhor plantou novas flores ontem, não foi? Aquelas no meio ali e também no outro canteiro.

— Monsieur tem um olho afiado. Demora sempre um dia ou mais para elas "pegarem". Sim, coloquei dez novas plantas em cada canteiro ontem à noite. Como *monsieur* sem dúvida sabe, não se deve plantá-las quando o sol está quente.

Auguste ficou encantado com o interesse de Poirot e estava bastante inclinado a se estender.

— Esse é um espécime esplêndido — disse Poirot, apontando. — Talvez possa me dar uma muda.

— Mas é claro, *monsieur*.

O velho jardineiro pisou no canteiro e cuidadosamente tirou uma muda da planta que Poirot tinha elogiado.

Meu amigo agradeceu muito e Auguste voltou para seu carrinho de mão.

— Viu? — disse Poirot, com um sorriso, enquanto se inclinava sobre o canteiro para examinar a marca da bota do jardineiro. — É bem simples.

— Não imaginei...

— Que o pé estaria dentro da bota? Você não usa suas excelentes capacidades mentais o suficiente. Bem, o que acha das pegadas?

Examinei o canteiro com cuidado.

— Todas as pegadas no canteiro foram feitas pela mesma bota — disse após um estudo cuidadoso.

— Você acha? *Eh bien!* Concordo com você — disse Poirot.

Ele parecia bastante desinteressado, como se estivesse pensando em alguma outra coisa.

— De qualquer forma — observei — você terá uma pulga a menos atrás de sua orelha, agora.

— *Mon Dieu!* Mas que expressão! O que isso significa?

— O que quis dizer foi que agora não vai precisar se preocupar com estas pegadas.

Porém, para minha surpresa, Poirot balançou a cabeça.

— Não, não, *mon ami*. Finalmente estou no caminho certo. Ainda estou no escuro, mas, como sugeri agora ao *monsieur* Bex, essas pegadas são as coisas mais importantes e interessantes do caso! Aquele pobre Giraud... não ficaria surpreso se ele nem chegasse a notá-las.

Nesse momento a porta da frente se abriu, e *monsieur* Hautet e o comissário desceram a escada.

— Ah, *monsieur* Poirot, íamos procurá-lo — disse o juiz. — Está ficando tarde, mas desejo visitar madame Daubreuil. Sem dúvida, ela ficará muito chateada com a morte de *monsieur* Renauld, e podemos obter alguma pista dela. O segredo que ele não confidenciou à esposa, é possível que tenha contado à mulher cujo amor o mantinha cativo. Sabemos onde está a fraqueza dos nossos Sansões, não?

Eu admirava a pitoresca linguagem do sr. Hautet. Suspeitava que o juiz de instrução estivesse apreciando muito seu papel naquele drama misterioso.

— *Monsieur* Giraud não vai nos acompanhar? — perguntou Poirot.

— *Monsieur* Giraud mostrou claramente que prefere conduzir o caso à sua maneira — disse *monsieur* Hautet secamente.

Podia-se ver que o tratamento indiferente que Giraud havia dedicado ao juiz não tinha sido muito bem recebido por este. Não dissemos mais nada e partimos. Poirot caminhou ao lado do juiz de instrução, e o comissário e eu seguimos alguns passos atrás.

— Não há dúvida de que a história de Françoise é correta no geral — comentou-me em tom confidencial. — Eu liguei para a sede. Parece que três vezes nas últimas seis semanas, isto é, desde a chegada de *monsieur* Renauld a Merlinville, madame Daubreuil fez grandes depósitos em dinheiro na sua conta bancária. A soma chega a duzentos mil francos!

— Meu Deus — falei, fazendo as contas —, deve ser algo como quatro mil libras!

— Precisamente. Sim, não há dúvida de que ele estava completamente apaixonado. Mas resta saber se confidenciou seu segredo a ela. O juiz de instrução está com esperança, mas não penso o mesmo.

Durante essa conversa, estávamos andando pelo caminho que levava à bifurcação na estrada onde nosso carro havia parado no início da tarde e, em outro momento, percebi que a Villa Marguerite, onde vivia a misteriosa madame Daubreuil, era a pequena casa da qual havia saído a linda garota.

— Ela mora aqui há muitos anos — disse o comissário, acenando com a cabeça em direção à casa. — Muito tranquila, muito discreta. Ela parece não ter amigos ou parentes além dos conhecidos que fez em Merlinville. Nunca fala do passado nem do marido. Nem se sabe se está vivo ou morto. Há um mistério ao redor dela, você compreende?

Eu assenti, cada vez mais interessado.

— E a filha? — arrisquei.

— Uma jovem realmente linda. Modesta, devota, uma boa moça. É uma pena, pois, mesmo que não saiba nada sobre seu próprio passado, um homem que quiser pedir sua mão em casamento deve necessariamente se informar, e então... — o comissário encolheu os ombros cinicamente.

— Mas não é culpa dela! — exclamei, cada vez mais indignado.

— Não. Mas o que se vai fazer? Um homem é exigente em relação aos antecedentes da esposa.

Não pude mais argumentar, pois chegamos à porta da casa. *Monsieur* Hautet tocou a campainha. Alguns minutos se passaram, e então ouvimos passos lá dentro, e a porta foi aberta. Na soleira estava minha jovem deusa daquela tarde. Quando ela nos viu, ficou branca e seus olhos se arregalaram de apreensão. Não havia nenhuma dúvida, ela ficara com medo!

— *Mademoiselle* Daubreuil — disse *monsieur* Hautet, tirando o chapéu —, lamentamos infinitamente incomodá-la, mas são exigências da lei, entende? Apresente meus cumprimentos à sua mãe e pergunte se ela teria a bondade de me conceder alguns momentos.

Por um instante, a garota ficou imóvel. A mão esquerda estava apertando a lateral do corpo, como se quisesse acalmar a súbita agitação incontrolável do coração. Mas ela se recompôs e disse em uma voz baixa:

— Vou verificar. Por favor, entrem.

Ela entrou em uma sala à esquerda do corredor e ouvimos o murmúrio de sua voz. Então outra voz, quase com o mesmo timbre, mas com uma inflexão um pouco mais forte por trás de sua suavidade, disse:

— Certamente. Peça para que entrem.

Mais um minuto e estávamos na frente da misteriosa madame Daubreuil.

Ela não era tão alta quanto a filha, e as curvas arredondadas de seu corpo tinham toda a graça da maturidade. Seu cabelo, diferente do da filha, era escuro e estava dividido ao meio ao estilo Madonna. Seus olhos, um pouco ocultos pelas pálpebras caídas, eram azuis. Havia uma covinha no queixo redondo, e os lábios entreabertos pareciam sempre à beira de um sorriso misterioso. Havia algo quase exageradamente feminino nela, ao mesmo tempo dócil e sedutor. Embora muito bem conservada, ela não era mais jovem, mas seu charme era uma qualidade que independia da idade.

— Desejava falar comigo, *monsieur*? — perguntou ela.

— Sim, madame. — *Monsieur* Hautet pigarreou. — Estou investigando a morte de *monsieur* Renauld. Certamente a senhora já ficou sabendo.

Ela inclinou a cabeça sem dizer nada. Sua expressão não mudou.

— Viemos perguntar se a senhora pode... hã... lançar alguma luz sobre as circunstâncias que cercam essa morte.

— Eu? — A surpresa em seu tom foi excelente.

— Sim, madame. Talvez fosse melhor se pudéssemos falar a sós. — Ele olhou significativamente na direção da garota.

Madame Daubreuil virou-se para ela.

— Marthe, querida...

Mas a garota balançou a cabeça.

— Não, *maman*. Não vou sair. Não sou nenhuma criança. Tenho vinte e dois anos. Não irei embora.

Madame Daubreuil voltou-se para o juiz de instrução.

— Está vendo, *monsieur*?

— Prefiro não falar diante de *mademoiselle* Daubreuil.

— Conforme minha filha disse, ela não é mais criança.

Por um momento, o juiz hesitou, perplexo.

— Muito bem, madame — disse ele, finalmente. — Como quiser. Temos motivos para acreditar que a senhora costumava visitar o morto em sua casa à noite. É verdade isso?

O rosto pálido da senhora ficou corado, mas ela respondeu calmamente:

— Repudio o seu direito de me fazer essa pergunta!

— Madame, estamos investigando um assassinato.

— Bem, e daí? Não tive nada a ver com o crime.

— Madame, não falamos nada disso por enquanto. Mas a senhora conhecia bem o morto. Ele alguma vez confidenciou à senhora que corria algum perigo?

— Nunca.

— Ele alguma vez falou sobre a vida dele em Santiago e sobre algum inimigo que possa ter feito por lá?

— Não.

— Então não pode nos ajudar?

— Receio que não. Realmente não entendo por que veio perguntar isso para mim. A esposa dele não pode contar o que o senhor precisa saber?

A voz dela continha certa ironia.

— A sra. Renauld nos disse tudo que sabia.

— Ah! — disse madame Daubreuil. — Imagino...

— O que a senhora imagina, madame?

— Nada.

O juiz olhou para ela. Sabia que estava em um duelo contra uma adversária à altura.

— A senhora insiste em sua afirmação de que *monsieur* Renauld não lhe confidenciou nada?

— Por que acha provável que ele confidenciasse algo para mim?

— Porque, madame — disse *monsieur* Hautet, com uma brutalidade calculada —, um homem conta à sua amante o que nem sempre conta à esposa.

— Ah! — Ela se levantou. Os olhos brilhavam como fogo. — *Monsieur*, o senhor me insulta! E na frente da minha filha! Não tenho nada a contar. Tenha a bondade de sair da minha casa!

A vitória, sem dúvida, tinha sido da dama. Saímos da Villa Marguerite como um bando de estudantes envergonhados. O juiz estava murmurando palavras furiosas para si mesmo. Poirot parecia perdido em pensamentos. De repente, ele saiu do seu devaneio e perguntou a *monsieur* Hautet se havia um bom hotel por perto.

— Há um lugar pequeno, o Hôtel des Bains, deste lado da cidade. Poucas centenas de metros adiante. Estará bem localizado para suas investigações. Presumo que nós nos veremos de manhã, então?

— Sim, obrigado, *monsieur* Hautet.

Depois das despedidas, Poirot e eu fomos para Merlinville, e os outros voltaram para a Villa Geneviève.

— O sistema policial francês é maravilhoso — disse Poirot, olhando para eles. — As informações que possuem sobre a vida de todos, até os detalhes mais comuns, são extraordinárias. Embora esteja aqui há pouco mais de seis semanas, eles conhecem os gostos e as atividades de *monsieur* Renauld e, a qualquer momento, podem levantar informações sobre a conta bancária de madame Daubreuil e as quantias que foram depositadas ultimamente! Sem dúvida, eles conseguem montar um ótimo dossiê. Mas o que é isso?

Ele se virou bruscamente.

Uma pessoa estava correndo sem chapéu pela estrada atrás de nós. Era Marthe Daubreuil.

— Peço desculpas — ela disse, quase sem fôlego, quando nos alcançou. — Eu... eu não deveria fazer isso, eu sei. Não podem contar à minha mãe. Mas é verdade o que as pessoas dizem, que *monsieur* Renauld chamou um detetive antes de morrer e... e é o senhor?

— Sim, *mademoiselle* — disse Poirot gentilmente. — É verdade. Mas como a senhorita sabe disso?

— Françoise contou à nossa Amélie — explicou Marthe, corada.

Poirot fez uma careta.

— O segredo é impossível em um caso desse tipo! Não que isso importe. Bem, *mademoiselle*, o que você quer saber?

A garota hesitou. Ela parecia ansiosa, mas com medo de falar. Por fim, quase em um sussurro, perguntou:

— Tem algum suspeito?

Poirot a olhou atentamente. Então, respondeu de forma evasiva:

— No momento, a suspeita está no ar, *mademoiselle*.

— Sim, eu sei, mas alguém em particular?

— Por que quer saber?

A garota pareceu assustada com a pergunta. De repente, lembrei-me das palavras de Poirot sobre ela no início do dia. A "garota de olhos ansiosos".

— *Monsieur* Renauld sempre foi muito gentil comigo — respondeu ela, finalmente. — É natural que esteja interessada.

— Entendo — disse Poirot. — Bem, *mademoiselle*, a suspeita está pairando agora sobre duas pessoas.

— Duas?

Poderia jurar que houve uma nota de surpresa e alívio na voz dela.

— Os nomes deles são desconhecidos, mas presume-se que sejam chilenos de Santiago. E agora, *mademoiselle*, veja o que dá ser jovem e bonita! Entreguei segredos profissionais para a senhorita!

A menina riu, feliz, e depois, timidamente, agradeceu.

— Preciso voltar agora. *Maman* sentirá minha falta.

Virou-se e correu de volta pela estrada, parecendo uma Atalanta moderna. Fiquei olhando para ela.

— *Mon ami* — disse Poirot, com sua voz irônica e gentil —, devemos ficar plantados aqui a noite toda só porque você viu uma jovem bonita e sua cabeça está em um turbilhão?

Ri e me desculpei.

— Mas ela *é* linda, Poirot. É desculpa suficiente para qualquer um ficar impressionado.

Poirot gemeu.

— *Mon Dieu!* Mas que coração suscetível você tem!

— Poirot, você se lembra do caso Styles, quando...?

— Quando você estava apaixonado por duas mulheres encantadoras ao mesmo tempo, e nenhuma delas era correta para você? Sim, eu me lembro.

— Você me consolou dizendo que talvez algum dia poderíamos caçar juntos novamente, e então...

— *Eh bien?*

— Bem, estamos caçando juntos de novo e... — fiz uma pausa e ri, nervoso.

Mas, para minha surpresa, Poirot balançou a cabeça.

— Ah, *mon ami*, não entregue seu coração a Marthe Daubreuil. Ela não é para você, aquelazinha! Acredite no que diz Papai Poirot!

— Por quê? — perguntei. — O comissário me garantiu que ela é tão boa quanto é linda! Um anjo perfeito!

— Alguns dos maiores criminosos que conheci tinham rostos de anjos — observou Poirot, animado. — Uma malformação da massa cinzenta pode coincidir facilmente com o rosto de uma Madonna.

— Poirot! — exclamei, horrorizado. — Você não pode estar querendo dizer que suspeita de uma criança inocente como essa!

— Ta-ta-ta! Não fique tão exaltado! Não disse que suspeito dela. Mas deve admitir que a ansiedade por saber sobre o caso é um tanto incomum.

— Pela primeira vez vejo mais longe do que você — falei. — A ansiedade dela não é por si mesma, mas pela mãe.

— Meu amigo — disse Poirot —, como sempre, você não vê nada. Madame Daubreuil é muito capaz de cuidar de si mesma sem que a filha precise se preocupar por ela. Admito que estava brincando com você agora, mas mesmo assim repito o que disse antes. Não entregue seu coração a essa garota. Ela não é para você! Eu, Hercule Poirot, sei disso. *Sacré!* Se pudesse me lembrar onde vi aquele rosto!

— Que rosto? — perguntei, surpreso. — O da filha?

— Não, o da mãe.

Notando minha surpresa, ele assentiu enfaticamente.

— Sim, é como estou dizendo. Foi há muito tempo, quando eu ainda estava na polícia belga. Na verdade, nunca vi a mulher antes, mas vi a foto dela relacionada a algum caso. Tenho a impressão...

— De quê?

— Posso estar enganado, mas acho que foi um caso de assassinato!

8

Um encontro inesperado

Chegamos cedo à Villa Geneviève na manhã seguinte. O homem de guarda no portão não barrou nosso caminho dessa vez. Em vez disso, ele nos cumprimentou respeitosamente e nos deixou entrar na casa. A empregada Léonie estava descendo as escadas e não parecia se opor a uma pequena conversa.

Poirot perguntou a respeito da saúde da sra. Renauld. Léonie balançou a cabeça.

— Ela está muito chateada, pobre senhora! Não quer comer nada, nada mesmo! E está pálida como um fantasma. É comovente vê-la assim. Ah, eu não choraria desse jeito por um homem se ele estivesse me enganando com outra mulher!

Poirot assentiu compassivamente.

— O que você diz é muito justo, mas o que se pode fazer? O coração de uma mulher que ama perdoa muitos golpes. Ainda que, sem dúvida, é provável que tenham ocorrido muitas brigas entre eles nos últimos meses.

Léonie negou com a cabeça.

— Nunca, *monsieur*. Nunca ouvi a madame pronunciar uma palavra de protesto nem de reprovação! Tinha o temperamento e a disposição de um anjo, bem diferente do *monsieur*.

— *Monsieur* Renauld não tinha o temperamento de um anjo?

— Longe disso. Quando ele se enfurecia, toda a casa ficava sabendo. No dia em que ele brigou com *monsieur* Jack... *ma foi!* Dava para ouvi-los do mercado, de tão alto que gritavam!

— É mesmo? — disse Poirot. — E quando aconteceu essa briga?

— Ah, foi pouco antes de *monsieur* Jack ir para Paris. Ele quase perdeu o trem. Saiu da biblioteca e pegou a mala que havia deixado no corredor. O automóvel estava no conserto e ele teve que correr para a estação. Eu estava limpando o *salon* e o vi passar. Seu rosto estava branco com duas manchas vermelhas de raiva nas bochechas. Ah, como estava bravo!

Léonie estava gostando muito de sua narrativa.

— E a briga, qual foi o motivo?

— Ah, isso eu não sei — confessou Léonie. — É verdade que eles gritaram, mas suas vozes estavam tão altas e eles falavam tão rápido que apenas alguém que falasse bem inglês poderia compreender. Mas o patrão ficou insuportável o dia todo! Era impossível agradá-lo!

O som de uma porta se fechando no andar de cima diminuiu a loquacidade de Léonie.

— Françoise está me esperando! — ela exclamou, lembrando-se de seus deveres. — Aquela velha está sempre me repreendendo.

— Um momento, *mademoiselle*. O juiz de instrução, onde ele está?

— Eles saíram para dar uma olhada no automóvel na garagem. *Monsieur*, o comissário, acha que ele pode ter sido usado na noite do assassinato.

— *Quelle idée* — murmurou Poirot, enquanto a menina se retirava.

— Vai se juntar a eles?

— Não, vou aguardar o retorno deles no *salon*. Está mais fresco lá nesta manhã quente.

Essa indiferença não me agradava muito.

— Se não se importa... — disse, hesitante.

— Nem um pouco. Você deseja investigar por conta própria, não?

— Bem, gostaria de dar uma olhada em Giraud, se ele estiver por aqui, e ver o que anda fazendo.

— O cão de caça humano — murmurou Poirot, recostando-se em uma cadeira confortável e fechando os olhos. — Certamente, meu amigo. *Au revoir*.

Saí pela porta da frente. Realmente fazia calor. Subi o caminho que tínhamos tomado no dia anterior. Minha intenção era estudar a cena do crime. Contudo, não fui diretamente ao local, preferindo me desviar para os arbustos e chegar no campo de golfe algumas centenas de metros mais à direita. Se Giraud ainda estivesse no local, eu queria observar seus métodos antes que ele percebesse a minha presença. Mas os arbustos ali eram muito mais densos e tive que lutar para abrir caminho. Quando finalmente cheguei ao campo, foi um tanto inesperado para mim, e precisei ser tão vigoroso que me choquei com uma jovem que estava parada de costas para os arbustos.

Ela reprimiu um grito, algo normal nessas circunstâncias, e eu soltei uma exclamação de surpresa. Pois era minha amiga do trem, Cinderela!

A surpresa foi mútua.

— Você! — nós dois exclamamos simultaneamente. A jovem se recuperou primeiro.

— Pela minha única tia! — ela exclamou. — O que você está fazendo aqui?

— Eu é que pergunto, o que você está fazendo aqui? — respondi.

— Quando o vi pela última vez, anteontem, estava indo para casa na Inglaterra como um bom menino. Eles lhe deram passe livre para essa temporada à custa do seu deputado?

Ignorei o fim do discurso.

— Quando eu a vi pela última vez — disse —, você estava indo para casa com sua irmã, como uma boa menina. A propósito, como está sua irmã?

Fui recompensado com o brilho de seus dentes brancos.

— Que gentileza a sua perguntar! Minha irmã está bem, obrigada.

— Ela está aqui com você?

— Ela ficou na cidade — disse a atrevida com dignidade.

— Não acredito que você tenha uma irmã — ri. — Se tiver, o nome dela é Harris!

— Você se lembra do meu? — ela perguntou com um sorriso.

— Cinderela. Mas vai me dizer o verdadeiro agora, não vai?

Ela balançou a cabeça em negativa com um olhar travesso.

— Nem o porquê de estar aqui?

— Ah, *isso!* Suponho que já tenha ouvido falar que pessoas da minha profissão "descansam".

— Em caros balneários franceses?

— Baratos, se você souber aonde ir.

Olhei atentamente para ela.

— Mas você não tinha intenção de vir aqui quando a conheci há dois dias, tinha?

— Todos temos nossas decepções — disse Cinderela, séria. — Agora já contei tudo que precisa saber. Garotinhos não deveriam ser tão curiosos. Ainda não me disse o que *você* está fazendo aqui. Suponho que o deputado esteja junto, divertindo-se na praia.

Balancei a cabeça.

— Tente outra vez. Lembra-se que contei sobre meu grande amigo detetive?

— Lembro.

— E talvez tenha ouvido falar de um crime na Villa Geneviève...

Ela olhou para mim. Seu peito arfava e seus olhos tinham se arregalado e ficado redondos.

— Não me diga que está investigando *isso*?

Assenti. Não havia dúvida de que tinha marcado muitos pontos. A emoção dela, enquanto me olhava, era muito evidente. Por alguns segundos, ela ficou em silêncio, olhando para mim. Então balançou a cabeça, enfática.

— Mas isso não é o máximo? Quero que me leve para dar umas voltas. Quero ver todos os horrores.

— Como assim?

— Exatamente o que estou dizendo. Deus lhe abençoe! Eu não disse que adorava crimes? O que acha que estou fazendo com meus pés em sapatos de salto alto neste terreno? Estou espionando há horas. Tentei entrar pela frente, mas aquele velho gendarme francês chato não deixou de jeito nenhum. Acho que nem Helena de Tróia, Cleópatra e Mary Stuart, rainha dos escoceses, juntas, conseguiriam algo com ele! É muita sorte encontrá-lo dessa maneira. Vamos, mostre-me tudo.

— Veja bem, espere um minuto, eu não posso. Não é permitida a entrada de ninguém. Eles são muito rigorosos.

— Você e seus amigos não são os mandachuvas?

Eu relutava em abandonar minha posição de importância.

— Por que está tão interessada? — perguntei, sem muitas forças. — E o que é que você quer ver?

— Ah, tudo! O lugar onde aconteceu, a arma, o corpo e quaisquer impressões digitais ou outras coisas interessantes. Nunca tive a chance antes de estar no local de um assassinato como este. Será uma experiência que levarei para a vida toda.

Eu me virei, enojado. O que acontecia com as mulheres hoje em dia? O entusiasmo mórbido da garota me deixou enjoado. Havia lido sobre as multidões de mulheres que ocupavam os tribunais quando algum desgraçado estava sendo condenado à pena de morte por uma acusação capital. Às vezes eu me perguntava quem eram essas mulheres. Agora eu sabia. Eram parecidas com Cinderela, jovens, mas obcecadas por um desejo sombrio, de emoções a qualquer preço, sem levar em consideração qualquer decência ou bom sentimento. A vivacidade da beleza da garota havia me atraído, apesar de tudo, mas no fundo ainda mantinha minha primeira impressão de desaprovação e aversão. Pensei em minha mãe, morta havia muito tempo. O que ela teria dito dessa estranha garota produto da modernidade? Um rosto bonito muito pintado e com muito pó de arroz escondia uma mente macabra!

— Desça desse seu pedestal — disse a garota, de repente.

— E não se dê ares de importância. Quando você foi chamado para esse trabalho, levantou o nariz e disse que era um negócio desagradável, que não queria se envolver com nada disso?

— Não, mas...

— Se estivesse aqui de férias, não estaria bisbilhotando exatamente como eu estou? Claro que sim.

— Sou homem. Você é uma mulher.

— Sua ideia de mulher é de alguém que se senta em uma cadeira e grita quando vê um rato. Isso é pré-histórico. Mas você *vai* me mostrar, não é? Veja bem, poderia fazer uma grande diferença para mim.

— De que maneira?

— Não deixam nenhum repórter entrar. E eu poderia dar um grande furo com algum jornal. Você não sabe quanto eles pagam por um pouco de informações exclusivas.

Hesitei. Ela me tocou com sua pequena mão macia.

— *Por favor...* seja bonzinho.

Eu me rendi. Secretamente, sabia que iria gostar de mostrar onde tudo tinha acontecido. Afinal, a atitude moral exibida pela garota não era da minha conta. Fiquei um pouco nervoso com o que o juiz poderia dizer, mas me tranquilizei ao pensar que não causaria nenhum dano.

Visitamos primeiro o local onde o corpo fora encontrado. Um homem estava em guarda lá, e me cumprimentou respeitosamente ao me reconhecer, não fazendo perguntas sobre minha companheira. Presumivelmente, considerou que ela era minha responsabilidade. Expliquei a Cinderela como a descoberta havia sido feita e ela ouviu atentamente, às vezes fazendo alguma pergunta inteligente. Então fomos em direção à Villa Geneviève. Fui andando com cautela, pois, verdade seja dita, eu não estava nem um pouco ansioso por encontrar alguém. Levei a garota pelos arbustos até os fundos da casa, onde ficava o pequeno galpão. Lembrei-me de que, na noite anterior, depois de trancar novamente a porta, *monsieur* Bex havia deixado a chave com o *sergent de ville,* Marchaud, "caso *monsieur* Giraud peça enquanto estivermos no andar de cima". Achei muito provável que o detetive da Sûreté, depois de usá-la, tivesse devolvido a Marchaud. Deixando a garota escondida no meio dos arbustos, entrei na casa. Marchaud estava de guarda do lado de fora da porta do *salon*. De dentro vinha um murmúrio de vozes.

— Deseja ver *monsieur* Hautet? Ele está ali dentro. Está interrogando Françoise novamente.

— Não — disse apressadamente —, não quero vê-lo. Mas gostaria muito da chave do galpão lá de fora, se não for contra os regulamentos.

— Mas é claro, *monsieur*. — Ele a entregou para mim. — Aqui está. *Monsieur* Hautet deu ordens para que todas as instalações fossem colocadas à sua disposição. Só precisa me devolver quando terminar, nada mais.

— Claro.

Senti uma satisfação ao perceber que, aos olhos de Marchaud, pelo menos, eu tinha a mesma importância que Poirot. A garota estava me esperando. Emitiu uma exclamação de prazer quando viu a chave na minha mão.

— Conseguiu?

— Claro — disse friamente. — Mesmo assim, sabe, o que estou fazendo foge muito do regulamento.

— Você está sendo incrível e não vou me esquecer disso. Venha comigo. Eles não conseguem nos ver da casa, não?

— Espere um minuto. — Fiz com que ela parasse. — Não vou impedi-la se realmente quiser entrar. Mas você quer? Já viu a cova, o terreno e ouviu todos os detalhes do caso. Não é suficiente para você? Vai ser abominável, sabe, e... desagradável.

Ela olhou para mim por um momento com uma expressão que não consegui entender totalmente. Então riu.

— Adoro o horror — disse ela. — Vamos.

Em silêncio chegamos à porta do galpão. Abri e entramos. Fui até o corpo e gentilmente puxei o lençol como Bex tinha feito na tarde anterior. Um pequeno som ofegante escapou dos lábios da garota, por isso me virei e olhei para ela. Havia horror em seu rosto agora, e aquele seu espírito cortês desaparecera. Preferira não ouvir meu conselho e agora estava sendo punida por ignorá-lo. Não senti nenhuma pena dela. Deveria continuar até o fim agora. Virei o cadáver delicadamente.

— Veja. Ele foi esfaqueado nas costas — eu disse.

Ela estava quase sem voz.

— Com o quê?

Apontei com a cabeça para a jarra de vidro.

— Aquela faca.

De repente, a garota cambaleou e caiu. Corri para ajudá-la.

— Você está fraca. Vamos sair daqui. Foi demais para você.

— Água — ela murmurou. — Rápido. Água.

Eu a deixei e corri para dentro da casa. Felizmente, nenhum dos empregados estava por perto, e pude pegar um copo de água sem ser observado. Adicionei algumas gotas de conhaque de um cantil de bolso e voltei alguns minutos depois. A menina estava deitada como eu a havia deixado, mas alguns goles de conhaque e a água conseguiram reanimá-la.

— Leve-me daqui... oh, rápido, rápido! — ela exclamou, estremecendo.

Apoiando-a com meu braço, eu a conduzi para fora, e ela fechou a porta ao sair. Então respirou fundo.

— Assim está melhor. Ah, foi horrível. Por que me deixou entrar?

Achei isso tão feminino que não pude deixar de sorrir. Secretamente, não fiquei insatisfeito com o desmaio dela. Provava que não era tão insensível quanto eu havia pensado. Afinal, era pouco mais que uma criança, e sua curiosidade provavelmente tinha sido impensada.

— Fiz o melhor que pude para impedi-la, você sabe — disse gentilmente.

— Suponho que sim. Bem, adeus.

— Espere, você não pode ir assim, sozinha. Não está bem para isso. Insisto em acompanhá-la de volta a Merlinville.

— Besteira. Estou bem agora.

— E se você desmaiar de novo? Não, vou com você.

Ela foi contra essa proposta de maneira bem enérgica. No fim, no entanto, minha vontade prevaleceu e pude acompanhá-la até os arredores da cidade. Voltamos pela rota anterior, passando novamente pela cova e fazendo um desvio para a estrada. Quando começaram a aparecer as primeiras lojas, ela parou e me estendeu a mão.

— Adeus, e muito obrigada por me acompanhar.

— Tem certeza de que está bem agora?

— Tenho, muito obrigada. Espero que não tenha problemas por me mostrar tudo.

Tranquilizei-a em relação a isso.

— Bem, adeus.

— *Au revoir* — corrigi. — Se vai ficar aqui, podemos nos encontrar novamente.

Ela sorriu para mim.

— É verdade. *Au revoir*, então.

— Espere um segundo, não me disse onde está hospedada.

— Ah, estou no Hôtel du Phare. É um lugar pequeno, mas muito bom. Venha me procurar amanhã.

— Irei — disse, talvez com um *empressement** um pouco desnecessário. Eu a observei se afastar, depois me virei e refiz o caminho para a Villa. Lembrei que não havia trancado a porta do galpão. Felizmente, ninguém tinha notado e, girando a chave, eu a removi e a devolvi ao *sergent de ville*. Ao fazer isso, subitamente me ocorreu que, embora Cinderela tivesse me contado onde estava hospedada, ainda não sabia seu nome.

---

* Entusiasmo. (N. T.)

9

Monsieur Giraud encontra algumas pistas

No *salon* encontrei o juiz ocupado interrogando o velho jardineiro, Auguste. Poirot e o comissário, ambos presentes, me cumprimentaram, respectivamente, com um sorriso e uma inclinação de cabeça educada. Eu me sentei silenciosamente em uma poltrona. *Monsieur* Hautet foi detalhista e meticuloso ao extremo, mas não conseguiu obter nada de importante.

Auguste admitiu que as luvas de jardinagem eram dele. Ele as usava quando trabalhava com certa espécie de planta prímula que era venenosa para algumas pessoas. Ele não sabia dizer quando tinha usado as luvas pela última vez. Certamente não dera por falta delas. Onde as guardava? Às vezes em um lugar, às vezes em outro. A pá costumava ficar no pequeno galpão de ferramentas. Estava trancado? Claro que estava trancado. Onde ficava a chave? *Parbleu*, ficava na porta, é claro. Não havia nada de valor para roubar. Quem esperaria uma invasão de bandidos ou assassinos? Tais coisas não aconteciam no tempo de madame la Vicomtesse.

Monsieur Hautet indicou que havia terminado e o velho se retirou, resmungando até o fim. Lembrando a insistência inexplicável de Poirot sobre as pegadas nos canteiros de flores, eu o observei bem enquanto ele dava seu testemunho. Ou não tinha nada a ver com o crime ou era um excelente ator. De repente, quando estava saindo pela porta, tive uma ideia.

— *Pardon, monsieur* Hautet! — exclamei. — Posso fazer uma pergunta?

— Mas é claro, *monsieur*.

Assim, encorajado, virei-me para Auguste.

— Onde guarda suas botas?

— No pé — rosnou o velho. — Onde mais?

— E quando dorme à noite?

— Debaixo da minha cama.

— E quem as limpa?

— Ninguém. Por que iria limpá-las? Acha que saio a passear à beira-mar como um jovem? No domingo, uso as botas de domingo, mas fora isso... — Deu de ombros.

Balancei a cabeça, desanimado.

— Bem, bem — disse o juiz —, não avançamos muito. Sem dúvida, só vamos avançar quando recebermos o retorno do telegrama de Santiago. Alguém viu Giraud? Na verdade, ele não tem nenhuma educação! Tenho muita vontade de chamá-lo e...

— Não precisará ir muito longe.

A voz calma nos assustou. Giraud estava do lado de fora, olhando pela janela aberta.

Ele pulou para dentro da sala e foi até a mesa.

— Aqui estou, ao seu dispor. Desculpe por não ter vindo antes.

— Não tem problema nenhum — disse o juiz, um pouco confuso.

— Claro que sou apenas um detetive — continuou o outro. — Não sei nada sobre interrogatórios, mas, se eu estivesse fazendo um, estaria inclinado a realizá-lo sem uma janela aberta. Qualquer pessoa do lado de fora pode ouvir com facilidade tudo o que se passa aqui. Mas isso não importa.

Monsieur Hautet corou de raiva. Evidentemente, o juiz de instrução e o detetive encarregado do caso não iriam nunca se entender. Desde o começo houve uma antipatia entre eles. Talvez isso fosse inevitável. Para Giraud, todos os juízes de instrução eram tolos, e para *monsieur* Hautet, que se levava a sério, o jeito casual do detetive de Paris era totalmente ofensivo.

— *Eh bien, monsieur* Giraud — disse o juiz com bastante rispidez. — Sem dúvida, você está empregando seu tempo de forma incrível! Tem o nome dos assassinos para nós, não é? E também o local exato onde eles se encontram agora?

Sem se preocupar com essa ironia, *monsieur* Giraud respondeu:

— Sei pelo menos de onde vieram.

Giraud tirou dois pequenos objetos do bolso e os colocou sobre a mesa. Nós nos aglomeramos ao redor. Os objetos eram muito simples: uma bituca de cigarro e um fósforo não usado. O detetive virou-se para Poirot.

— O que o senhor vê aí? — perguntou.

Havia algo quase brutal em seu tom. Fiquei constrangido, mas Poirot permaneceu tranquilo e deu de ombros.

— A ponta de um cigarro e um fósforo.

— E o que isso conta?

Poirot estendeu as mãos.

— Não me conta... nada.

— Ah! — disse Giraud, com a voz satisfeita. — O senhor não estudou essas coisas. Não é um fósforo comum, pelo menos não neste país. É bastante comum na América do Sul. Felizmente, não foi usado. Ou eu poderia não ter reconhecido. Evidentemente, um dos homens jogou fora o cigarro e acendeu outro, derrubando um fósforo da caixa enquanto fazia isso.

— E o outro fósforo? — perguntou Poirot.

— Que fósforo?

— O que ele *usou* para acender o cigarro. Você o encontrou também?

— Não.

— Talvez não tenha procurado muito bem.

— Não procurei muito bem... — Por um momento, pareceu que o detetive iria explodir de raiva, mas com um esforço ele se controlou. — Vejo que gosta de uma piada, *monsieur* Poirot. Mas, em qualquer caso, com ou sem fósforo, a ponta do cigarro seria suficiente. É um cigarro sul-americano com papel de alcaçuz.

Poirot fez uma mesura. O comissário falou:

— A bituca e o fósforo podem ter pertencido ao *monsieur* Renauld. Lembre-se, faz apenas dois anos que ele voltou da América do Sul.

— Não — respondeu o outro, com segurança. — Já procurei entre as coisas de *monsieur* Renauld. Os cigarros que ele fumava e os fósforos que usava são bem diferentes.

— Você não acha estranho que esses desconhecidos tenham vindo sem uma arma, sem luvas, sem uma pá e que tenham encontrado todas essas coisas de maneira tão conveniente? — perguntou Poirot.

Giraud sorriu com ar de grande superioridade.

— Sem dúvida é estranho. De fato, sem a teoria que sustento, seria inexplicável.

— Ah! — disse *monsieur* Hautet. — Um cúmplice dentro da casa!

— Ou do lado de fora — disse Giraud, com um sorriso peculiar.

— Mas alguém deve tê-los deixado entrar. Não podemos admitir que tiveram a incrível sorte de encontrar a porta destrancada para entrarem, não?

— A porta foi aberta para eles; mas poderia facilmente ter sido aberta de fora por alguém que possuísse uma chave.

— Mas quem *possuía* uma chave?

Giraud encolheu os ombros.

— Quanto a isso, ninguém que possua uma vai admitir o fato, se puder evitar. Mas várias pessoas *poderiam* ter uma. *Monsieur* Jack Renauld, o filho, por exemplo. É verdade que ele está a caminho da América do Sul, mas pode ter perdido a chave ou sido roubado. Depois, temos o jardineiro, que está aqui há muitos anos. Uma das empregadas mais jovens pode ter um amante. É fácil fazer uma cópia da chave. Existem muitas possibilidades. Depois, há outra pessoa que, devo julgar, é provável que tenha outra cópia da chave.

— Quem?

— Madame Daubreuil — disse o detetive.

— Eh, eh! — disse o juiz. — Então já tomou conhecimento sobre isso, não é?

— Tenho conhecimento de tudo — disse Giraud, imperturbável.

— Há uma coisa que eu poderia jurar que você não sabe — disse *monsieur* Hautet, encantado por poder demonstrar conhecimento superior e, sem mais delongas, contou a história da misteriosa visitante na noite anterior. Também falou do cheque para "Duveen" e, finalmente, entregou a Giraud a carta assinada como "Bella".

— Tudo muito interessante, mas minha teoria permanece inalterada.

— E sua teoria é?

— Por enquanto, prefiro não dizer. Lembre-se, estou apenas começando minha investigação.

— Diga-me uma coisa, *monsieur* Giraud — disse Poirot de repente. — Sua teoria explica como a porta foi aberta. Não explica por que foi *deixada* aberta. Quando eles partiram, não teria sido natural que a tivessem deixado fechada? Se um *sergent de ville*, por acaso, viesse até a casa, como às vezes é feito para ver se está tudo bem, poderiam ter sido descobertos e presos no ato.

— Nah! Eles esqueceram. Um erro, garanto.

Então, para minha surpresa, Poirot pronunciou quase as mesmas palavras que havia dito a Bex na noite anterior:

— *Não concordo com o senhor.* A porta aberta foi o resultado de um projeto ou de uma necessidade, e qualquer teoria que não admita esse fato se provará vã.

Todos olhamos para o homenzinho com uma grande dose de espanto. Na minha opinião, Giraud quis humilhá-lo com a questão do fósforo, mas agora Poirot tinha voltado a se mostrar autoconfiante como sempre, impondo-se sobre o policial francês.

O detetive torceu o bigode, encarando meu amigo de uma maneira um tanto brincalhona.

— Você não concorda comigo, não é? Bem, o que lhe chamou particularmente a atenção no caso? Vamos ouvir suas opiniões.

— Uma coisa pareceu ser muito significativa. Diga-me, *monsieur* Giraud, não percebeu nada familiar neste caso? Nada que o faça se lembrar de outro?

— Familiar? Lembrar-me de outro caso? Não posso dizer de imediato. Acho que não.

— O senhor está errado — disse Poirot, calmo. — Um crime muito semelhante já foi cometido antes.

— Quando? E onde?

— Ah, infelizmente, não consegui me lembrar ainda, mas farei isso. Eu esperava que *o senhor* pudesse me ajudar.

Giraud bufou, incrédulo.

— Foram muitos casos de homens mascarados. Não me lembro dos detalhes de todos eles. Os crimes todos se parecem mais ou menos.

— Existe algo que se chama toque individual. — Poirot assumiu repentinamente seu tom professoral e se dirigiu a nós coletivamente. — Estou falando agora da psicologia do crime. *Monsieur* Giraud sabe muito bem que cada criminoso tem seu método particular, e que a polícia, quando chamada para investigar, por exemplo, um caso de roubo, muitas vezes pode adivinhar qual foi o infrator simplesmente pelos métodos peculiares empregados. (Japp diria o mesmo, Hastings.) O homem é um animal pouco original. Sem originalidade dentro da lei em sua vida diária respeitável, igualmente sem originalidade fora da lei. Se um homem comete um crime, qualquer outro crime que cometer se assemelhará ao primeiro. O assassino inglês que descartou sucessivamente suas esposas afogando-as em suas banheiras é um exemplo disso. Se ele tivesse variado seus métodos, poderia estar livre até hoje. Mas ele obedeceu aos ditames comuns da natureza humana, argumentando para si mesmo que aquilo que deu certo uma vez seria novamente bem-sucedido, e pagou o preço de sua falta de originalidade.

— E aonde quer chegar com tudo isso? — zombou Giraud.

— Quando há dois crimes precisamente iguais em método e execução, encontraremos o mesmo cérebro por trás dos dois. Estou procurando por esse cérebro, *monsieur* Giraud, e vou encontrá-lo. Aqui temos uma pista verdadeira, uma pista psicológica. O senhor pode saber tudo sobre cigarros e fósforos, *monsieur* Giraud, mas eu, Hercule Poirot, conheço a mente do homem!

Giraud permaneceu indiferente.

— Para sua orientação — continuou Poirot —, também o aconselharei sobre um fato que pode não ter chegado ao seu conhecimento. O relógio de pulso de madame Renauld, no dia seguinte à tragédia, estava duas horas adiantado.

Giraud o olhou fixamente.

— Talvez ele sempre adiantasse.

— De fato, me disseram que sim.

— Muito bem, então.

— Mesmo assim, duas horas é muita coisa — disse Poirot, baixinho. — Depois, há o problema das pegadas no canteiro.

Ele acenou com a cabeça para a janela aberta. Giraud deu dois passos ansiosos e olhou para fora.

— Mas não estou vendo nenhuma pegada.

— Não — disse Poirot, ajeitando uma pilha de livros sobre a mesa. — Não há nenhuma.

Por um momento, uma raiva quase assassina obscureceu o rosto de Giraud. Ele deu dois passos em direção a quem o estava atormentando, mas naquele momento a porta do *salon* se abriu e Marchaud anunciou:

— *Monsieur* Stonor, o secretário, acaba de chegar da Inglaterra. Ele pode entrar?

10

Gabriel Stonor

O homem que agora entrava na sala era uma figura impressionante. Muito alto, com um corpo atlético, rosto e pescoço muito bronzeados, chamou a atenção de todos imediatamente. Até Giraud parecia anêmico ao lado dele. Quando o conheci melhor, descobri que Gabriel Stonor tinha uma personalidade bastante incomum. Inglês de nascimento, viajara pelo mundo todo. Havia feito caçadas na África, viajado pela Coreia, tido um rancho na Califórnia e negociado nas ilhas do Mar do Sul.

Seu olhar certeiro encontrou *monsieur* Hautet.

— O juiz de instrução encarregado do caso? Prazer em conhecê-lo, senhor. Uma situação terrível. Como está a senhora Renauld? Está aguentando bem o terrível evento? Deve ter sido um choque terrível para ela.

— Terrível, terrível — disse *monsieur* Hautet. — Permita-me apresentar *monsieur* Bex, nosso comissário de polícia, *monsieur* Giraud, da Sûreté. Este cavalheiro é *monsieur* Hercule Poirot. O sr. Renauld mandou chamá-lo, mas ele chegou tarde demais para fazer qualquer coisa que pudesse ter evitado a tragédia. Um amigo de *monsieur* Poirot, o capitão Hastings.

Stonor olhou para Poirot com certo interesse.

— Ele mandou chamá-lo?

— O senhor não sabia, então, que *monsieur* Renauld tinha chamado um detetive? — perguntou *monsieur* Bex.

— Não, não sabia. Mas isso não me surpreende nem um pouco.

— Por quê?

— Porque o velho estava abalado. Não sei do que se tratava. Ele não me contou nada. Não tínhamos uma relação tão próxima. Mas ele estava abalado. E muito!

— Hum! — disse *monsieur* Hautet. — Mas o senhor não tem nenhuma ideia de qual poderia ser o motivo?

— É como eu disse, senhor.

— Perdoe-me, *monsieur* Stonor, mas precisamos começar com algumas formalidades. Seu nome?

— Gabriel Stonor.

— Há quanto tempo era secretário de *monsieur* Renauld?

— Cerca de dois anos, quando ele chegou da América do Sul. Eu o conheci através de um amigo em comum e ele me ofereceu o cargo. Era um excelente patrão.

— Ele falava sobre a vida dele na América do Sul?

— Sim, bastante.

— Sabe se já esteve em Santiago?

— Acredito que várias vezes.

— Ele chegou a mencionar algum incidente especial que tenha ocorrido lá? Qualquer coisa que possa ter provocado alguma vingança contra ele?

— Nunca.

— Contou sobre algum segredo de que teve conhecimento enquanto estava lá?

— Não que eu me lembre. Mas, apesar disso, *havia* algo misterioso nele. Nunca o ouvi falar de sua infância, por exemplo, ou de qualquer incidente antes de sua ida para a América do Sul. Ele era franco-canadense de nascimento, acredito, mas nunca o ouvi falar de sua vida no Canadá. Ele se fechava como uma concha quando queria.

— Então, até onde consta, ele não tinha inimigos, e o senhor não pode nos dar nenhuma pista sobre qualquer segredo que poderia ter levado ao seu assassinato?

— Exatamente.

— *Monsieur* Stonor, já ouviu falar de alguém chamado Duveen que tivesse alguma ligação com *monsieur* Renauld?

— Duveen. Duveen. — Ele pensou um tempo no nome. — Acho que não. E, no entanto, parece familiar.

— Conhece uma senhora, amiga de *monsieur* Renauld, cujo primeiro nome seja Bella?

Novamente, o sr. Stonor balançou a cabeça.

— Bella Duveen? Esse é o nome completo? É curioso. Tenho certeza que conheço. Mas, neste momento, não me lembro com quem se relaciona.

O juiz tossiu.

— Entenda, *monsieur* Stonor, o caso é assim. *Não deve existir nenhuma reserva.* O senhor poderia pensar em madame Renauld, por quem, entendo, tem grande estima e afeto… talvez... na verdade! — disse *monsieur* Hautet, sem saber como prosseguir. — Mas não deve haver nenhuma reserva.

Stonor o fitou, e um lampejo de compreensão surgiu em seus olhos.

— Não entendo direito — ele disse gentilmente. — O que a senhora Renauld tem a ver com isso? Tenho muito respeito e carinho por aquela dama. Ela é uma pessoa maravilhosa e incomum, mas não vejo bem como minhas reservas, ou a falta delas, poderiam afetá-la.

— Nem se essa Bella Duveen pudesse ter sido algo mais do que uma amiga para o marido?

— Ah! — disse Stonor. — Agora entendi. Mas aposto que o senhor está errado. O velho nunca olhou para outra saia. Ele adorava sua esposa. Eles eram o casal mais devotado que conheço.

Monsieur Hautet balançou a cabeça suavemente.

— *Monsieur* Stonor, temos uma prova absoluta. Uma carta de amor escrita por essa Bella para *monsieur* Renauld, acusando-o de ter se cansado dela. Além disso, temos mais provas de que, no momento de sua morte, ele tinha um caso com uma francesa, madame Daubreuil, que aluga a casa ao lado.

O secretário apertou os olhos.

— Espere, senhor. O senhor está tirando as conclusões erradas. Eu conhecia Paul Renauld. O que acabou de dizer é um absurdo. Deve haver outra explicação.

O juiz de instrução deu de ombros.

— Qual outra explicação poderia haver?

— O que o leva a pensar que era um caso de amor?

— Madame Daubreuil costumava visitá-lo aqui à noite. Além disso, desde que *monsieur* Renauld chegou à Villa Geneviève, ela depositou grandes quantias de dinheiro na sua conta bancária. No total, o valor soma quatro mil libras.

— Acho que é isso mesmo — disse Stonor em voz baixa. — Eu enviei esses valores a pedido dele. Mas isso não tem a ver com um caso romântico.

— O que mais poderia ser?

— *Chantagem* — disse Stonor bruscamente, batendo forte com a mão na mesa. — Era esse o motivo.

— Ah! — exclamou o juiz, abalado.

— Chantagem — repetiu Stonor. — O velho estava sendo sangrado a um ritmo muito forte. Quatro mil em alguns meses. Uau! Acabei de dizer que havia um mistério relacionado com Renauld. Evidentemente, essa madame Daubreuil sabia o suficiente para conseguir pressioná-lo.

— É possível — disse o comissário, animado. — Decididamente, é possível.

— Possível? — bramiu Stonor. — É verdade. Diga-me, já perguntou à senhora Renauld sobre esse caso de amor?

— Não, *monsieur*. Queríamos evitar causar-lhe qualquer desgosto, se possível.

— Desgosto? Ela iria rir na sua cara. Estou dizendo, ela e Renauld eram um casal único.

— Ah, isso me lembra outro ponto — disse *monsieur* Hautet. — O senhor conhecia as condições do testamento de *monsieur* Renauld?

— Conheço tudo que está no testamento, levei aos advogados depois que ele o escreveu. Posso dar o nome deles, se quiserem ver. Está lá com eles. É bem simples. Metade da fortuna fica com sua esposa por toda a vida, a outra metade vai para seu filho. Alguns outros poucos beneficiários. Acho que ele me deixou mil libras.

— Quando esse testamento foi escrito?

— Ah, cerca de um ano e meio atrás.

— Ficaria muito surpreso, *monsieur* Stonor, se eu dissesse que *monsieur* Renauld fez outro testamento, menos de duas semanas atrás?

Stonor ficou, obviamente, muito surpreso.

— Não tinha nenhuma ideia. O que consta nele?

— Toda a vasta fortuna dele é deixada apenas para a esposa. Não há menção ao filho.

O sr. Stonor deu um suspiro prolongado.

— Isso me parece muito duro para o rapaz. Sua mãe o adora, é claro, mas, para o mundo em geral, parece que o pai não confiava muito nele. Será um forte golpe para seu orgulho. Ainda assim, tudo prova o que lhe disse, que Renauld e sua esposa tinham um relacionamento excelente.

— Sem dúvida, sem dúvida — disse *monsieur* Hautet. — É possível que tenhamos que revisar nossas ideias em vários pontos. Nós, obviamente, mandamos um telegrama para Santiago e esperamos uma resposta a qualquer momento. É muito provável que tudo seja perfeitamente esclarecido. Por outro lado, se sua sugestão de chantagem for verdadeira, madame Daubreuil poderá nos fornecer informações valiosas.

Poirot fez uma observação:

— *Monsieur* Stonor, fazia muito tempo que o motorista inglês, Masters, trabalhava para *monsieur* Renauld?

— Mais de um ano.

— Sabe se ele já esteve na América do Sul?

— Tenho quase certeza de que não. Antes de vir trabalhar para o sr. Renauld, ele esteve durante muitos anos com algumas pessoas em Gloucestershire, que eu conheço bem.

— Então, o senhor pode afirmar que ele está acima de qualquer suspeita?

— Completamente.

Poirot parecia um pouco desanimado.

Enquanto isso, o juiz tinha chamado Marchaud.

— Envie meus cumprimentos à madame Renauld e pergunte se poderia falar com ela por alguns minutos. Mas diga para não se incomodar, pois vou esperar por ela lá em cima.

Marchaud assentiu e saiu.

Esperamos por alguns minutos e, para nossa surpresa, a porta se abriu e a sra. Renauld, mortalmente pálida em seu luto, entrou na sala.

Monsieur Hautet trouxe uma cadeira, proferindo protestos vigorosos, e ela agradeceu com um sorriso. Stonor estava segurando a mão dela com uma simpatia eloquente. Era evidente que ele não tinha palavras. A senhora Renauld virou-se para *monsieur* Hautet.

— Queria me perguntar algo?

— Com sua permissão, madame. Sei que seu marido era franco-canadense de nascimento. Pode me dizer alguma coisa de sua juventude ou de sua educação?

Ela negou com a cabeça.

— Meu marido sempre foi muito reservado sobre sua vida, *monsieur*. Ele veio do noroeste, eu sei, mas acho que teve uma infância infeliz, pois nunca quis falar sobre aquela época. Nossa vida acontecia inteiramente no presente e no futuro.

— Havia algum mistério em sua vida passada?

A senhora Renauld sorriu um pouco e balançou a cabeça.

— Nada muito romântico, tenho certeza, *monsieur*.

Monsieur Hautet também sorriu.

— É verdade, não devemos cair no melodrama. Há mais uma coisa... — ele hesitou.

Stonor o interrompeu impetuosamente:

— Eles pensam algo absurdo, senhora Renauld. Acreditam que o sr. Renauld estava tendo um caso com uma madame Daubreuil que, ao que parece, mora ao lado.

O rosto da sra. Renauld ficou vermelho. Ela levantou a cabeça e mordeu o lábio, tremendo. Stonor ficou olhando para ela com espanto, mas *monsieur* Bex se inclinou para a frente e disse suavemente:

— Lamentamos causar-lhe sofrimento, madame, mas existe algum motivo para acreditar que madame Daubreuil era amante do seu marido?

Com um soluço de angústia, a sra. Renauld escondeu o rosto nas mãos. Os ombros dela se moviam convulsivamente. Por fim, levantou a cabeça e disse com a voz entrecortada:

— Ela pode ter sido.

Nunca, em toda a minha vida, vi algo igual ao rosto empalecido pelo espanto de Stonor. Ele fora completamente tomado pela surpresa.

11

Jack Renauld

Como a conversa teria continuado, não posso dizer, pois naquele momento a porta foi aberta violentamente e um jovem alto entrou na sala.

Por um momento, tive a estranha sensação de que o morto havia voltado à vida. Então percebi que aquela cabeça não tinha cabelos grisalhos e que, na verdade, era apenas um garoto que entrava na sala com pouca cerimônia. Caminhou diretamente em direção à sra. Renauld, com grande impetuosidade, sem prestar atenção à presença de outras pessoas.

— Mãe!

— Jack!

Com um grito, ela o recebeu em seus braços.

— Meu querido! Mas o que o traz aqui? Você não deveria ter embarcado no *Anzora* de Cherbourg há dois dias? — Então, lembrando-se de repente da presença de outras pessoas, ela se virou com certa dignidade: — Meu filho, *messieurs*.

— Muito bem! — disse *monsieur* Hautet, quando o jovem se inclinou. — Então o senhor não embarcou no *Anzora*?

— Não, *monsieur*. Como eu estava prestes a explicar, o *Anzora* foi detido 24 horas por problemas no motor. Eu deveria ter embarcado ontem à noite, e não na noite anterior, mas, ao comprar um jornal, vi um relato da... da terrível tragédia que havia nos atingido. — Sua voz falhou e lágrimas caíram de seus olhos. — Meu pobre pai, meu pobre, pobre pai.

Olhando para ele como se estivesse sonhando, a senhora Renauld repetiu:

— Então você não embarcou? — E, com um gesto de cansaço infinito, murmurou algo quase para si mesma: — Afinal, isso não importa... agora.

— Sente-se, *monsieur* Renauld, por favor — disse *monsieur* Hautet, indicando uma cadeira. — Lamento profundamente o ocorrido. Deve ter sido um choque terrível tomar conhecimento sobre a notícia desta maneira. No entanto, é uma sorte que tenha sido impedido de embarcar. Espero que possa nos fornecer as informações necessárias para esclarecer esse mistério.

— Estou à sua disposição, *monsieur*. Pode fazer qualquer pergunta que quiser, por favor.

— Para começar, entendo que essa viagem seria realizada a pedido de seu pai.

— Exatamente, *monsieur*. Recebi um telegrama pedindo para prosseguir sem demora para Buenos Aires. De lá, seguiria, pelos Andes, para Valparaíso e Santiago.

— Ah! E o objetivo dessa viagem?

— Não tenho ideia.

— O quê?

— Não. Veja, aqui está o telegrama.

O juiz o pegou e leu em voz alta:

— "Prossiga imediatamente Cherbourg embarcar *Anzora* saindo hoje à noite Buenos Aires. Destino final Santiago. Mais instruções aguardam em Buenos Aires. Não falhe. Questão de extrema importância. renauld ." E não houve alguma correspondência anterior sobre o assunto?

Jack Renauld negou com a cabeça.

— Foi a única instrução que recebi. Eu sabia, é claro, que meu pai, tendo vivido tanto tempo lá, mantinha necessariamente muitos interesses na América do Sul. Mas ele nunca tinha mencionado que gostaria de me enviar para lá.

— O senhor já esteve na América do Sul, *monsieur* Renauld?

— Estive lá quando era criança. Mas fui educado na Inglaterra e passei a maior parte das minhas férias nesse país, então realmente conheço muito menos a América do Sul do que se poderia imaginar. Veja, a guerra começou quando eu tinha dezessete anos.

— O senhor serviu no Real Corpo Aéreo, não?

— Sim, *monsieur*.

Monsieur Hautet assentiu e prosseguiu com seu interrogatório dentro das linhas agora já conhecidas. Em resposta, Jack Renauld declarou em definitivo que não sabia de nenhuma inimizade que seu pai pudesse ter na cidade de Santiago ou em qualquer outro lugar do continente sul-americano, que não havia notado nenhuma mudança nos modos de seu pai ultimamente e que nunca o tinha ouvido se referir a um segredo. Imaginava que a missão na América do Sul estaria ligada aos interesses comerciais.

Quando *monsieur* Hautet parou por um minuto, ouvimos a voz calma de Giraud:

— Gostaria de fazer algumas perguntas, *monsieur le juge*.

— Faça o favor, *monsieur* Giraud, como desejar — disse o juiz friamente.

Giraud aproximou a cadeira um pouco mais da mesa.

— O senhor tinha uma boa relação com seu pai, *monsieur* Renauld?

— Certamente — retrucou o rapaz, com um tom arrogante.

— Está seguro disso?

— Sim.

— Nenhuma briga, então?

Jack deu de ombros.

— Todo mundo pode ter uma opinião diferente de vez em quando.

— Certamente, certamente. Mas, se alguém afirmasse que o senhor teve uma briga violenta com seu pai na véspera de sua partida para Paris, essa pessoa, sem dúvida, estaria mentindo?

Não podia deixar de admirar a engenhosidade de Giraud. Quando ele disse "eu sei de tudo", não estava blefando. Jack Renauld ficou claramente desconcertado com a pergunta.

— Nós... tivemos uma discussão — ele admitiu.

— Ah, uma discussão! No decorrer desse desentendimento, o senhor usou a frase "Quando o senhor estiver morto, vou poder fazer o que quiser"?

— Posso ter falado — murmurou o outro. — Não sei.

— Em resposta a isso, seu pai respondeu "Mas ainda não estou morto!"? Ao que o senhor respondeu "Gostaria que estivesse!"?

O rapaz não respondeu. Suas mãos brincavam nervosamente com as coisas em cima da mesa.

— Por favor, peço que me responda, *monsieur* Renauld — disse Giraud, duramente.

Com uma exclamação furiosa, o rapaz derrubou uma pesada faca para abrir cartas no chão.

— O que isso importa? O senhor já deve muito bem saber. Sim, eu briguei com meu pai. Assumo que disse todas essas coisas, fiquei com tanta raiva que nem me lembro do que disse! Eu estava furioso... quase poderia tê-lo matado naquele momento... Pronto, conclua o que quiser!

Ele se encostou na cadeira, corado e desafiador. Giraud sorriu, afastando um pouco a cadeira, e disse:

— Isso é tudo. O senhor, sem dúvida, vai preferir continuar o interrogatório, *monsieur* Hautet.

— Ah, sim, exatamente — disse *monsieur* Hautet. — E qual foi o motivo da discussão?

— Recuso-me a dizer.

Monsieur Hautet endireitou-se na cadeira.

— *Monsieur* Renauld, não é permitido brincar com a lei! — vociferou. — Qual foi o motivo da discussão?

O jovem Renauld permaneceu calado, com o rosto juvenil sombrio e fechado. Mas outra voz falou, imperturbável e calma, a voz de Hercule Poirot:

— Posso contar, se quiser, *monsieur*.

— O senhor sabe?

— Claro que sei. O motivo da discussão foi a *mademoiselle* Marthe Daubreuil.

Renauld virou-se, assustado. O juiz se inclinou para a frente.

— É verdade, *monsieur*?

Jack Renauld baixou a cabeça.

— É — ele admitiu. — *Amo mademoiselle* Daubreuil e desejo me casar com ela. Quando contei isso a meu pai, ele teve um ataque violento de raiva. Naturalmente, não suportei ouvir como ele insultava a garota que eu amava e também perdi a paciência.

Monsieur Hautet olhou para a sra. Renauld.

— A senhora sabia dessa... ligação, madame?

— Receava isso — respondeu ela simplesmente.

— Mãe! — exclamou o rapaz. — Você também! Marthe é tão boa quanto é linda! O que pode ter contra ela?

— Não tenho absolutamente nada contra *mademoiselle* Daubreuil. Mas preferiria que você se casasse com uma inglesa ou, se fosse uma francesa, alguém que não tivesse uma mãe com antecedentes duvidosos!

Seu rancor contra a mulher mais velha apareceu bem claro em sua voz, e pude entender que deve ter sido um duro golpe para ela quando seu único filho mostrou sinais de que estava apaixonado pela filha de sua rival.

A sra. Renauld continuou, dirigindo-se ao juiz:

— Talvez eu devesse ter falado com meu marido sobre o assunto, mas esperava que fosse apenas um flerte entre jovens que terminaria mais rapidamente se ninguém desse muita importância. Agora me culpo pelo meu silêncio, mas meu marido, como lhe disse, parecia tão ansioso e preocupado, completamente diferente do normal, que não quis deixá-lo ainda mais preocupado.

Monsieur Hautet assentiu.

— Quando o senhor contou a seu pai de suas intenções em relação a *mademoiselle* Daubreuil — continuou —, ele ficou surpreso?

— Ele ficou completamente surpreso. Então mandou, categoricamente, que eu esquecesse isso. Ele nunca permitiria esse casamento. Irritado, eu exigi saber o que ele tinha contra *mademoiselle* Daubreuil. Ele não conseguiu dar nenhuma resposta satisfatória, mas falou com menosprezo sobre algum mistério que envolvia a vida da mãe e da filha. Respondi que me casaria com Marthe, e não com os antecedentes dela, mas ele gritou, recusando-se totalmente a discutir o assunto. Disse que eu deveria abandonar tal ideia. A injustiça e a arbitrariedade de tudo isso me deixaram louco, especialmente porque ele próprio sempre parecia se esforçar para dar atenção especial às Daubreuil e sugeriu várias vezes que elas deveriam ser convidadas a vir aqui. Perdi a cabeça e brigamos muito sério. Meu pai me lembrou que eu era totalmente dependente dele, e deve ter sido por isso que fiz a observação de que faria o que quisesse após sua morte...

Poirot interrompeu com uma pergunta rápida:

— O senhor sabia, então, os termos do testamento de seu pai?

— Eu sabia que ele havia deixado metade de sua fortuna para mim, a outra metade para minha mãe, e que tudo ficaria para mim quando ela morresse — respondeu o rapaz.

— Continue com sua história — disse o juiz.

— Depois disso, gritamos um com o outro com muita raiva, até que de repente percebi que corria o risco de perder meu trem para Paris. Tive que correr para a estação, ainda tomado pela fúria. No entanto, quando já estava longe, acabei me acalmando. Escrevi para Marthe, contando o que tinha acontecido, e sua resposta me acalmou ainda mais. Ela me mostrou que deveríamos ser firmes e que qualquer oposição acabaria cedendo. Nosso carinho um pelo outro tinha de ser testado e provado, e quando meus pais percebessem que não era uma paixão passageira da minha parte, eles sem dúvida cederiam e aceitariam. É claro que não contei a ela qual era a principal objeção de meu pai ao casamento. Logo vi que o uso da violência não faria nenhum bem à minha causa. Meu pai escreveu várias cartas para mim em Paris, em tom afetuoso, e que não tocavam em nossa discordância ou sua causa, e eu respondi da mesma forma.

— Pode nos mostrar essas cartas? — perguntou Giraud.

— Eu não as guardei.

— Não importa — disse o detetive.

Renauld olhou para ele por um momento, mas o juiz continuou com suas perguntas.

— Passando para outro assunto, conhece o nome Duveen, *monsieur* Renauld?

— Duveen? — perguntou Jack. — Duveen? Ele se inclinou para a frente e lentamente pegou a faca para abrir cartas que havia atirado sobre a mesa. Quando levantou a cabeça, seu olhar se encontrou com os olhos observadores de Giraud. — Duveen? Não, acho que não conheço.

— Pode ler esta carta, *monsieur* Renauld? E me diga se tem alguma ideia de quem foi a pessoa que a enviou ao seu pai?

Jack Renauld pegou a carta e leu, seu rosto foi ficando vermelho.

— Enviada a meu pai?

A emoção e a indignação em sua voz eram evidentes.

— Sim. Encontramos no bolso do casaco dele.

— Já... — Ele hesitou, lançando um olhar muito rápido na direção de sua mãe.

O juiz entendeu.

— Por enquanto, não. Pode nos dar alguma pista de quem a escreveu?

— Não tenho nenhuma ideia.

Monsieur Hautet soltou um suspiro.

— Um caso muito misterioso. Bem, suponho que podemos descartar a carta completamente. O que acha, *monsieur* Giraud? Parece que não nos leva a lugar algum.

— Realmente não leva — concordou o detetive, com ênfase.

— E, no entanto — suspirou o juiz —, prometia, no começo, ser um caso tão bonito e simples!

Ele viu os olhos da sra. Renauld e corou imediatamente, confuso.

— Ah, sim — ele tossiu, mexendo nos papéis sobre a mesa. — Deixe-me ver, onde estávamos? Ah, a arma. Temo que isso possa lhe causar algum sofrimento, *monsieur* Renauld. Entendo que foi um presente do senhor para sua mãe. Muito triste, muito angustiante.

Jack Renauld se inclinou para a frente. Seu rosto, que tinha ficado vermelho durante a leitura da carta, estava agora mortalmente branco.

— Quer dizer que foi com a faca de abrir cartas feita de cabo de avião que meu pai foi morto? Mas é impossível! Uma coisinha como aquela!

— Uma pena, *monsieur* Renauld, mas é verdade! Uma arma inusitada, realmente. Afiada e fácil de manusear.

— Onde está? Posso vê-la? Ainda está no... corpo?

— Ah não, já foi removida. Gostaria de vê-la? Para ter certeza? Não teria problema, embora madame já a tenha identificado. Mesmo assim... *monsieur* Bex, poderia fazer o favor?

— Claro. Vou buscá-la imediatamente.

— Não seria melhor levar *monsieur* Renauld ao barracão? — sugeriu Giraud, calmo. — Sem dúvida, ele gostaria de ver o corpo do pai.

O garoto fez um gesto trêmulo de negação, e o juiz, sempre disposto a contrariar Giraud quando possível, respondeu:

— Mas não, não neste momento. *Monsieur* Bex terá a gentileza de trazer a arma para cá.

O comissário saiu da sala. Stonor foi até Jack e apertou sua mão. Poirot havia se levantado e estava ajustando um par de castiçais que pareciam tortos para seu olho treinado. O juiz estava lendo a misteriosa carta de amor pela última vez, agarrando-se desesperadamente à sua primeira teoria de ciúme e uma facada nas costas.

De repente, a porta se abriu e o comissário entrou correndo.

— *Monsieur le juge! Monsieur le juge!*
— O que foi?
— A faca! Desapareceu!
— O quê? Desapareceu?
— Sumiu. Desapareceu. O frasco de vidro onde ela se encontrava está vazio!
— O quê? — gritei. — Impossível. Ora, nesta mesma manhã eu a vi... — As palavras morreram na minha boca.

Mas toda a sala se virou para mim.

— O que você disse? — questionou o comissário. — Esta manhã?

— Eu a vi lá esta manhã — falei lentamente. — Há uma hora e meia, para ser mais preciso.

— Você entrou no galpão, então? Como conseguiu a chave?
— Pedi ao *sergent de ville*.
— E você foi lá? Por quê?

Hesitei, mas no final decidi que a única coisa a fazer era contar a verdade.

— *Monsieur* Hautet — falei —, cometi uma grave falta, pela qual peço desculpas.

— Continue, *monsieur*.

— O fato é que encontrei uma jovem, uma conhecida minha. Ela demonstrou um grande desejo de ver tudo o que havia para ser visto, e eu... bem, em resumo, peguei a chave para mostrar-lhe o corpo — disse, desejando estar em qualquer outro lugar, menos ali.

— Ah! — exclamou o juiz, indignado. — Mas é uma falha grave que o senhor cometeu, capitão Hastings. É totalmente irregular. O senhor não deveria ter feito essa loucura.

— Eu sei — falei humildemente. — Mereço todas as censuras que puder me dirigir, *monsieur*.

— O senhor não convidou essa senhora para vir aqui?

— Claro que não. Eu a encontrei por acidente. É uma senhorita inglesa que por acaso está em Merlinville, embora eu não soubesse disso até meu inesperado encontro com ela.

— Bem, bem — disse o juiz, mais calmo. — Foi muito errado, mas a dama é sem dúvida jovem e bonita. O que a juventude faz em nós! — E suspirou sentimentalmente.

Mas o comissário, menos romântico e mais prático, continuou o interrogatório:

— Mas o senhor não fechou e trancou a porta quando saiu?

— Exatamente — eu disse, devagar. — É por isso que me culpo. Minha amiga ficou transtornada com a visão. Ela quase desmaiou. Peguei um pouco de conhaque e água para ela e depois insisti em acompanhá-la de volta à cidade. Com tudo isso, esqueci de trancar a porta. Só fiz isso quando voltei para cá.

— Então, por pelo menos vinte minutos... — disse o comissário lentamente, e parou.

— Exatamente — falei.

— Vinte minutos — refletiu o comissário.

— É deplorável — disse *monsieur* Hautet, voltando a falar com severidade. — Sem precedentes.

De repente outra voz falou.

— O senhor acha deplorável? — perguntou Giraud.

— Claro que sim.

— Acho admirável! — disse o outro, imperturbável. Este aliado inesperado me deixou perplexo.

— Admirável, *monsieur* Giraud? — perguntou o juiz, estudando-o cautelosamente de soslaio.

— Exatamente.

— E por quê?

— Porque sabemos agora que o assassino, ou um cúmplice do assassino, esteve perto daqui há apenas uma hora. Será estranho que, com esse conhecimento, não consigamos prendê-lo em pouco tempo. — Havia uma nota de ameaça em sua voz. Ele continuou: — Ele se arriscou bastante para roubar aquela faca. Talvez temesse que pudessem ser encontradas impressões digitais nela.

Poirot se virou para Bex.

— O senhor disse que não havia nenhuma.

Giraud deu de ombros.

— Talvez ele não tivesse certeza.

Poirot olhou para ele.

— O senhor está errado, *monsieur* Giraud. O assassino usou luvas. Então ele deve ter certeza.

— Não estou dizendo que foi o assassino. Pode ter sido um cúmplice que não estava ciente desse fato.

O assistente do juiz estava juntando os papéis sobre a mesa. *Monsieur* Hautet se dirigiu a nós:

— Nosso trabalho aqui está terminado. Talvez, *monsieur* Renauld, o senhor queira ouvir enquanto lemos seu depoimento. Propositadamente conduzi todos os procedimentos da forma mais despojada possível. Fui chamado de original em meus métodos, mas sustento que se pode ganhar muito com essa originalidade. O caso está agora nas mãos inteligentes do renomado *monsieur* Giraud. Ele sem dúvida saberá investigar. Na verdade, fico surpreso que ele ainda não tenha prendido os assassinos! Madame, novamente apresento minhas condolências. *Messieurs,* desejo a todos um bom dia.

E, acompanhado pelo seu assistente e pelo comissário, ele se retirou.

Poirot pegou seu grande relógio de bolso e olhou a hora.

— Vamos voltar para o hotel para almoçar, meu amigo — disse ele. — E você me contará todas suas indiscrições desta manhã. Ninguém está nos observando. Não precisamos nos despedir.

Saímos silenciosamente da sala. O juiz de instrução tinha acabado de partir em seu carro. Eu estava descendo a escada quando a voz de Poirot me parou:

— Um instante, meu amigo.

Habilmente, ele pegou sua fita métrica e começou, com muita solenidade, a medir um sobretudo pendurado no corredor, do colarinho à bainha. Eu nunca tinha visto aquele sobretudo lá antes, e imaginei que pertencia ao sr. Stonor ou a Jack Renauld.

Então, satisfeito, Poirot guardou a fita métrica no bolso e saímos da casa.

12

Poirot elucida certos pontos

— Por que você mediu aquele sobretudo? — perguntei, com alguma curiosidade, enquanto caminhávamos devagar pela estrada branca e quente.

— *Parbleu!* Para ver o comprimento dele — respondeu meu amigo imperturbável.

Fiquei irritado. O hábito incurável de Poirot de criar um mistério desnecessário nunca deixou de me perturbar. Fiquei em silêncio e entreguei-me a meus próprios pensamentos. Embora não tivesse notado no momento, certas palavras que a sra. Renauld havia dirigido ao filho agora ficavam se repetindo, repletas de um novo significado. "Então você não embarcou?", ela dissera, e depois acrescentou: "*Afinal, isso não importa... agora.*"

O que ela quis dizer com isso? As palavras eram enigmáticas — significativas. Seria possível que ela soubesse mais do que imaginávamos? Ela disse que não sabia nada sobre a misteriosa missão que o marido havia confiado ao filho. Mas será que sabia mais do que dizia? Será que ela poderia nos dar uma luz, se assim o escolhesse fazer, e seu silêncio era parte de um plano cuidadosamente pensado e preconcebido?

Quanto mais eu pensava nisso, mais ficava convencido de que estava certo. A sra. Renauld sabia mais do que tinha decidido contar. Ao se surpreender com o retorno do filho, ela se traiu momentaneamente. Fiquei convencido de que ela conhecia, se não os assassinos, pelo menos o motivo do assassinato. Mas alguma razão muito forte a mantinha calada.

— Você está muito pensativo, meu amigo — observou Poirot, interrompendo minhas reflexões. — O que o intriga tanto?

Contei a ele, seguro do que estava dizendo, apesar de esperar que ele ridicularizasse minhas suspeitas. Mas, para minha surpresa, ele concordou, pensativo.

— Você está certo, Hastings. Desde o começo, tinha certeza de que ela estava escondendo algo. No começo, suspeitei dela, de que, se não fosse a mentora, pelo menos teria conspirado para cometer o crime.

— Você suspeitou *dela*? — perguntei.

— Claro. Seus benefícios são extremos. De fato, por esse novo testamento, ela é a única pessoa a se beneficiar. Então, desde o início, ela chamou minha atenção. Você deve ter notado que aproveitei a oportunidade para examinar seus pulsos. Queria ver se havia alguma possibilidade de ela ter se amordaçado e amarrado. *Eh bien*, vi imediatamente que não havia nada falso, a corda tinha sido realmente apertada com tanta força que cortara a carne. Isso descartou a possibilidade de ter cometido o crime sozinha. Mas ainda era possível que tivesse conspirado ou tivesse sido a instigadora, com um cúmplice. Além disso, a história, como ela contou, era estranhamente familiar para mim: os homens mascarados que ela não conseguia reconhecer, a menção a um "segredo". Eu já ouvi ou li tudo isso antes. Outro pequeno detalhe confirmou minha crença de que ela não estava falando a verdade. *O relógio de pulso, Hastings, o relógio de pulso!*

Mais uma vez esse relógio de pulso! Poirot estava me olhando com curiosidade.

— Você consegue ver, *mon ami*? Você entende?

— Não — respondi muito mal-humorado. — Não vejo nem compreendo. Você cria todos esses mistérios confusos e é inútil pedir que me explique. Sempre gosta de guardar alguma carta na manga até o último minuto.

— Não se irrite, meu amigo — disse Poirot, sorrindo. — Vou explicar se quiser. Mas nem uma palavra para Giraud, *c'est entendu*? Ele me trata como um velho sem importância! *Veremos!* Para ser justo, dei uma dica para ele. Se ele optar por não investigá-la, é problema dele.

Garanti a Poirot que ele podia confiar em minha discrição.

— *C'est bien!* Vamos então empregar nossa massa cinzenta. Diga-me, meu amigo, a que horas, para você, aconteceu a tragédia?

— Ora, às duas horas, mais ou menos — falei, atônito. — A sra. Renauld nos disse que ouviu o relógio batendo enquanto os homens estavam no quarto.

— Exatamente, e com base nisso, você, o juiz, Bex e todos os outros aceitam essa hora sem mais perguntas. Mas eu, Hercule Poirot, digo que madame Renauld mentiu. *O crime ocorreu pelo menos duas horas antes.*

— Mas os médicos...

— Eles declararam, após examinar o corpo, que a morte havia ocorrido entre dez e sete horas antes. *Mon ami*, por alguma razão, era necessário que o crime parecesse ter sido cometido mais tarde do que realmente aconteceu. Você já leu sobre um relógio quebrado marcando a hora exata de um crime? Para que o tempo não recaísse apenas no testemunho de madame Renauld, alguém adiantou em duas horas o relógio e depois o jogou violentamente no chão. Mas, como geralmente acontece, o feitiço virou-se contra o feiticeiro. O vidro foi quebrado, mas o mecanismo do relógio não sofreu nada. Foi uma manobra muito desastrosa da parte deles, pois imediatamente chamou minha atenção para dois pontos: primeiro, que madame Renauld estava mentindo; segundo, que deve existir alguma razão vital para adiar a hora do crime.

— Mas que razão poderia haver?

— Ah, essa é a questão! Aí está todo o mistério. Até agora, não posso explicar. Só me ocorre uma questão com alguma conexão possível.

— E qual é?

— O último trem saiu de Merlinville dezessete minutos depois da meia-noite.

Acompanhei lentamente seu pensamento e completei:

— Assim, se o crime tivesse acontecido duas horas depois, qualquer pessoa viajando naquele trem teria um álibi!

— Perfeito, Hastings! Você entendeu!

Eu continuei.

— Mas então devemos perguntar na estação! Certamente não podem ter deixado de notar dois estrangeiros que partiram naquele trem! Devemos ir lá imediatamente!

— Você acha, Hastings?

— Claro. Vamos lá agora.

Poirot conteve meu entusiasmo com um leve toque no braço.

— Vá, se desejar, *mon ami*... mas se for, não peça informações sobre dois estrangeiros.

Eu olhei e ele disse, bastante impaciente:

— *Là, là*, você não acreditou em toda essa conversa fiada, não é? Os homens mascarados e todo o resto de *cette histoire-là!*

Suas palavras me surpreenderam de tal maneira que eu mal soube como responder. Ele continuou serenamente:

— Você ouviu quando eu disse a Giraud que todos os detalhes desse crime pareciam familiares, não ouviu? *Eh bien*, isso pressupõe duas possibilidades: ou o cérebro que planejou o primeiro crime também planejou esse, ou então a narrativa de uma *cause célèbre* inconscientemente permaneceu na memória de nosso assassino e o inspirou nos detalhes. Serei capaz de me pronunciar definitivamente sobre isso depois... — a frase ficou sem conclusão.

Eu estava revirando diversos assuntos em minha mente.

— Mas e a carta do sr. Renauld? Ela menciona um segredo e Santiago!

— Sem dúvida, havia um segredo na vida de *monsieur* Renauld; disso eu não duvido. Por outro lado, a palavra Santiago, na minha opinião, era só uma isca usada para nos despistar. É possível que tenha sido usada da mesma maneira contra *monsieur* Renauld, para evitar que voltasse suas suspeitas contra alguém mais próximo. Ah, tenha certeza, Hastings, o perigo que o ameaçava não estava em Santiago, estava bem debaixo do nariz dele, na França.

Ele falou tão sério e com tanta segurança que não havia como não me convencer. Mas ensaiei uma objeção final:

— E o palito de fósforo e a ponta de cigarro encontrados perto do corpo? O que acha disso?

Uma luz de puro prazer iluminou o rosto de Poirot.

— Plantados! Deliberadamente plantados lá para que Giraud ou alguém como ele encontrasse! Ah, Giraud é esperto, tem seus truques na manga! Mas um bom cão farejador também tem. Ele chega tão satisfeito consigo mesmo. Fica se arrastando de bruços por horas. "Vejam o que encontrei", diz. E então novamente para mim: "O que o senhor vê aqui?" Eu respondo com profunda e total verdade: "Nada". E Giraud, o grande Giraud, ri e pensa consigo mesmo: "Ah, esse velho é um imbecil!" *Mas veremos...*

No entanto, minha mente já voltara aos principais fatos.

— Então toda essa história dos homens mascarados...?

— É falsa.

— O que aconteceu de verdade?

Poirot deu de ombros.

— Uma pessoa poderia nos contar: madame Renauld. Mas ela não vai falar. Ameaças e pedidos não a comoveriam. É uma mulher notável, Hastings. Reconheci assim que a vi que teria de lidar com uma mulher de caráter incomum. No começo, como eu disse, inclinei-me a suspeitar que ela estivesse envolvida no crime. Depois mudei de opinião.

— O que o fez mudar?

— A tristeza espontânea e genuína ao ver o corpo do marido. Poderia jurar que a agonia naquele choro era genuína.

— Sim — disse, pensativo — não dá para confundir essas coisas.

— Desculpe-me, meu amigo, sempre podemos ser enganados. Pense em uma grande atriz, o luto dela em um palco não o convence e o impressiona com sua realidade? Não, por mais forte que seja minha impressão e crença, eu precisava de outras evidências antes de me permitir ficar satisfeito. O grande criminoso pode ser um grande ator. Tenho como base para minha certeza, neste caso, não minha própria impressão, mas o fato inegável de que madame Renauld realmente desmaiou. Levantei suas pálpebras e senti seu pulso. Não era fingimento, o desmaio foi legítimo. Por isso, fiquei convencido de que sua angústia era real, e não impostura. Além disso, havia um pequeno detalhe adicional, era desnecessário que madame Renauld exibisse uma dor tão profunda. Ela já havia tido um ataque ao receber a notícia da morte do marido, e não haveria necessidade de simular um de maneira tão violenta ao contemplar o corpo dele. Não, madame Renauld não assassinou o próprio marido. Mas por que ela mentiu? Mentiu sobre o relógio de pulso, mentiu sobre os homens mascarados e mentiu sobre uma terceira coisa. Diga-me, Hastings, qual é a sua explicação para a porta aberta?

— Bem — falei, um pouco envergonhado — acho que foi um descuido. Esqueceram-se de fechá-la.

Poirot negou com a cabeça e suspirou.

— Essa é a explicação de Giraud. Ela não me satisfaz. Há um significado por trás daquela porta aberta que, por enquanto, não consigo entender.

— Tenho uma ideia! — exclamei de repente.

— *A la bonne heure!** Vamos ouvi-la.

— Ouça. Concordamos que a história da sra. Renauld é uma invenção. Não é possível, então, que o sr. Renauld tenha saído de casa para um encontro (possivelmente com o assassino), deixando a porta da frente aberta para quando voltasse? Então ele não voltou e, na manhã seguinte, foi encontrado esfaqueado nas costas.

— Uma teoria admirável, Hastings, a não ser por dois fatos que você negligenciou, como sempre. Em primeiro lugar, quem

---

* Que bom! (N. T.)

amordaçou e amarrou madame Renauld? E por que eles deveriam voltar para casa para fazer isso? Em segundo lugar, nenhum homem neste planeta sairia para um encontro usando um sobretudo sobre as roupas de baixo. Existem circunstâncias em que um homem pode usar pijama e um sobretudo, mas somente roupa de baixo com o sobretudo, nunca!

— É verdade — disse, bastante desanimado.

— Não — continuou Poirot —, precisamos procurar em outro lugar uma solução para o mistério da porta aberta. Tenho certeza de uma coisa: eles não saíram pela porta. Eles saíram pela janela.

— O quê?

— Exatamente.

— Mas não havia pegadas no canteiro debaixo da janela.

— Não, *e deveria haver*. Escute, Hastings. O jardineiro, Auguste, como você mesmo ouviu contar, plantou nos dois canteiros na tarde anterior. Em um, há imensas impressões de suas grandes botas de cano baixo, no outro, *nenhuma!* Entende? Alguém passou por ali, alguém que, para eliminar suas pegadas, alisou a superfície do canteiro com um ancinho.

— Onde conseguiram um ancinho?

— No mesmo lugar onde conseguiram a pá e as luvas de jardinagem — disse Poirot, impaciente. — Não é difícil conseguir um utensílio como esse.

— O que o faz pensar que eles saíram dessa maneira? Não seria mais provável que entrassem pela janela e saíssem pela porta?

— Isso é possível, é claro. No entanto, acho mesmo que eles saíram pela janela.

— Acho que você está errado.

— Talvez, *mon ami*.

Fiquei pensando no novo campo de conjecturas que as deduções de Poirot tinham aberto. Lembrei-me da minha admiração por suas alusões enigmáticas ao canteiro e ao relógio de pulso. Suas observações pareciam tão sem sentido naquele momento, e agora, pela primeira vez, fiquei admirado como, a partir de alguns pequenos incidentes, ele tinha desvendado grande parte do mistério que cercava o caso. Prestei uma homenagem tardia ao meu amigo. Como se estivesse lendo meus pensamentos, ele assentiu sabiamente.

— Método, você entende? Método! Organize seus fatos. Organize suas ideias. E se algum pequeno fato não se encaixar, não o rejeite, mas investigue-o melhor. Embora seu significado não seja claro, tenha certeza de que *é* importante.

— Enquanto isso — falei, pensativo —, embora saibamos muito mais do que sabíamos, não estamos mais perto de resolver o mistério de quem matou o sr. Renauld.

— Não — disse Poirot, animado. — Na verdade, ainda estamos muito longe.

O fato parecia deixá-lo satisfeito de uma forma tão peculiar que eu o olhei, intrigado. Ele me olhou nos olhos e sorriu.

— Mas sim, é melhor assim. Antes havia, de todo modo, uma teoria clara de como e por quais mãos ele conheceu sua morte. Agora tudo isso desapareceu. Estamos no escuro. Cem questões conflitantes nos confundem e nos preocupam. Isso é bom. Isso é excelente. Da confusão surge a ordem. Mas, se você encontrar ordem no começo, se um crime parece simples e muito evidente, *eh bien, méfiez vous!** Está, como vocês dizem, *armado!*

---

* Tome cuidado. (N. T.)

O grande criminoso é simples, mas pouquíssimos criminosos *são* excepcionais. Ao tentar encobrir seus rastros, eles sempre se traem. Ah, *mon ami*, gostaria que algum dia pudesse encontrar um criminoso realmente excepcional. Aquele que comete seu crime e depois não faz nada! Até eu, Hercule Poirot, poderia falhar e não capturar um desses.

Mas eu não acompanhei sua fala. Uma luz tinha explodido em minha mente.

— Poirot! A senhora Renauld! Agora entendi. Ela deve estar protegendo alguém.

Pela tranquilidade com que Poirot recebeu minha observação, era possível ver que já tinha pensado nisso.

— Sim — disse ele, pensativo. — Protegendo alguém... ou ocultando alguém. Uma das duas coisas.

Vi pouca diferença entre as duas palavras, mas desenvolvi meu tema com bastante seriedade. Poirot manteve uma atitude evasiva, repetindo:

— Pode ser... sim, pode ser. Mas ainda não sei! Há algo muito profundo por trás de tudo isso. Você vai ver. Algo muito profundo.

Então, enquanto entrávamos no hotel, ele pediu silêncio com um gesto.

13

A GAROTA DE OLHOS ANSIOSOS

Almoçamos muito bem. Entendi que Poirot não queria discutir a tragédia em um lugar no qual poderíamos ser facilmente ouvidos. Porém, como é habitual quando um tópico preenche a mente, excluindo todo o resto, parecia que não tínhamos nenhum outro assunto. Por um tempo, comemos em silêncio, e Poirot observou maliciosamente:

— *Eh bien!* E suas indiscrições? Ainda não me contou.

Senti que estava corando.

— Ah, está falando desta manhã?

Esforcei-me por adotar um tom de absoluta naturalidade, mas eu não era páreo para Poirot. Em poucos minutos, ele tinha extraído toda a história de mim, e seus olhos brilhavam.

— *Tiens!* Uma história muito romântica. Qual é o nome dela, dessa encantadora jovem?

Tive que confessar que não sabia.

— Ainda mais romântico! O primeiro *rencontre** no trem de Paris, o segundo aqui. As jornadas terminam no encontro dos amantes, não é como se diz?

— Não seja tolo, Poirot.

---

* Encontro. (N. T.)

— Ontem era *mademoiselle* Daubreuil, hoje é *mademoiselle*... Cinderela! Decididamente, mas que coração vulnerável, Hastings! Deveria montar um harém!

— Pode rir de mim o quanto quiser. *Mademoiselle* Daubreuil é uma garota muito bonita e eu a admiro imensamente, não me importo em admitir isso. A outra não é nada, acho que nunca mais a verei. Foi divertido conversar com ela durante uma viagem de trem, mas não é o tipo de garota com quem me relacionaria.

— Por quê?

— Bem, pode parecer esnobe, mas ela não é uma dama, em nenhum sentido da palavra.

Poirot assentiu pensativamente. Havia menos sarcasmo em sua voz quando perguntou:

— Você acredita, então, em nascimento e educação?

— Posso ser antiquado, mas não acredito em casamentos entre pessoas de classes diferentes. Nunca funciona.

— Concordo com você, *mon ami*. Noventa e nove vezes em cem, é como você diz. Mas sempre há uma centésima vez! Ainda assim, isso não vai acontecer, afinal não tem a intenção de ver a dama de novo.

Suas últimas palavras foram quase uma pergunta, e eu senti a força do olhar que me dirigiu. E diante dos meus olhos, em grandes letras vermelhas, vi as palavras "Hôtel du Phare" e ouvi novamente a voz dela dizendo "Venha me ver", e minha própria resposta com *empressement:* "Vou sim".

Bem, e daí? Naquele momento, tinha a intenção de ir. Mas, desde então, tive tempo para refletir. Não gostava da garota. Pensando nisso racionalmente, tinha chegado à conclusão de que a detestava intensamente. Havia levado uma bronca por ser tolo e satisfazer sua curiosidade mórbida, e não tinha o menor desejo de vê-la novamente.

Respondi a Poirot, despreocupado:

— Ela pediu para procurá-la, mas é claro que não vou.

— Por que "é claro"?

— Bem, porque não quero.

— Entendo.

Ele me estudou atentamente por alguns minutos.

— Sim. Vejo muito bem. E você é sábio. Mantenha sua palavra.

— Esse sempre parece ser seu conselho — observei, um pouco ressentido.

— Ah, meu amigo, tenha fé em Papai Poirot. Algum dia, se permitir, arranjarei um casamento de grande conveniência para você.

— Obrigado — falei, rindo —, mas essa perspectiva me deixa aterrorizado.

Poirot suspirou e balançou a cabeça.

— *Les anglais!* — ele murmurou. — Nenhum método, absolutamente nenhum. Deixam tudo para o acaso!

Ele franziu a testa e mudou um saleiro de lugar.

— *Mademoiselle* Cinderela está hospedada no Hôtel d'Angleterre, você me disse, não foi?

— Não. Hôtel du Phare.

— É verdade, esqueci.

Um momento de apreensão cruzou minha mente. Eu não tinha mencionado nenhum hotel para Poirot. Olhei para ele e me senti mais tranquilo. Estava cortando seu pão em pequenos quadrados, completamente absorvido em sua tarefa. Deve ter imaginado que eu havia dito onde a garota estava hospedada.

Tomamos café do lado de fora, de frente para o mar. Poirot fumou um dos seus pequenos cigarros e depois tirou o relógio do bolso.

— O trem para Paris sai às duas e vinte e cinco da tarde — observou. — Preciso ir andando.

— Paris? — questionei.

— Foi o que eu disse, *mon ami*.

— Você vai para Paris? Mas por quê?

Ele respondeu, muito sério:

— Procurar o assassino de *monsieur* Renauld.

— Você acha que ele está em Paris?

— Tenho certeza de que não está. No entanto, é lá que devo procurá-lo. Você não entende, mas vou explicar tudo no momento certo. Acredite em mim, essa viagem a Paris é necessária. Não ficarei longe por muito tempo. Provavelmente estarei de volta amanhã. Não proponho que você me acompanhe. Fique aqui de olho em Giraud. Tente se aproximar de *monsieur* Renauld *fils*.* E terceiro, se quiser, pode tentar afastá-lo de *mademoiselle* Marthe. Mas temo que não terá muito sucesso.

Não gostei muito da última observação.

— Isso me lembra uma coisa — falei. — Queria perguntar como soube do relacionamento entre os dois.

— *Mon ami*. Eu conheço a natureza humana. Junte um garoto como o jovem Renauld e uma menina bonita como *mademoiselle* Marthe, e o resultado é quase inevitável. Então,

---

* Filho. (N. T.)

a briga! Era dinheiro ou uma mulher. Lembrando a descrição de Léonie sobre a raiva do rapaz, decidi que era a segunda. Então esse foi meu palpite, e eu estava certo.

— E foi por isso que me aconselhou a não entregar meu coração à senhorita? Já suspeitava que estava apaixonada pelo jovem Renauld?

Poirot sorriu.

— De qualquer forma, *vi que tinha olhos ansiosos*. É assim que sempre penso em *mademoiselle* Daubreuil, *como a garota de olhos ansiosos*.

Sua voz tinha ficado tão séria que me deixou desconfortável.

— O que quer dizer com isso, Poirot?

— Meu amigo, acho que saberemos em breve. Mas preciso ir.

— Você tem muito tempo ainda.

— Talvez... talvez. Mas gosto de chegar cedo na estação. Não quero me apressar, correr, ficar agitado.

— De todas as maneiras — disse, levantando-me — irei acompanhá-lo.

— Não vai fazer nada disso. Eu o proíbo.

Estava sendo tão imperativo que o olhei, surpreso.

Ele assentiu com a cabeça, enfático.

— Estou falando sério, *mon ami. Au revoir*. Posso dar um abraço? Ah, não, esqueço que não é o costume inglês.

Eu me senti um pouco perdido depois que Poirot me deixou. Fui até a praia e observei os banhistas, sem me sentir com energia para me juntar a eles. Imaginei que Cinderela pudesse estar se divertindo entre eles em um maiô maravilhoso, mas não vi sinais dela. Caminhei sem rumo pelas areias em direção à saída da cidade. Pensei que, afinal, seria decente de minha parte ir procurar a garota. E isso evitaria problemas depois. O assunto estaria então encerrado. Não haveria necessidade de me preocupar mais com ela. Mas, se eu não fosse, ela poderia ir me procurar na Villa Geneviève. E isso seria horrível em todos os sentidos. Decididamente, seria melhor fazer uma visita curta, durante a qual eu deixaria bem claro que não poderia mostrar mais nada para ela.

Assim, deixei a praia e caminhei pela cidade. Logo encontrei o Hôtel du Phare, um edifício muito despretensioso. Era irritante ao extremo não saber o nome da dama e, para salvar minha dignidade, decidi passear por dentro e olhar os hóspedes. Provavelmente iria encontrá-la no lobby. Merlinville era um lugar pequeno, você saía do hotel para ir à praia e saía da praia para retornar ao hotel. Não havia outras atrações. Havia um cassino sendo construído, mas ainda não estava concluído.

Eu havia percorrido a praia sem vê-la, portanto deveria estar no hotel. Entrei. Várias pessoas estavam sentadas no pequeno lobby, mas quem eu procurava não estava entre elas. Olhei em alguns outros aposentos, mas não havia sinal dela. Esperei um pouco, até que minha impaciência me venceu. Puxei o recepcionista de lado e coloquei cinco francos na mão dele.

— Gostaria de ver uma dama que está hospedada aqui. Uma jovem inglesa, pequena e morena. Não sei muito bem o nome dela.

O homem balançou a cabeça e parecia estar suprimindo um sorriso.

— Não há nenhuma dama como o senhor descreve hospedada aqui.

— Ela pode ser americana — sugeri. Esses recepcionistas são tão estúpidos.

Mas o homem continuou balançando a cabeça.

— Não, *monsieur*. Só temos seis ou sete damas inglesas e americanas no total, e todas são muito mais velhas do que a dama que o senhor está procurando. Não vai encontrá-la aqui, *monsieur*.

Ele foi tão seguro que fiquei em dúvida.

— Mas a dama me disse que estava hospedada aqui.

— *Monsieur* deve ter cometido um erro ou é mais provável que tenha sido a dama, já que houve outro cavalheiro aqui perguntando por ela.

— O que você está dizendo? — eu disse, surpreso.

— Sim, *monsieur*. Um cavalheiro a descreveu como o senhor acabou de fazer.

— E como ele era?

— Era um cavalheiro pequeno, bem vestido, muito arrumado, impecável, o bigode muito austero, a cabeça de uma forma peculiar e os olhos verdes.

Poirot! Foi por isso que ele se recusou a me deixar acompanhá-lo à estação. Que impertinência! Agradeceria que não se intrometesse em minhas preocupações. Ele imagina que preciso de uma babá para cuidar de mim?

Agradeci ao homem e parti, um tanto derrotado, e ainda muito enraivecido com meu amigo intrometido. Lamentei que ele tivesse partido. Iria gostar de dizer a ele o que pensava de sua interferência injustificada. Eu não tinha dito claramente que não era minha intenção voltar a ver a garota? Decididamente, nossos amigos podem ser zelosos demais!

Mas onde ela estava? Deixei minha ira de lado e tentei decifrar o quebra-cabeça. Era claro que, por descuido, ela havia fornecido o nome errado do hotel. Então outro pensamento me ocorreu. Foi por descuido? Ou ela havia deliberadamente ocultado seu nome e me passado o endereço errado?

Quanto mais eu pensava nisso, mais me convencia de que a segunda hipótese era a correta. Por qualquer que fosse o motivo, ela não desejava se tornar minha amiga. E, embora meia hora antes essa tivesse sido exatamente a minha posição, não gostei dessa virada de mesa. Fiquei muito chateado com todo o caso e fui para a Villa Geneviève de muito mau humor. Não entrei na casa, preferi subir o caminho para o banquinho ao lado do galpão e fiquei lá sentado, muito triste.

Fui absorvido dos meus pensamentos pelo som de vozes próximas. Em poucos segundos, percebi que elas vinham, não do jardim em que eu estava, mas do jardim da Villa Marguerite, ao lado, e que estavam se aproximando rapidamente. Ouvia a voz de uma garota, uma voz que reconheci como a da bela Marthe.

— *Chéri* — ela estava dizendo —, é mesmo verdade? Todos os nossos problemas acabaram?

— Você sabe que sim, Marthe — respondeu Jack Renauld. — Nada pode nos separar agora, querida. O último obstáculo à nossa união foi removido. Nada pode tirá-la de mim.

— Nada? — murmurou a menina. — Ah, Jack, Jack, tenho medo.

Eu me preparei para sair, percebendo que sem querer estava espionando. Quando me levantei, vi-os através de uma abertura na cerca. Estavam de frente para mim, o braço do homem em volta da garota, seus olhos voltados para ela. Eram um casal de aparência esplêndida, o garoto moreno e bem constituído, e a bela jovem deusa. Pareciam feitos um para o outro ali, felizes, apesar da terrível tragédia que escurecia suas jovens vidas.

Mas o rosto da garota estava perturbado, e Jack Renauld parecia entender isso, enquanto a abraçava mais forte e perguntava:

— Mas do que você tem medo? O que devemos temer... agora?

E então vi o olhar dela, o olhar do qual Poirot havia falado, enquanto murmurava, de modo que quase adivinhei as palavras:

— Tenho medo, por *você*.

Não ouvi a resposta do jovem Renauld, pois minha atenção foi distraída por uma aparição inesperada um pouco mais abaixo na cerca. Parecia haver um arbusto marrom ali, o que era estranho, para dizer o mínimo, tão cedo no verão. Fui até o local para investigar, mas, com meu avanço, o arbusto marrom se virou precipitadamente e me encarou com um dedo nos lábios. Era Giraud.

Exigindo cautela, ele mandou que o seguisse pelo caminho ao redor do galpão até estarmos longe deles.

— O que você estava fazendo lá? — perguntei.

— Exatamente o mesmo que você... ouvindo.

— Mas eu não estava lá de propósito!

— Ah! — disse Giraud. — Eu estava.

Como sempre, eu admirava o homem tanto quanto o detestava. Ele me olhou de cima a baixo com uma espécie de desaprovação desdenhosa.

— Você não ajudou em nada se intrometendo. Eu poderia ter ouvido algo útil a qualquer momento. O que fez com seu velho fóssil?

— *Monsieur* Poirot foi para Paris — respondi friamente. — E posso afirmar, *monsieur* Giraud, que ele pode ser tudo menos um fóssil. Resolveu muitos casos que confundiram completamente a polícia inglesa.

— Nah! A polícia inglesa! — Giraud estalou os dedos com desdém. — Eles devem estar no mesmo nível dos nossos juízes de instrução. Então ele foi para Paris? Bem, isso é bom. Quanto mais ele ficar lá, melhor. Mas o que acha que vai encontrar?

Pensei ter percebido certo tom de desconforto na pergunta. Eu me contive.

— Não estou autorizado a dizer — falei, tranquilo.

Giraud me olhou de forma penetrante.

— Ele provavelmente faz bem em não contar para *você* — comentou de forma rude. — Boa tarde. Estou ocupado. — E com isso ele se virou e me deixou, sem nenhuma cerimônia.

Tudo parecia parado na Villa Geneviève. É evidente que Giraud não desejava minha companhia e, pelo que eu havia visto, parecia bastante provável que tampouco Jack Renauld quisesse.

Voltei para a cidade, dei um agradável mergulho no mar e voltei ao hotel. Fui para a cama cedo, perguntando-me se o dia seguinte traria algo interessante.

Estava totalmente despreparado para o que aconteceria. Estava tomando meu *petit déjeuner* na sala de jantar, quando o garçom, que estava conversando com alguém do lado de fora, voltou muito agitado. Ele hesitou por um minuto, mexendo em seu pano de prato, e depois explodiu:

— *Monsieur* me perdoará, mas o senhor está envolvido no caso na Villa Geneviève, não?

— Estou — disse, ansioso. — Por quê?

— *Monsieur* ainda não ouviu a notícia?

— Que notícia?

— Que houve outro assassinato lá ontem à noite!

— O *quê?*

Deixando o café da manhã, peguei meu chapéu e corri o mais rápido que pude. Outro assassinato e Poirot estava fora! Que fatalidade. Mas quem tinha sido assassinado?

Passei correndo pelo portão. Um grupo de criados estava parado no caminho, conversando e gesticulando. Segurei Françoise.

— O que aconteceu?

— Oh, *monsieur*! *Monsieur*! Outra morte! É terrível. Há uma maldição sobre a casa. Isso mesmo, estou dizendo, uma maldição! Deveriam pedir ao *monsieur* le Curé que traga um pouco de água benta. Nunca mais vou passar outra noite sob esse teto. Talvez seja a minha vez, quem sabe?

Ela fez o sinal da cruz.

— Certo — eu disse —, mas quem foi morto?

— E eu sei? Um homem, um estranho. Eles o encontraram lá em cima no galpão, a menos de cem metros de onde encontraram o pobre *monsieur*. E isso não é tudo. Ele foi esfaqueado. Esfaqueado no coração *com a mesma faca!*

14
O SEGUNDO CORPO

Sem esperar mais um segundo, virei-me e corri pelo caminho até o galpão. Chegando lá, os dois homens que estavam de guarda se viraram de lado para me deixar passar e, muito agitado, entrei.

A luz estava fraca, o lugar era uma construção simples de madeira para guardar vasos e ferramentas velhas. Entrei impetuosamente, mas, quando cheguei na soleira, eu me contive, fascinado pelo espetáculo à minha frente.

Giraud estava de joelhos, segurando uma lanterna de bolso com a qual examinava cada centímetro do chão. Ele fechou a cara com a minha entrada, então seu rosto relaxou um pouco em uma espécie de desprezo bem-humorado.

— *Ah, c'est l'Anglais!* Pode entrar. Vamos ver o que consegue entender deste caso.

Estimulado pelo tom dele, inclinei a cabeça e entrei.

— Ele está lá — disse Giraud, apontando a lanterna para o canto do galpão.

Fui até lá.

O morto estava deitado de costas. Tinha uma altura mediana, pele morena e possivelmente cerca de cinquenta anos de idade. Estava bem vestido com um terno azul-escuro, bem cortado e provavelmente feito por um alfaiate caro, mas não era novo.

Seu rosto estava muito contorcido e, no lado esquerdo, logo acima do coração, aparecia o punho de uma faca, preta e brilhante. Eu a reconheci. Era a mesma faca que tinha visto repousando na jarra de vidro na manhã anterior!

— Estou esperando o médico chegar a qualquer momento — explicou Giraud. — Embora quase não seja necessário. Não há dúvida de como o homem morreu. Foi esfaqueado no coração e a morte deve ter sido instantânea.

— Quando aconteceu? Ontem à noite?

Giraud balançou a cabeça.

— Dificilmente. Não sou especialista, mas o homem está morto há mais de doze horas. Quando você disse que viu pela última vez essa faca?

— Por volta das dez horas da manhã de ontem.

— Então estou inclinado a estabelecer o horário do crime para não muito tempo depois disso.

— Mas as pessoas passaram muitas vezes por esse galpão.

Giraud riu de forma desagradável.

— Você progride de maneira assombrosa! Quem disse que ele foi morto nesse galpão?

— Bem... — disse eu, confuso. — Eu... eu presumi.

— Ah, que ótimo detetive! Olhe para ele. Um homem esfaqueado no coração cai assim, de forma ordenada, com os pés juntos e os braços ao lado do corpo? Não. Novamente, um homem se deita de costas e se permite ser esfaqueado sem levantar uma mão para se defender? Isso é um absurdo, não é? Mas veja aqui... e aqui... — ele apontava o chão com a lanterna. Vi curiosas marcas irregulares na terra macia. — Ele foi arrastado para cá depois de morto. Meio arrastado, meio carregado por duas pessoas. Seus rastros não aparecem no chão duro lá fora e aqui eles foram cuidadosamente apagados; mas um dos dois era uma mulher, meu jovem amigo.

— Uma mulher?

— Sim.

— Mas se as pegadas foram apagadas, como você sabe?

— Porque, apesar de borradas, as marcas do sapato de uma mulher são inconfundíveis. E também por *isso*.

E, inclinando-se para a frente, ele tirou algo do cabo da faca e levantou para que eu pudesse ver. Era o longo cabelo preto de uma mulher, semelhante ao que Poirot tirara da poltrona da biblioteca.

Com um sorriso levemente irônico, ele o enrolou novamente na faca.

— Vamos deixar as coisas o máximo possível como as encontramos — explicou. — Vamos deixar o juiz de instrução feliz. Bem, você percebe outra coisa?

Fui forçado a negar com a cabeça.

— Olhe para as mãos dele.

Olhei. As unhas estavam quebradas e descoloridas e a pele estava dura. Nada disso esclareceu minhas dúvidas como eu gostaria. Olhei para Giraud.

— Não são as mãos de um cavalheiro — disse ele, respondendo ao meu olhar. — Já suas roupas são as de um homem abastado. Isso é curioso, não é?

— Muito curioso — concordei.

— E nenhuma de suas roupas tem marca. O que diz disso? Este homem estava tentando se passar por outra pessoa. Estava disfarçado. Por quê? Temia alguma coisa? Estava tentando escapar se disfarçando? Ignoramos isso, mas já sabemos uma coisa, ele estava tão ansioso por esconder sua identidade quanto nós estamos por descobri-la.

Ele olhou para o corpo novamente.

— Como antes, não há impressões digitais no cabo da faca. O assassino usou luvas novamente.

— Você acha, então, que o assassino foi o mesmo nos dois casos? — perguntei, interessado.

Giraud tornou-se impenetrável.

— Não importa o que eu acho. Vamos ver. Marchaud!

O *sergent de ville* apareceu na porta.

— *Monsieur?*

— Por que madame Renauld não está aqui? Faz quinze minutos que pedi para chamá-la.

— Ela está subindo pelo caminho agora, *monsieur*, e o filho está com ela.

— Muito bem. Só quero um de cada vez.

Marchaud bateu continência e saiu. Um momento depois, ele voltou com a sra. Renauld.

— Aqui está a madame.

Giraud avançou e inclinou a cabeça.

— Por aqui, madame.

Ele a conduziu e, de repente, dando um passo para o lado, falou:

— Aqui está o homem. A senhora o conhece?

E enquanto falava, seus olhos penetrantes observavam o rosto da mulher, procurando ler sua mente, atento a todas as atitudes dela.

Mas a sra. Renauld permaneceu perfeitamente calma. Calma demais, achei. Ela olhou para o cadáver quase sem interesse, certamente sem nenhum sinal de alvoroço ou reconhecimento.

— Não — ela disse. — Nunca o vi na minha vida. Ele é um estranho para mim.

— Tem certeza?

— Tenho.

— A senhora não o reconhece como um dos seus agressores, por exemplo?

— Não. — Ela pareceu hesitar, como se ficasse surpresa com a ideia. — Não, acho que não. É claro que eles usavam barbas falsas, segundo o juiz de instrução, mas ainda assim, não. — Agora ela parecia ter se decidido definitivamente. — Tenho certeza de que nenhum dos dois era esse homem.

— Muito bem, madame. Isso é tudo.

Ela saiu com a cabeça ereta, o sol brilhando nos fios grisalhos de seus cabelos. Jack Renauld a sucedeu. Ele também não conseguiu identificar o homem de uma maneira muito natural.

Giraud apenas resmungou. Não era possível saber se estava satisfeito ou desgostoso. Ele chamou Marchaud.

— Você conseguiu a outra?

— Sim, *monsieur*.

— Traga-a aqui.

A outra era madame Daubreuil. Ela entrou indignada e protestando com veemência.

— Eu protesto, *monsieur*! É um absurdo! O que eu tenho a ver com tudo isso?

— Madame — disse Giraud, de forma bruta —, estou investigando não um, mas dois assassinatos! Até onde sei, a senhora poderia ter cometido os dois.

— Como se atreve? — ela gritou. — Como se atreve a me insultar com uma acusação tão absurda? É uma infâmia!

— Infâmia, é? E isso? — Curvando-se, ele pegou novamente o fio de cabelo e o levantou. — Está vendo isso, madame? — avançando na direção dela. — Permite que eu veja se combina?

Com um grito, ela começou a recuar, totalmente branca.

— É mentira, eu juro. Não sei nada sobre o crime, nenhum dos dois. Quem disser isso está mentindo! Ah, *mon Dieu*, o que devo fazer?

— Acalmar-se, madame — disse Giraud friamente. — Ninguém a acusou ainda. Mas seria bom responder minhas perguntas sem protestos.

— Tudo o que quiser, *monsieur*.

— Olhe para o homem morto. Já o viu antes?

Aproximando-se, com um pouco mais de cor no rosto, madame Daubreuil olhou para a vítima com um pouco de interesse e curiosidade. Então negou com a cabeça.

— Não o conheço.

Parecia impossível duvidar dela, suas palavras saíram muito naturalmente. Giraud a dispensou com um aceno de cabeça.

— Vai deixá-la ir? — perguntei em voz baixa. — É o melhor? É claro que aquele cabelo preto é dela.

— Não preciso que me diga o que fazer — disse Giraud secamente. — Ela está sob vigilância. Ainda não quero prendê-la.

Então, franzindo a testa, ele olhou para o corpo.

— Você diria que era espanhol? — perguntou de repente.

Observei o rosto com cuidado.

— Não — disse, por fim. — Diria que era francês, com certeza.

Giraud pareceu insatisfeito.

— Eu também.

Ele ficou parado por um momento, depois, com um gesto imperativo, mandou que eu me afastasse e, mais uma vez de joelhos, continuou sua busca no chão do galpão. Ele era maravilhoso. Não deixava escapar nada. Examinou cada centímetro do chão, virando vasos, examinando sacos velhos. Ele se lançou sobre um monte de panos perto da porta, mas eram apenas um casaco e uma calça esfarrapados, e os jogou de novo com um ruído de desprezo. Dois pares de luvas velhas o deixaram interessado, mas ele balançou a cabeça e as colocou de lado. Então voltou para os vasos, virando-os metodicamente um por um. No fim, ele se levantou e balançou a cabeça, pensativo. Parecia confuso e perplexo. Acho que tinha se esquecido da minha presença.

Porém, naquele momento, ouvimos uma agitação do lado de fora, e nosso velho amigo, o juiz de instrução, acompanhado por seu assistente e *monsieur* Bex, com o médico atrás deles, entrou.

— Mas isso é extraordinário, *monsieur* Giraud! — exclamou *monsieur* Hautet. — Outro crime! Ah, não chegamos ao fundo deste caso. Há algum mistério muito profundo aqui. Mas quem é a vítima dessa vez?

— É exatamente isso que ninguém conseguiu nos dizer, *monsieur*. Ele não foi identificado.

— Onde está o corpo? — perguntou o médico. Giraud se afastou um pouco.

— Ali no canto. Ele foi esfaqueado no coração, como é possível ver. E com a faca que foi roubada ontem de manhã. Imagino que o assassinato tenha ocorrido após o roubo, mas isso é o senhor que deve estabelecer. Pode manusear a faca sem problemas, não há impressões digitais nela.

O médico se ajoelhou junto ao morto e Giraud voltou-se para o juiz.

— Um probleminha, não? Mas vou resolver.

— Então ninguém conseguiu identificá-lo — refletiu o juiz. — Poderia ser um dos assassinos? Eles podem ter se matado entre si.

Giraud balançou a cabeça.

— O homem é francês, tenho quase certeza... — Mas naquele momento eles foram interrompidos pelo médico, que estava sentado no chão com uma expressão perplexa.

— Está dizendo que ele foi morto ontem de manhã?

— Estabeleci esse horário devido ao roubo da faca — explicou Giraud. — Ele pode, é claro, ter sido assassinado no final do dia.

— No final do dia? Bobagem! Este homem está morto há pelo menos quarenta e oito horas, provavelmente há mais tempo.

Nós nos encaramos com grande espanto.

15

UMA FOTOGRAFIA

As palavras do médico foram tão surpreendentes que todos ficamos momentaneamente surpresos. Ali estava um homem esfaqueado com uma faca que sabíamos ter sido roubada apenas vinte e quatro horas antes e, no entanto, o dr. Durand afirmava que ele estava morto havia pelo menos quarenta e oito horas! Tudo era exorbitante ao extremo.

Ainda estávamos nos recuperando da surpresa do anúncio do médico quando trouxeram um telegrama para mim. Tinha sido enviado do hotel para a Villa Geneviève. Eu o abri. Era de Poirot e anunciava seu retorno por trem com chegada a Merlinville às 12h28.

Olhei para o relógio e vi que tinha o tempo exato para chegar de maneira confortável à estação e encontrá-lo lá. Senti que era da maior importância que ele soubesse imediatamente dos novos e surpreendentes acontecimentos do caso.

Evidentemente, refleti, Poirot não teve dificuldade em encontrar o que procurava em Paris. A rapidez de seu retorno provava isso. Poucas horas tinham sido suficientes. Fiquei pensando como ele receberia as notícias surpreendentes que eu tinha para lhe transmitir.

O trem estava alguns minutos atrasado e fiquei caminhando sem rumo pela plataforma, até pensar que poderia passar o tempo fazendo algumas perguntas sobre quem havia deixado Merlinville no último trem na noite da tragédia.

Aproximei-me do chefe de estação, um homem de aparência inteligente, e tive pouca dificuldade em convencê-lo a entrar no assunto. Seria uma desgraça para a polícia, afirmou, agitado, se esses bandidos ou assassinos ficassem impunes. Perguntei se havia alguma possibilidade de eles terem partido no trem da meia-noite, mas ele negou a ideia, convicto. Ele teria notado dois estrangeiros, tinha certeza disso. Apenas cerca de vinte pessoas haviam deixado o trem e ele tinha observado todos.

Não sei como tive essa ideia, possivelmente foi a profunda ansiedade na fala de Marthe Daubreuil, mas perguntei de repente:

— O jovem *monsieur* Renauld, ele não partiu naquele trem, partiu?

— Ah, não, *monsieur*. Chegar e partir de novo apenas meia hora depois não seria possível!

Olhei para o homem, quase não entendendo o significado de suas palavras. Então entendi.

— Está dizendo — falei, com o coração batendo mais rápido — que o sr. Jack Renauld chegou a Merlinville naquela noite?

— Sim, *monsieur*. No último trem chegando do outro lado, às 23h40.

Meu cérebro girava. Esse era, então, o motivo da forte ansiedade de Marthe. Jack Renauld estava em Merlinville na noite do crime. Mas por que ele não disse isso? Por que, ao contrário, ele nos levou a acreditar que havia ficado em Cherbourg? Lembrando-me de seu rosto franco e infantil, não conseguia acreditar que tivesse alguma conexão com o crime. Mas por que esse silêncio sobre um assunto tão vital? Uma coisa era certa, Marthe sempre soube disso. Daí a ansiedade e a avidez ao questionar Poirot se ele suspeitava de alguém.

Minhas cogitações foram interrompidas pela chegada do trem e, em pouco tempo, eu estava cumprimentando Poirot. O homenzinho estava radiante. Sorria e vociferava e, esquecendo minha relutância inglesa, me abraçou calorosamente na plataforma.

— *Mon cher ami*, consegui, foi tudo uma maravilha!

— É mesmo? Fico satisfeito por saber disso. Já ouviu as últimas daqui?

— Como poderia saber? Há novidades, certo? O corajoso Giraud prendeu alguém? Ou até mais de um, talvez? Ah, mas ele vai ficar parecendo um tolo, aquele sujeito! Mas onde está me levando, meu amigo? Não vamos ao hotel? Preciso cuidar dos meus bigodes, eles estão lamentavelmente desgrenhados pelo calor da viagem. Além disso, sem dúvida, há poeira no meu casaco. E minha gravata, preciso refazer o nó.

Interrompi todas aquelas objeções.

— Meu caro Poirot, não importa. Devemos ir para a Villa Geneviève imediatamente. *Houve outro assassinato!*

Muitas vezes fiquei decepcionado ao imaginar que estava dando notícias importantes para meu amigo. Ou ele já sabia ou as descartava como irrelevantes para a questão principal e, no último caso, os eventos geralmente provaram que ele estava certo. Mas desta vez não pude me queixar do efeito alcançado. Nunca vi um homem tão espantado. Seu queixo caiu. Toda a animação desapareceu. Ele olhou para mim, boquiaberto.

— O que você está dizendo? Outro assassinato? Ah, então, mas estou completamente errado. Eu falhei. Giraud pode zombar de mim, ele terá motivo!

— Não esperava por isso?

— Eu? De maneira alguma. Destrói minha teoria... estraga tudo... ah, não! — Ele parou de repente, batendo no peito. — É impossível. *Não posso* estar errado! Os fatos, tomados metodicamente e em sua devida ordem, admitem apenas uma explicação. Eu devo estar certo! *Estou* certo!

— Mas então...

Ele me interrompeu.

— Espere, meu amigo. Eu devo estar certo, portanto esse novo assassinato é impossível a menos que... a menos... Ah, espere, eu imploro. Não diga nenhuma palavra.

Ele ficou em silêncio por uns momentos e depois voltou ao normal, falando em uma voz calma e segura:

— A vítima é um homem de meia idade. Seu corpo foi encontrado no galpão trancado perto da cena do crime e estava morto havia pelo menos quarenta e oito horas. E é mais provável que tenha sido esfaqueado de maneira semelhante ao sr. Renauld, embora não necessariamente pelas costas.

Foi a minha vez de ficar boquiaberto, e fiquei. Desde que conheço Poirot, ele nunca havia feito algo tão surpreendente como aquilo. E, quase inevitavelmente, uma dúvida passou pela minha cabeça.

— Poirot, você está querendo me enganar! — exclamei. Já tinha ouvido falar de tudo isso.

Ele olhou seriamente para mim, reprovando-me.

— Acha que eu faria uma coisa dessas? Garanto que não tinha ouvido absolutamente nada. Não observou o choque que sua notícia causou em mim?

— Mas como poderia saber tudo isso?

— Eu estava certo, então? Mas eu sabia. A massa cinzenta, meu amigo, a massa cinzenta! Ela me contou. Assim, e de nenhuma outra maneira, poderia ter ocorrido uma segunda morte. Agora, me conte tudo. Se virarmos aqui à esquerda, podemos pegar um atalho pelo campo de golfe que nos levará aos fundos da Villa Geneviève mais rapidamente.

Enquanto caminhávamos, seguindo o caminho que ele havia indicado, contei tudo que sabia. Poirot ouviu atentamente.

— Está dizendo que a faca estava na ferida? É curioso. Tem certeza de que era a mesma?

— Certeza absoluta. É isso que torna tudo tão impossível.

— Nada é impossível. Podem existir duas facas iguais.

Levantei as sobrancelhas.

— Isso não seria algo altamente improvável? Seria uma coincidência extraordinária.

— Você fala, como de costume, sem refletir, Hastings. Em alguns casos, haver duas armas idênticas *poderia ser* algo bastante improvável. Aqui não. Essa arma em particular foi uma lembrança de guerra feita a pedido de Jack Renauld. É realmente muito improvável, quando pensamos nisso, que ele tenha feito apenas uma. Muito provavelmente mandou fazer outra para si mesmo.

— Mas ninguém mencionou isso — contestei. Poirot assumiu um toque professoral.

— Meu amigo, ao trabalhar em um caso, não se leva em conta apenas as coisas que são "mencionadas". Não há razão para mencionar muitas coisas que podem ser importantes. Da mesma forma, muitas vezes há uma excelente razão para *não* mencioná-las. Você pode escolher entre os dois motivos.

Fiquei em silêncio, impressionado, apesar de tudo. Mais alguns minutos e chegamos ao famoso galpão. Encontramos todos os nossos amigos lá e, após uma troca de cumprimentos educados, Poirot começou sua tarefa.

Depois de ver Giraud trabalhando, fiquei profundamente interessado. Poirot deu uma olhada superficial nos arredores. As únicas coisas que ele examinou foram o casaco esfarrapado e as calças na porta. Um sorriso desdenhoso surgiu nos lábios de Giraud e, como se tivesse notado, Poirot largou as roupas.

— Roupas velhas do jardineiro? — ele perguntou.

— Exatamente — disse Giraud.

Poirot ajoelhou-se ao lado do corpo. Seus dedos eram rápidos, mas metódicos. Ele examinou a textura das roupas e se satisfez por não haver marcas nelas. Investigou com um cuidado especial as botas, também as unhas sujas e quebradas. Ao examiná-las, fez uma pergunta rápida a Giraud.

— Tinha visto isso?

— Sim, tinha — respondeu o outro. Seu rosto permaneceu inescrutável.

De repente, Poirot se levantou.

— Dr. Durand!

— Sim? — O médico se aproximou.

— Há espuma nos lábios. O senhor notou?

— Não havia notado, devo admitir.

— Mas está vendo agora?

— Ah, com certeza.

Poirot voltou a fazer uma pergunta a Giraud.

— O senhor havia notado, sem dúvida!?

O outro não respondeu. Poirot continuou. A faca havia sido retirada da ferida. Estava em uma jarra de vidro ao lado do corpo. Poirot a examinou e depois estudou a ferida de perto. Quando levantou a cabeça, seus olhos estavam vivos e brilhavam com a luz verde que eu conhecia tão bem.

— É uma ferida estranha! Não sangrou. Não há manchas nas roupas. A lâmina da faca está um pouco descolorida, só isso. O que acha, *monsieur le docteur*?

— Só posso dizer que é bastante anormal.

— Não é nada anormal. É bem simples. O homem foi esfaqueado *depois de morto*.

E, acalmando com um aceno de mão o clamor de vozes que se elevaram, Poirot virou-se para Giraud e acrescentou:

— *Monsieur* Giraud concorda comigo, não é, *monsieur*?

Independentemente do que realmente pensava Giraud, ele aceitou a posição sem mover um músculo. Calmamente e quase com desdém, ele respondeu:

— Eu concordo, claro.

O murmúrio de surpresa e interesse eclodiu novamente.

— Mas que ideia! — exclamou *monsieur* Hautet. — Apunhalar um homem depois que ele está morto! Algo bárbaro! Nunca tinha visto algo assim! Algum ódio implacável, talvez.

— Não — disse Poirot. — Digo que foi feito com sangue-frio, para criar uma impressão.

— Qual impressão?

— A impressão que quase causou — retrucou Poirot, profético.

Monsieur Bex ficou pensativo e perguntou:

— Como, então, o homem foi morto?

— Ele não foi morto. Simplesmente morreu. Morreu, se não me engano, de um ataque epilético!

Essa afirmação de Poirot despertou novamente um burburinho considerável. O dr. Durand se ajoelhou novamente e voltou a examinar o morto. Por fim, ele se levantou.

— *Monsieur* Poirot, estou inclinado a acreditar que o senhor está certo em sua afirmação. Eu estava enganado no começo. O fato incontestável de que o homem havia sido esfaqueado distraiu minha atenção de qualquer outra indicação.

Poirot era o herói da hora. O juiz de instrução foi abundante nos elogios. Poirot respondeu graciosamente e, em seguida, desculpou-se com o pretexto de que nem ele nem eu havíamos almoçado e que desejava recuperar-se do cansaço da viagem. Quando estávamos saindo do galpão, Giraud se aproximou.

— Outra coisa, *monsieur* Poirot — disse ele, em sua voz zombeteira. — Achamos isso enrolado no cabo da faca: um cabelo de mulher.

— Ah! — disse Poirot. — O cabelo de uma mulher? De que mulher, eu me pergunto?

— Também me pergunto — disse Giraud. Então, com uma reverência, ele nos deixou.

— Ele foi insistente, o bom Giraud — disse Poirot, pensativo, enquanto caminhávamos para o hotel. — Fico imaginando para qual direção está tentando me desviar. O cabelo de uma mulher? Hum!

Almoçamos com apetite, mas achei Poirot um pouco distraído e desatento. Mais tarde, subimos para a sala em nossos aposentos e implorei para que me contasse algo sobre sua misteriosa viagem a Paris.

— Com prazer, meu amigo. Fui a Paris para encontrar *isto*.

Ele tirou do bolso um pequeno recorte desbotado de jornal. Era a reprodução da fotografia de uma mulher. Ele me entregou o recorte. Soltei uma exclamação.

— Você reconheceu, meu amigo?

Assenti. Embora a foto fosse, obviamente, de muitos anos atrás e o cabelo estivesse diferente, a semelhança era inconfundível.

— Madame Daubreuil! — exclamei.

Poirot balançou a cabeça com um sorriso.

— Não está totalmente correto, meu amigo. Ela não usava esse nome naqueles dias. Essa é uma foto da famosa madame Beroldy!

Madame Beroldy! Num piscar de olhos, lembrei-me de tudo. O julgamento por assassinato que havia despertado interesse mundial.

O caso Beroldy.

16

O caso Beroldy

Cerca de vinte anos antes do início da nossa história, *monsieur* Arnold Beroldy, nascido em Lyon, chegou a Paris acompanhado por sua linda esposa e sua filha pequena, que era apenas um bebê. *Monsieur* Beroldy era sócio minoritário de uma empresa de comércio de vinho, um homem corpulento de meia-idade, que gostava das coisas boas da vida, dedicado à sua esposa encantadora e absolutamente extraordinária em todos os aspectos. A empresa na qual *monsieur* Beroldy era sócio era pequena e, embora estivesse indo bem, não gerava uma grande renda ao sócio minoritário. Os Beroldy tinham um pequeno apartamento e viviam de uma maneira muito modesta no começo.

Porém, por mais ordinário que *monsieur* Beroldy pudesse ser, sua esposa reluzia como as linhas de um romance. Jovem, bonita e talentosa, com um charme singular, madame Beroldy imediatamente causou um rebuliço na cidade, especialmente quando começaram as fofocas de que algum mistério interessante cercava seu nascimento. Corriam boatos de que ela era filha ilegítima de um grão-duque russo. Outros afirmavam que era de um arquiduque austríaco e que a união com sua mãe era legal, embora ela não fosse da nobreza. Mas todas as histórias concordavam em um ponto: que Jeanne Beroldy era o centro de um mistério interessante. Questionada pelos curiosos, madame Beroldy não negava esses rumores. Por outro lado, deixou claro que, embora seus "lábios" estivessem "selados", todas essas histórias tinham fundamento. Para os amigos íntimos, ela contava um pouco mais, falando de intrigas políticas, de "papéis", de perigos obscuros que a ameaçavam. Havia também muita conversa sobre as joias da Coroa que deveriam ser vendidas secretamente, ela mesma agindo como intermediária.

Entre os amigos e conhecidos dos Beroldy havia um jovem advogado, Georges Conneau. Logo ficou evidente que seu coração tinha sido totalmente conquistado pela fascinante Jeanne. Madame Beroldy incentivava o jovem de maneira discreta, mas sempre tendo o cuidado de afirmar sua total devoção ao marido de meia-idade. No entanto, muitas pessoas maldosas não hesitaram em declarar que o jovem Conneau era amante dela, e que não era o único!

Quando os Beroldy já estavam havia três meses em Paris, outro personagem apareceu em cena. Foi o sr. Hiram P. Trapp, nascido nos Estados Unidos, e muito rico. Apresentado à charmosa e misteriosa madame Beroldy, caiu imediatamente fascinado por ela. Sua admiração era clara, embora completamente respeitosa.

Nessa época, madame Beroldy tornou-se mais franca em suas confidências. Para vários amigos, ela se declarou muito preocupada com o marido. Explicou que ele havia se envolvido com vários esquemas de natureza política e também se referia a alguns documentos importantes que tinham pedido que ele guardasse e que estavam relacionados com um "segredo" de grande importância na Europa. Haviam-lhe sido confiados para despistar os que queriam colocar as mãos nesses papéis, mas madame

Beroldy estava nervosa, pois tinha reconhecido vários membros importantes do Círculo Revolucionário em Paris.

No dia 28 de novembro, foi dado o golpe. A mulher que vinha diariamente limpar e cozinhar para os Beroldy ficou surpresa ao encontrar a porta do apartamento escancarada. Ao ouvir gemidos fracos saindo do quarto, ela entrou. Encontrou uma cena terrível. Madame Beroldy estava deitada no chão, com os pés e as mãos amarrados, soltando gemidos fracos, tendo conseguido libertar a boca de uma mordaça. Na cama estava *monsieur* Beroldy, deitado sobre uma poça de sangue, com uma faca enfiada em seu coração.

A história que madame Beroldy contou era muito clara. Ao acordar de repente do sono, havia percebido dois homens mascarados curvados sobre ela. Abafando seus gritos, eles a amarraram e amordaçaram. Tinham exigido de *monsieur* Beroldy o famoso "segredo". Mas o intrépido comerciante de vinho se recusou a contá-lo, mesmo ameaçado. Irritado com a recusa, um dos homens enfiou a faca em seu coração. Com as chaves do morto, abriram o cofre no canto e levaram consigo muitos papéis. Os dois homens eram barbudos e usavam máscaras, mas madame Beroldy afirmou que sem dúvida eram russos.

O caso teve muita repercussão. Foi chamado de várias maneiras, como "A atrocidade niilista", "Revolucionários em Paris" e "O mistério russo". O tempo passou e os misteriosos homens barbudos nunca foram encontrados. Então, quando o interesse público começava a diminuir, ocorreu algo surpreendente: madame Beroldy foi presa e acusada pelo assassinato de seu marido.

O julgamento, quando começou, despertou muito interesse. A juventude e a beleza da acusada, e sua história misteriosa, foram suficientes para torná-lo uma *cause célèbre*. As pessoas estavam muito divididas a favor ou contra a acusada. Mas seus defensores receberam vários golpes que os fizeram rever seu entusiasmo. Foi sendo provado que o passado romântico de madame Beroldy, seu sangue real e as misteriosas intrigas que ela dizia existir eram meras fantasias.

Ficou comprovado que os pais de Jeanne Beroldy eram um casal muito respeitável e prosaico, comerciantes de frutas, que viviam nos arredores de Lyon. O grão-duque russo, as intrigas da corte e os esquemas políticos, todas essas histórias tinham sido inventadas pela própria dama! Do seu cérebro emanaram esses mitos engenhosos, e provou-se que ela havia levantado uma quantia considerável de dinheiro de várias pessoas que acreditaram em suas histórias das "joias da Coroa". As joias em questão eram meras imitações. Implacavelmente, toda a sua vida foi revelada. O motivo do assassinato foi encontrado no sr. Hiram P. Trapp. O sr. Trapp fez o melhor que pôde, mas, interrogado incansavelmente e com agilidade, foi forçado a admitir que amava a dama e que, se ela estivesse livre, ele a teria pedido em casamento. O fato de admitir que as relações entre eles eram platônicas fortaleceu o caso contra a acusada. Proibida de se tornar sua amante pela natureza simples e honrosa do homem, Jeanne Beroldy concebeu o projeto monstruoso de se livrar de seu marido idoso e inexpressivo e se tornar a esposa do norte-americano rico.

Durante todo o tempo, madame Beroldy enfrentou seus acusadores com sangue-frio e autocontrole. A história dela nunca variou. Ela continuou declarando vigorosamente que era nobre por nascimento e que havia sido substituída pela filha de um vendedor de frutas em tenra idade. Por mais absurdas e completamente sem fundamento que fossem essas declarações, um grande número de pessoas acreditava nelas.

No entanto, a acusação foi implacável. Denunciou os "russos" mascarados como um mito e afirmou que o crime tinha sido cometido por madame Beroldy e seu amante, Georges Conneau. Foi emitido um mandado de prisão contra ele, mas Conneau havia desaparecido. Foi demonstrado que os nós que prendiam madame Beroldy estavam tão frouxos que ela poderia facilmente ter se libertado.

E então, no final do julgamento, uma carta, postada em Paris, foi enviada ao promotor público. Era de Georges Conneau e, sem revelar seu paradeiro, continha uma confissão completa do crime. Ele declarava que realmente havia dado o golpe fatal por incentivo de madame Beroldy. O crime havia sido planejado pelos dois. Havia feito isso acreditando que o marido a maltratava e, louco de paixão por ela, uma paixão que ele acreditava que ela também sentia, havia planejado o crime e dado o golpe fatal que deveria libertar a mulher que amava daquela ligação odiosa. Agora, pela primeira vez, ele ficava sabendo do sr. Hiram P. Trapp e percebeu que tinha sido traído pela mulher que amava! Não era por ele que ela queria ser livre, mas para se casar com o norte-americano rico. Ela o usara como bode expiatório, e agora, em sua raiva marcada pelo ciúme, ele a denunciava, declarando que, durante todo o tempo, tinha agido por incentivo dela.

E então madame Beroldy provou ser a mulher notável que sem dúvida era. Sem hesitar, ela abandonou sua defesa anterior e admitiu que tinha inventado os "russos". O verdadeiro assassino tinha sido Georges Conneau. Enlouquecido pela paixão, ele tinha cometido o crime, prometendo que, se ela não ficasse em silêncio, ele se vingaria. Aterrorizada com essas ameaças, ela concordara, também temendo que, se dissesse a verdade, poderia ser acusada de conivência com o crime. Mas a mulher se recusara firmemente a ter algo a ver com o assassino de seu marido, e, para se vingar por essa atitude, ele escrevera a carta na qual a acusava. Jurou solenemente que não tinha nada a ver com o planejamento do crime, que havia acordado naquela noite memorável e encontrado Georges Conneau em pé diante dela, com a faca manchada de sangue na mão.

Foi uma jogada arriscada. A história de madame Beroldy tinha pouca credibilidade. Mas essa mulher, cujos contos de fadas de intrigas reais tinham sido tão facilmente aceitos, dominava a arte suprema de persuassão. Seu depoimento ao júri foi uma obra-prima. As lágrimas escorriam pelo rosto, ela falou de sua filha, da sua honra como mulher, de seu desejo de manter sua reputação imaculada pelo bem da criança. Admitiu que, como Georges Conneau era seu amante, talvez pudesse ser considerada moralmente responsável pelo crime, mas, diante de Deus, nada mais! Ela sabia que havia cometido um erro grave ao não denunciar Conneau para a polícia, mas declarou com voz embargada que isso era algo que nenhuma mulher poderia ter feito. Ela o amava! Poderia ser a responsável por levá-lo à guilhotina? Ela tinha sido culpada de muitas coisas, mas era inocente do terrível crime do qual estava sendo acusada.

Seja como for, sua eloquência e personalidade conquistaram todos. Madame Beroldy, em meio a uma cena de agitação incomparável, foi absolvida.

Apesar dos esforços da polícia, Georges Conneau nunca foi encontrado. Quanto à madame Beroldy, nunca mais se ouviu falar dela. Levando a criança consigo, deixou Paris para começar uma nova vida.

17

Aprofundamos as investigações

Contei tudo que sabia sobre o caso Beroldy. É claro que não me lembrei no ato de todos os detalhes, como contei aqui. No entanto, lembrei o caso com bastante precisão. Tinha atraído um grande interesse na época e foi muito explorado pelos jornais ingleses, de modo que não foi necessário forçar muito a minha memória para recordar os detalhes mais importantes.

Só por um momento, na minha agitação, imaginei que toda a questão estava esclarecida. Admito que sou impulsivo, e Poirot sempre critica meu costume de tirar conclusões precipitadas, mas acho que tenho alguma desculpa nesse caso. A maneira notável pela qual essa descoberta justificava o ponto de vista de Poirot me impressionou imediatamente.

— Poirot — disse. — Quero parabenizá-lo. Estou entendendo tudo agora.

— Se essa for realmente a verdade, sou *eu* que irei *felicitá-lo, mon ami*. Pois, regra geral, você não é famoso por entender... não é mesmo?

Eu me senti um pouco irritado.

— Não precisa me lembrar disso. Você esteve tão misterioso e me confundindo o tempo todo com suas dicas e seus detalhes insignificantes que ninguém conseguiria ver em que direção estava indo.

Poirot acendeu um de seus pequenos cigarros com sua precisão usual. Então, olhou para mim.

— E como entendeu tudo agora, *mon ami*, o que exatamente está entendendo?

— Ora, que foi madame Daubreuil, Beroldy, quem matou o sr. Renauld. A semelhança dos dois casos prova isso, além de qualquer dúvida.

— Então você considera que madame Beroldy foi absolvida indevidamente? Que, na verdade, ela era culpada por ser cúmplice no assassinato de seu marido?

Arregalei os olhos.

— Com certeza! Você não acha?

Poirot caminhou até o fim da sala, distraidamente ajeitou uma cadeira e depois disse, pensativo:

— Sim, esta é a minha opinião. Mas não há nada "com certeza" sobre isso, meu amigo. Tecnicamente falando, madame Beroldy é inocente.

— Talvez daquele crime. Mas não deste.

Poirot sentou-se novamente e olhou para mim, seu ar pensativo mais acentuado do que nunca.

— Então, definitivamente, Hastings, é sua opinião que madame Daubreuil assassinou *monsieur* Renauld?

— É.

— Por quê?

Ele me fez a pergunta de uma forma tão súbita que fiquei surpreso.

— Por quê? — gaguejei. — Por quê? Ah, porque... — Fui obrigado a parar. Poirot acenou com a cabeça para mim.

— Veja, já tropeçou em algo. Por que madame Daubreuil (vou chamá-la assim por uma questão de clareza) mataria *monsieur* Renauld? Não conseguimos encontrar nenhuma sombra de motivo. Ela não se beneficia com a morte dele; tanto como amante quanto como chantagista, ela perde. Não se pode ter um assassinato sem motivo. O primeiro crime foi diferente, lá encontramos um amante rico esperando para assumir o lugar do marido.

— Dinheiro não é o único motivo para um assassinato — objetei.

— É verdade — concordou Poirot placidamente. — Há outros dois, o *crime passionnel* é um deles. E existe o terceiro motivo, que é raro, o assassinato por uma ideia, que implica alguma forma de distúrbio mental por parte do assassino. Mania homicida e fanatismo religioso pertencem a essa classe. Podemos descartar essa razão aqui.

— Mas e o *crime passionnel*? Pode descartá-lo? Se madame Daubreuil era a amante de Renauld, se ela achava que o afeto dele estava esfriando, ou se teve seu ciúme despertado de alguma forma, ela não poderia tê-lo matado em um momento de raiva?

Poirot balançou a cabeça.

— Se, e eu digo *se*, note bem, madame Daubreuil era amante de Renauld, ele não teve tempo de se cansar dela. E, de qualquer forma, você está equivocado em relação ao caráter dela. É uma mulher que consegue simular um grande estresse emocional. É uma atriz magnífica. Mas, se olharmos desapaixonadamente, sua vida refuta sua aparência. No geral, se examinarmos sua vida, ela mostrou muito sangue-frio e foi calculista em seus motivos e ações. Não foi para vincular sua vida à de seu jovem amante que ela conspirou para o assassinato de seu marido. O norte-americano rico, com quem ela provavelmente não se importava nem um pouco, era seu objetivo. Se ela cometeu um crime, sempre o faria para conseguir algum benefício. Aqui ela não ganha nada. Além disso, como explica o túmulo cavado? Isso foi o trabalho de um homem.

— Ela pode ter tido um cúmplice — sugeri, não querendo abrir mão da minha ideia.

— Passo para outra objeção. Você falou da semelhança entre os dois crimes. Onde está essa semelhança, meu amigo?

Olhei para ele, espantado.

— Ora, Poirot, foi você quem mostrou as semelhanças! A história dos homens mascarados, o "segredo", os papéis!

Poirot sorriu um pouco.

— Não fique tão indignado, por favor. Não repudiei nada. A semelhança das duas histórias liga inevitavelmente os dois casos. Mas reflita agora sobre algo muito curioso. Não foi madame Daubreuil quem nos contou essa história. Se assim fosse, tudo seria muito fácil. Foi madame Renauld. Ela está então em conluio com a outra?

— Não acredito nisso — falei lentamente. — Se está, deve ser a atriz mais talentosa que o mundo já conheceu.

— Ta-ta-ta! — disse Poirot, impaciente. — Novamente você usa os sentimentos, e não a lógica! Se for necessário que uma criminosa seja uma atriz talentosa, então suponha que ela seja uma. Mas é necessário? Não acredito que a sra. Renauld esteja em conluio com madame Daubreuil por várias razões, algumas das quais já lhe contei. As outras são bem evidentes. Portanto, com essa possibilidade eliminada, nos aproximamos muito da verdade, que é, como sempre, muito curiosa e interessante.

— Poirot! — exclamei. — O que mais você sabe?

— *Mon ami*, você deve deduzir sozinho. Você tem "acesso aos fatos". Concentre sua massa cinzenta. Raciocine, não como Giraud, mas como Hercule Poirot!

— Mas você tem *certeza*?

— Meu amigo, de muitas maneiras, fui um imbecil. Mas finalmente vejo tudo claramente.

— Você já sabe tudo?

— Descobri o que *monsieur* Renauld queria que eu descobrisse quando me chamou.

— E você sabe quem é o assassino?

— Sei quem é um assassino.

— Como assim?

— Estamos falando de coisas distintas. Aqui não há um crime, mas dois. O primeiro eu já resolvi, o segundo... *eh bien*, confesso que ainda não tenho certeza!

— Mas, Poirot, pensei que você havia dito que o homem no galpão havia morrido de forma natural.

— Ta-ta-ta! — Poirot enunciou sua expressão favorita de impaciência. — Você ainda não compreende. Podemos ter um crime sem um assassino, mas para dois crimes é essencial ter dois corpos.

Sua observação me pareceu tão estranhamente sem sentido que olhei para ele com alguma ansiedade. Mas ele parecia perfeitamente normal. De repente, ele se levantou e foi até a janela.

— Aqui está ele — observou.

— Quem?

— *Monsieur* Jack Renauld. Enviei um bilhete para a Villa Geneviève pedindo que viesse até aqui.

Isso mudou o curso das minhas ideias e perguntei a Poirot se ele sabia que Jack Renauld estava em Merlinville na noite do crime. Esperava pegar meu astuto amiguinho desprevenido, mas, como sempre, ele parecia onisciente. Ele também havia perguntado na estação.

— E, sem dúvida, essa nossa descoberta não é exclusiva, Hastings. O excelente Giraud provavelmente também tinha feito sua pesquisa.

— Você não acha... — falei e hesitei. — Ah, não, seria muito horrível!

Poirot olhou para mim inquisitivo, mas eu não disse mais nada. Tinha acabado de perceber que, embora houvesse sete mulheres direta e indiretamente ligadas ao caso: a sra. Renauld, madame Daubreuil e sua filha, a visitante misteriosa e as três criadas, havia, com exceção do velho Auguste, que não se podia incluir, apenas um homem, Jack Renauld. *E um homem deve ter cavado a cova.* Não tive tempo de desenvolver mais a terrível ideia que me ocorrera, pois Jack Renauld foi levado até a sala.

Poirot o cumprimentou de maneira formal.

— Sente-se, *monsieur*. Lamento muito incomodá-lo, mas talvez compreenda que a atmosfera da Villa não é muito agradável para mim. *Monsieur* Giraud e eu não estamos de acordo em tudo. A forma como ele me trata não é muito boa, e o senhor compreenderá que não quero que minhas pequenas descobertas possam beneficiá-lo de alguma maneira.

— Exatamente, *monsieur* Poirot — disse o rapaz. — Aquele camarada Giraud é um bruto insuportável e seria ótimo ver outra pessoa resolvendo o caso.

— Então posso pedir um pequeno favor ao senhor?

— Claro.

— Vou pedir que vá até a estação ferroviária e pegue um trem para a próxima parada na linha, Abbalac. Pergunte no guarda-

-volumes se dois estrangeiros deixaram uma valise lá na noite do assassinato. É uma estação pequena, e eles quase com certeza se lembrarão. Poderia fazer isso?

— Claro que sim — disse o rapaz, confuso, embora pronto para cumprir a tarefa.

— Eu e meu amigo, você entende, temos outras tarefas — explicou Poirot. — Há um trem em quinze minutos e pedirei que não volte para a Villa, pois não quero que Giraud fique sabendo dessa sua tarefa.

— Muito bem, irei direto para a estação.

Ele se levantou. A voz de Poirot o deteve:

— Um momento, *monsieur* Renauld, há uma pequena questão que me intriga. Por que não mencionou ao *monsieur* Hautet hoje de manhã que estava em Merlinville na noite do crime?

O rosto de Jack Renauld ficou vermelho. Com esforço, ele se controlou.

— O senhor cometeu um erro. Eu estava em Cherbourg, como disse ao juiz de instrução esta manhã.

Poirot olhou para ele, os olhos semicerrados, como um gato, até que apenas mostraram um brilho verde.

— Então, foi um erro singular que cometi, pois é compartilhado pelos funcionários da estação. Dizem que o senhor chegou no trem das 23h40.

Por um momento, Jack Renauld hesitou, depois se decidiu.

— E se for verdade? Suponho que não pretenda me acusar de participar do assassinato de meu pai...

Ele fez a pergunta desafiadoramente, com a cabeça jogada para trás.

— Gostaria de uma explicação do motivo que o trouxe aqui.

— Isso é bastante simples. Vim ver minha noiva, *mademoiselle* Daubreuil. Estava na véspera de uma longa viagem, sem saber quando iria voltar. Queria vê-la antes de partir, garantir que contava com minha devoção.

— E o senhor a viu?

Os olhos de Poirot nunca deixaram o rosto do outro.

Houve uma pausa apreciável antes de Renauld responder. Aí ele falou:

— Vi.

— E depois?

— Descobri que havia perdido o último trem. Fui até St. Beauvais, onde cheguei a uma garagem e peguei um carro para me levar de volta para Cherbourg.

— St. Beauvais? Isso está a quinze quilômetros. Uma longa caminhada, *monsieur* Renauld.

— Eu... eu estava com vontade de andar.

Poirot inclinou a cabeça como sinal de que aceitava a explicação. Jack Renauld pegou o chapéu e a bengala e partiu. Em um instante, Poirot ficou de pé.

— Rápido, Hastings. Vamos atrás dele!

Mantendo uma distância discreta, seguimos o rapaz pelas ruas de Merlinville. Mas quando Poirot viu que ele fazia a curva para a estação, decidiu que não era preciso segui-lo.

— Está tudo bem. Ele mordeu a isca. Irá para Abbalac e vai perguntar pela mítica mala deixada pelos míticos estrangeiros. Sim, *mon ami*, foi tudo uma pequena invenção minha.

— Você o queria fora do caminho! — exclamei.

— Sua capacidade de compreensão é incrível, Hastings! Agora, por favor, vamos para a Villa Geneviève.

18

Giraud age

— A propósito, Poirot — falei, enquanto caminhávamos pela estrada sob o calor —, tenho que conversar algo com você. Acho que sua intenção era boa, mas realmente não devia ter ido bisbilhotar no Hôtel du Phare sem me avisar.

Poirot lançou um rápido olhar de soslaio para mim.

— E como você soube que estive lá? — ele perguntou.

Contra minha vontade, senti a cor subindo pelo meu rosto.

— Por acaso vi quando estava de passagem — expliquei com o máximo de dignidade que pude reunir.

Temia bastante as brincadeiras de Poirot, mas, para meu alívio e certa surpresa, ele apenas balançou a cabeça com uma expressão de seriedade bastante incomum.

— Se ofendi sua sensibilidade de alguma forma, peço perdão. Logo você entenderá melhor. Mas acredite, tenho me esforçado para concentrar todas as minhas energias no caso.

— Ah, tudo bem — disse, tranquilizado pelo pedido de desculpas. — Sei que só quer o meu bem, mas posso me cuidar.

Poirot parecia estar prestes a dizer algo mais, no entanto se controlou.

Chegando à Villa Geneviève, Poirot seguiu até o galpão onde o segundo corpo havia sido descoberto. Contudo, não entrou, e sim parou no banco que mencionei anteriormente, que ficava a alguns metros de distância do galpão. Depois de olhar para ele por alguns minutos, caminhou cuidadosamente até a cerca que marcava a divisa entre a Villa Geneviève e a Villa Marguerite. Então retornou caminhando e acenando com a cabeça. Depois, voltou mais uma vez para a cerca viva, onde ele separou os arbustos com as mãos.

— Com sorte — observou Poirot por cima do ombro —, *mademoiselle* Marthe pode estar no jardim. Desejo falar com ela e preferiria não ter que me apresentar formalmente na Villa Marguerite. Ah, que bom, lá está ela. Psiu, *mademoiselle*! Psiu! *Un moment, s'il vous plaît.*

Cheguei perto dele no momento em que Marthe Daubreuil, parecendo um pouco assustada, veio correndo até a cerca.

— Permita-me fazer algumas perguntas, *mademoiselle*?

— Certamente, *monsieur* Poirot.

Apesar de concordar, seus olhos pareciam preocupados e receosos.

— *Mademoiselle*, lembra-se de correr atrás de mim na estrada no dia em que fui à sua casa com o juiz de instrução? A senhorita me perguntou se havia algum suspeito do crime.

— E o senhor me falou de dois chilenos.

Parecia estar sem fôlego, colocando a mão esquerda no peito.

— Poderia me fazer a mesma pergunta de novo, *mademoiselle*?

— Como assim?

— Isso. Se pudesse fazer essa pergunta novamente, eu daria uma resposta diferente. Alguém é suspeito, mas não é um chileno.

— Quem? — A pergunta saiu muito fraca de seus lábios.

— *Monsieur* Jack Renauld.

— O quê? — Ela soltou um grito. — Jack? Impossível. Quem ousa suspeitar dele?

— Giraud.

— Giraud!

O rosto da garota ficou pálido.

— Tenho medo daquele homem. Ele é cruel. Ele vai, ele vai... — Ela não conseguiu continuar. Seu rosto mostrava uma mistura de coragem e determinação. Percebi naquele momento que era uma lutadora. Poirot também a observava atentamente.

— A senhorita sabe, é claro, que ele estava aqui na noite do assassinato? — ele perguntou.

— Sei — ela respondeu automaticamente. — Ele me contou.

— Não foi sensato tentar esconder o fato — arriscou Poirot.

— Eu sei, eu sei — respondeu ela, impaciente. — Mas não podemos perder tempo com arrependimentos. Devemos encontrar algo para salvá-lo. Ele é inocente, é claro; mas isso não o ajudará com um homem como Giraud, que precisa pensar em sua reputação. Ele deve prender alguém, e esse alguém será Jack.

— Os fatos estão contra ele — disse Poirot. — A senhorita percebe isso?

Ela o encarou.

— Não sou nenhuma criança, *monsieur*. Sei ser corajosa e enfrentar os fatos. Ele é inocente e precisamos salvá-lo.

Ela falou com uma espécie de energia desesperada, depois ficou em silêncio, franzindo a testa enquanto pensava.

— *Mademoiselle* — disse Poirot, observando-a atentamente —, há algo que está escondendo e que poderia nos contar?

Ela assentiu, com perplexidade.

— Sim, há algo, mas não sei se vão acreditar em mim, parece tão absurdo.

— Seja como for, é melhor nos contar, *mademoiselle*.

— É o seguinte. *Monsieur* Giraud me chamou para ver se eu conseguia identificar o homem lá dentro. — Ela indicou com a cabeça o galpão. — Não identifiquei. Pelo menos não o identifiquei no momento. Mas desde então tenho pensado...

— E então?

— Parece tão estranho e, no entanto, tenho quase certeza. Vou contar. Na manhã do dia em que *monsieur* Renauld foi assassinado, eu estava andando no jardim aqui, quando ouvi vozes de homens discutindo. Afastei os arbustos e olhei. Um dos homens era *monsieur* Renauld e o outro era um mendigo, uma pessoa de aparência horrível em trapos imundos. Ele alternava entre lamúrias e ameaças. Achei que ele estava pedindo dinheiro, mas naquele momento *maman* me chamou da casa e tive que ir. Isso é tudo, só que... tenho quase certeza de que o mendigo e o morto no galpão são a mesma pessoa.

Poirot soltou uma exclamação.

— Mas por que não falou isso na hora, *mademoiselle*?

— Porque, no começo, mas, de certa maneira, achei que o rosto era vagamente familiar. O homem estava vestido com uma roupa diferente e aparentemente vinha de uma classe superior. Mas diga-me, *monsieur* Poirot, não é possível que esse mendigo tenha atacado e matado *monsieur* Renauld e levado suas roupas e seu dinheiro?

— É uma possibilidade, *mademoiselle* — disse Poirot lentamente. — Deixa muita coisa sem explicar, mas certamente é uma possibilidade. Vou pensar nisso.

Uma voz chamou da casa.

— *Maman* — sussurrou Marthe. — Preciso ir.

E escapuliu entre as árvores.

— Venha — disse Poirot e, puxando-me pelo braço, virou-se na direção da Villa Geneviève.

— O que você realmente pensa sobre isso? — perguntei com curiosidade. — É uma história verdadeira ou a garota a inventou para desviar a suspeita de seu amante?

— É uma história curiosa — disse Poirot —, mas acredito que seja a pura verdade. Inconscientemente, *mademoiselle* Marthe nos mostrou a verdade em outra perspectiva e por acidente expôs a mentira de Jack Renauld. Você notou a hesitação dele quando perguntei se tinha visto Marthe Daubreuil na noite do crime? Ele fez uma pausa e depois disse "Sim". Suspeitei que estivesse mentindo. Eu precisava falar com *mademoiselle* Marthe antes que ele pudesse alertá-la. Três pequenas palavras me deram a informação que eu queria. Quando perguntei se ela sabia que Jack Renauld estava aqui naquela noite, ela respondeu: "Ele me *contou*". Agora, Hastings, o que Jack Renauld estava fazendo aqui naquela noite movimentada, e se não se encontrou com *mademoiselle* Marthe, com quem foi?

— Certamente, Poirot, você não acredita que um rapaz como ele mataria o próprio pai! — exclamei, perplexo.

— *Mon ami* — disse Poirot. — Você continua a ser um sentimentalista inacreditável! Já vi mães assassinarem seus filhinhos pelo dinheiro do seguro! Depois disso, pode-se acreditar em qualquer coisa.

— E o motivo?

— Dinheiro, claro. Lembre-se de que Jack Renauld pensava que receberia metade da fortuna com a morte do pai.

— E o mendigo? Onde ele entra?

Poirot deu de ombros.

— Giraud diria que foi cúmplice, um bandido que ajudou o jovem Renauld a cometer o crime e que foi convenientemente eliminado depois.

— Mas, e o cabelo ao redor da faca? O cabelo de mulher?

— Ah! — disse Poirot, abrindo um sorriso. — Essa é a cereja do pequeno bolo de Giraud. Segundo ele, não é o cabelo de uma mulher. Lembre-se de que os jovens de hoje usam seus cabelos penteados para trás com gel para deixá-los bem lisos. Consequentemente, alguns deles têm o cabelo bem comprido.

— E você acredita nisso também?

— Não — disse Poirot, com um sorriso curioso. — Eu sei que é o cabelo de uma mulher, e mais, de qual mulher!

— Madame Daubreuil — afirmei, decidido.

— Talvez — disse Poirot, olhando-me interrogativamente.

Recusei-me a ficar irritado.

— O que vamos fazer agora? — perguntei quando entramos no salão da Villa Geneviève.

— Gostaria de fazer uma busca entre os pertences de *monsieur* Jack Renauld. É por isso que tive que afastá-lo daqui por algumas horas.

— Mas Giraud já não fez uma busca? — perguntei, duvidando.

— Com certeza. Ele monta um caso como um castor monta uma represa, com muito empenho. Mas ele não terá procurado as mesmas coisas que eu, o mais provável é que não tenha percebido a importância delas mesmo se estivessem na cara dele. Vamos começar.

Ordenada e metodicamente, Poirot abriu cada gaveta, examinou o conteúdo e colocou tudo exatamente no mesmo lugar. Foi um processo muito monótono e desinteressante. Poirot remexeu em camisas, pijamas e meias. Um barulho do lado de fora chamou minha atenção e fui até a janela. Tomei um grande susto.

— Poirot! — exclamei. — Um carro acabou de chegar. Traz Giraud, Jack Renauld e dois gendarmes.

— *Sacré tonnerre!* — resmungou Poirot. — Aquele animal do Giraud, ele não podia esperar? Não poderei recolocar as coisas desta última gaveta de forma adequada. Vamos! Rápido!

Sem cerimônia, ele jogou as coisas no chão, principalmente gravatas e lenços. De repente, com um grito de triunfo, Poirot agarrou algo, um pequeno quadrado de papelão, claramente uma fotografia. Enfiando-a no bolso, colocou de volta as coisas na gaveta e, agarrando-me pelo braço, me arrastou para fora do quarto e descemos a escada correndo. Na entrada, estava Giraud, olhando para seu prisioneiro.

— Boa tarde, *monsieur* Giraud — disse Poirot. — O que temos aqui?

Giraud apontou com a cabeça para Jack.

— Ele estava tentando fugir, mas fui mais esperto do que ele. Está preso pelo assassinato do pai, *monsieur* Paul Renauld.

Poirot virou-se para o rapaz, que estava apoiado na porta, com o rosto bem pálido.

— O que tem a dizer sobre isso, *jeune homme*?*

Jack Renauld olhou fixamente para ele.

— Nada — disse.

---

* Jovem. (N. T.)

19

Uso minha massa cinzenta

Fiquei pasmo. Até aquele momento, não tinha acreditado que Jack Renauld poderia ser culpado. Esperava um forte protesto de sua inocência quando Poirot o desafiou. Mas agora, observando-o parado, branco e fraco encostado na parede, e ouvindo a admissão saindo de seus lábios, não duvidava mais.

Mas Poirot se voltou para Giraud.

— Quais são os motivos para prendê-lo?

— Acha que vou revelar algo ao senhor?

— Por uma questão de cortesia, sim.

Giraud olhou para ele, cheio de dúvidas. Estava dividido entre o desejo de recusar de forma rude e o prazer de triunfar sobre seu adversário.

— O senhor acredita que cometi um erro, suponho? — ele zombou.

— Não me surpreenderia — respondeu Poirot, com uma pitada de malícia.

O rosto de Giraud ganhou um tom mais profundo de vermelho.

— *Eh bien*, venha aqui. O senhor poderá julgar por si mesmo.

Ele abriu a porta do *salon*, e nós entramos, deixando Jack Renauld aos cuidados dos outros dois homens.

— Agora, *monsieur* Poirot — disse Giraud, colocando o chapéu sobre a mesa e falando com o máximo de sarcasmo —, vou dar uma pequena palestra sobre o trabalho de um detetive. Mostrarei como nós, os modernos, trabalhamos.

— *Bien!* — disse Poirot, acomodando-se para ouvir. — Vou mostrar como a Velha Guarda pode ouvir de maneira admirável.

Ele se recostou e fechou os olhos, abrindo-os por um momento para comentar:

— Não tema que eu durma. Vou escutar com muito cuidado.

— É claro — começou Giraud — que logo descartei toda aquela bobagem chilena. Dois homens tinham cometido o crime, mas não foram estrangeiros misteriosos! Tudo aquilo era para desviar a atenção.

— Até agora está indo muito bem, meu querido Giraud — murmurou Poirot. — Especialmente depois daquele truque inteligente deles com fósforos e pontas de cigarro.

Giraud olhou, furioso, mas continuou.

— Um homem deveria estar envolvido no caso, para cavar a cova. Não há nenhum homem que realmente se beneficie com o crime, mas havia um homem que *achava* que se beneficiaria. Ouvi falar da briga de Jack Renauld com o pai e das ameaças que tinha feito. O motivo foi estabelecido. Agora, quanto aos meios. Jack Renauld estava em Merlinville naquela noite. Ele escondeu o fato, o que transformou a suspeita em certeza. Então encontramos uma segunda vítima *esfaqueada com a mesma faca*. Sabemos quando aquela faca foi roubada. O capitão Hastings aqui pode estabelecer a hora. Jack Renauld, chegando de Cherbourg, era a única pessoa que poderia ter roubado a faca. Investiguei todos os outros moradores da casa.

Poirot interrompeu.

— O senhor está enganado. Há outra pessoa que poderia ter levado a faca.

— Está se referindo ao *monsieur* Stonor? Ele entrou pela porta da frente, em um automóvel que o trouxe direto de Calais. Ah! Acredite em mim, investiguei tudo. *Monsieur* Jack Renauld chegou de trem. Transcorreu uma hora entre sua chegada e o momento em que ele entrou na casa. Sem dúvida, ele viu o capitão Hastings e sua companheira deixarem o galpão, entrou, pegou a faca, esfaqueou o cúmplice no galpão...

— Que já estava morto!

Giraud deu de ombros.

— Possivelmente ele não percebeu isso. Pode ter julgado que estava dormindo. Sem dúvida eles tinham marcado um encontro. De qualquer forma, ele sabia que esse segundo assassinato complicaria bastante o caso. E complicou.

— Mas não poderia enganar *monsieur* Giraud — murmurou Poirot.

— O senhor está zombando de mim! Mas darei uma última prova irrefutável. A história de madame Renauld era falsa, uma invenção do começo ao fim. Acreditamos que madame Renauld amava o marido, *no entanto, mentiu para proteger o assassino dele*. Por quem mentiria uma mulher? Às vezes por si mesma, geralmente pelo homem que ama, *sempre* pelos filhos. Essa é a última e irrefutável prova. Não pode ignorá-la.

Giraud parou, corado e triunfante. Poirot o observou com atenção.

— Apresento meu caso — disse Giraud. — O que o senhor tem a dizer?

— Só que há uma coisa que o senhor não levou em consideração.

— E o que tem isso?

— É provável que Jack Renauld conhecesse o desenho do campo de golfe. Ele sabia que o corpo seria descoberto quase imediatamente, quando começassem a cavar o bunker.

Giraud riu alto.

— Mas é idiota o que o senhor está dizendo! Ele queria que o corpo fosse encontrado. Enquanto não fosse encontrado, não teríamos a certeza da morte e ele não poderia receber sua herança.

Vi um rápido brilho verde nos olhos de Poirot quando se levantou.

— Então por que enterrá-lo? — perguntou com a voz baixa. — Reflita, Giraud. Se era vantajoso para Jack Renauld que o corpo fosse encontrado sem demora, *por que ele abriria uma cova?*

Giraud não respondeu. A pergunta o pegou desprevenido. Ele deu de ombros como se quisesse dizer que era algo sem importância.

Poirot foi em direção à porta. Eu o segui.

— Há mais uma coisa que o senhor não levou em consideração — disse ele por cima do ombro.

— O quê?

— O pedaço de tubo de chumbo — disse Poirot, e saiu da sala.

Jack Renauld ainda estava na entrada, pálido e com uma cara de bobo, mas, quando saímos do *salon,* ele nos olhou atentamente. No mesmo momento, ouvimos sons de passos na escada. A senhora Renauld estava descendo. Ao ver seu filho entre os dois policiais, parou, petrificada.

— Jack. — Ela vacilou. — Jack, o que é isso?

Ele olhou para a mãe, o rosto impassível.

— Eles me prenderam, mãe.

— O quê?

Ela soltou um grito agudo e, antes que alguém pudesse alcançá-la, cambaleou e caiu pesadamente. Corremos até ela para ajudá-la. Em um minuto Poirot se levantou.

— Ela fez um corte grande na cabeça, bateu na quina da escada. Imagino que há uma leve concussão também. Se Giraud quiser uma declaração dela, terá que esperar. Ela provavelmente ficará inconsciente por pelo menos uma semana.

Denise e Françoise tinham corrido até a patroa e, deixando-a sob o cuidado delas, Poirot saiu da casa. Andou com a cabeça baixa, franzindo a testa, pensativo, olhando para o chão. Durante algum tempo não falei, mas finalmente me arrisquei a fazer uma pergunta:

— Você acredita, apesar de todas as evidências contrárias, que Jack Renauld pode não ser culpado?

Poirot não respondeu de imediato, mas depois de uma longa espera, disse, muito sério:

— Não sei, Hastings. Há definitivamente uma possibilidade. Claro que Giraud está errado, errado do começo ao fim. Se Jack Renauld for culpado, será apesar dos argumentos de Giraud, não *por causa* deles. E apenas eu conheço a acusação mais grave contra ele.

— E qual é? — perguntei, impressionado.

— Se você usasse sua massa cinzenta e visse todo o caso claramente como eu, também saberia, meu amigo.

Essa era o que eu chamava de "resposta irritantes de Poirot". Ele continuou, sem esperar que eu falasse:

— Vamos caminhar até o mar. Vamos nos sentar naquele pequeno monte ali, olhando para a praia, e vamos revisar o caso. Você saberá tudo o que eu sei, mas preferiria que chegasse à verdade por seus próprios esforços, e não guiado pela minha mão.

Nós nos sentamos na colina gramada, como Poirot sugerira, olhando para o mar. Da areia chegavam os gritos distantes dos banhistas. O mar estava azul-claro e a calma me fazia lembrar o dia em que chegamos a Merlinville, meu bom humor, e a sugestão de Poirot de que eu era "fey". Parecia haver transcorrido um longo tempo desde então. E, na realidade, foram apenas três dias!

— Pense, meu amigo — disse Poirot, encorajador. — Organize suas ideias. Seja metódico. Seja ordenado. Aí está o segredo do sucesso.

Tentei obedecê-lo, repassando todos os detalhes do caso. E, relutantemente, pareceu-me que a única solução clara e possível era a apresentada por Giraud, a qual Poirot desprezava. Refleti novamente. Se houvesse alguma luz em algum lugar, estaria em madame Daubreuil. Giraud ignorava a conexão dela com o caso Beroldy. Poirot tinha declarado que o caso Beroldy era muito importante. Era por ele que eu deveria seguir. Eu estava no caminho certo agora. E de repente começou a surgir uma luminosa ideia em meu cérebro. Tremendo, comecei a apresentar minha hipótese.

— Você tem uma pequena ideia, entendo, *mon ami!* Excelente. Estamos progredindo.

Sentei-me e acendi meu cachimbo.

— Poirot — falei —, parece que fomos estranhamente negligentes. Digo *nós,* embora ouse dizer que o mais correto seria dizer *eu.* Mas você deve pagar por seu teimoso sigilo. Então digo novamente que fomos muito negligentes. Há alguém que esquecemos.

— E quem é? — perguntou Poirot, com olhos brilhantes.

— Georges Conneau!

20

Uma declaração impressionante

No momento seguinte, Poirot me abraçou calorosamente.

— *Enfin!* Você descobriu! E sozinho. É incrível! Continue seu raciocínio. Você está certo. Decididamente, erramos ao esquecer Georges Conneau.

Fiquei tão lisonjeado com a aprovação do homenzinho que mal consegui continuar. Mas, finalmente, reuni meus pensamentos e continuei.

— Georges Conneau desapareceu há vinte anos, mas não temos motivos para acreditar que esteja morto.

— *Aucunement** — concordou Poirot. — Prossiga.

— Portanto, vamos presumir que ele está vivo.

— Exatamente.

— Ou que ele estava vivo até recentemente.

— *De mieux en mieux!***

— Vamos presumir — continuei, com o entusiasmo aumentando — que ele tenha caído em desgraça. Então, ele se torna um criminoso, um bandido, um vagabundo, como você quiser. Ele consegue chegar até Merlinville e lá encontra a mulher que nunca deixou de amar.

---

* De jeito nenhum. (N. T.)
** Fica cada vez melhor. (N. T.)

— Hã-hã! Olha o sentimentalismo — alertou Poirot.

— Amor e ódio são vizinhos — citei, certo ou errado. — De qualquer forma, ele a encontra lá, vivendo com um nome falso. Mas ela tem um novo amante, o inglês Renauld. Georges Conneau, com a memória de velhas traições, briga com esse Renauld. Fica esperando por ele quando vem visitar sua amante e o esfaqueia pelas costas. Aterrorizado com o que fez, começa a cavar um túmulo. Imagino que madame Daubreuil possa ter saído em busca de seu amante. Ela e Conneau brigam. Ele a arrasta para dentro do galpão, e de repente cai em um ataque epilético. Agora, podemos supor que Jack Renauld possa ter aparecido. Madame Daubreuil conta tudo para ele, mostra as terríveis consequências para a filha caso tomem conhecimento daquele escândalo do passado. O assassino de seu pai está morto, devem fazer todo o possível para abafar o escândalo. Jack Renauld concorda, vai para casa e conversa com a mãe, convencendo-a a cooperar. Pensando na história que madame Daubreuil lhe sugeriu, ela se permite ser amordaçada e amarrada. Então, Poirot, o que acha disso?

Eu me inclinei para trás, corado com o orgulho da reconstrução bem-feita.

Poirot olhou para mim, pensativo.

— Acho que você deveria escrever para o cinema, *mon ami* — ele comentou finalmente.

— Quer dizer...?

— Daria um bom filme, a história que você me contou aqui... mas não tem nenhuma semelhança com a vida real.

— Admito que não entrei em todos os detalhes, mas...

— Você foi muito além. Você os ignorou solenemente. E a maneira como os dois homens estavam vestidos? Sugere que, depois de esfaquear sua vítima, Conneau tirou suas próprias roupas, colocou no morto e substituiu a faca?

— Não acho que isso importe — objetei, um tanto irritado. — Ele pode ter conseguido roupas e dinheiro da madame Daubreuil com ameaças no início do dia.

— Com ameaças... hein? Você realmente defende essa ideia?

— Seguramente. Ele poderia ter ameaçado revelar a identidade dela aos Renauld, o que provavelmente acabaria com todas as esperanças de casamento de sua filha.

— Você está enganado, Hastings. Ele não poderia chantageá-la, pois era ela que tinha a vantagem. Georges Conneau, lembre-se, ainda é procurado por assassinato. Uma palavra dela e ele poderia ir para a guilhotina.

Fui forçado, com certa relutância, a admitir a verdade disso.

— *Sua* teoria — observei de forma ácida — está sem dúvida correta em todos os detalhes?

— Minha teoria é a verdade — disse Poirot, baixinho. — E a verdade é necessariamente correta. Na sua teoria, você cometeu um erro fundamental. Permitiu que sua imaginação o desviasse para os encontros à meia-noite e cenas de amor apaixonadas. Mas, ao investigar o crime, devemos nos posicionar acima do lugar-comum. Devo demonstrar meus métodos para você?

— Ah, mas é claro, por favor, demonstre!

Poirot sentou-se muito ereto e começou, balançando o dedo entusiasmadamente, com o objetivo de enfatizar seus pontos:

— Começarei da mesma maneira que você, do fato básico de Georges Conneau. Agora a história contada por madame Beroldy no tribunal quanto aos "russos" era claramente uma invenção. Se era inocente de conivência no crime, foi algo inventado por ela, e apenas por ela, como chegou a declarar. Se, por outro lado, *não* era inocente, poderia ter sido inventado por ela ou por Georges Conneau.

"Agora, neste caso que estamos investigando, encontramos a mesma história. Como mencionei, os fatos tornam muito improvável que madame Daubreuil a tenha inspirado. Então, voltamos à hipótese de que a história teve sua origem no cérebro de Georges Conneau. Muito bem. Georges Conneau, portanto, planejou o crime, com a sra. Renauld como cúmplice. Ela está no centro das atenções e atrás dela há uma figura sombria cujo atual *pseudônimo* é desconhecido para nós.

"Agora, vamos examinar cuidadosamente o caso Renauld desde o início, estabelecendo cada ponto importante em sua ordem cronológica. Você tem um caderno e um lápis? Muito bom. Agora qual é o primeiro ponto a ser anotado?"

— A carta para você?

— Foi a primeira coisa de que ficamos sabendo, mas não é o começo apropriado do caso. O primeiro ponto importante, devo dizer, é a mudança que ocorreu sobre *monsieur* Renauld logo após sua chegada a Merlinville, comprovada por várias testemunhas. Temos também que considerar sua amizade com madame Daubreuil e as grandes somas de dinheiro pagas a ela. A partir daí, podemos ir diretamente para o dia 23 de maio.

Poirot fez uma pausa, pigarreou e pediu que eu escrevesse:

— 23 *de maio. Monsieur* Renauld briga com o filho por causa do desejo deste de se casar com Marthe Daubreuil. Filho parte para Paris.

"24 *de maio. Monsieur* Renauld altera seu testamento, deixando todo o controle de sua fortuna nas mãos de sua esposa.

"*7 de junho*. Briga com mendigo no jardim, visto por Marthe Daubreuil.

"Carta escrita a *monsieur* Hercule Poirot, implorando ajuda.

"O telegrama enviado a *monsieur* Jack Renauld, pedindo que viajasse no *Anzora* para Buenos Aires.

"Dispensou Masters, o motorista.

"Visita de uma senhora naquela noite. Enquanto ele acompanha sua saída, suas palavras são: 'Sim, sim, mas, pelo amor de Deus, vá agora...'."

Poirot fez uma pausa.

— Agora, Hastings, pegue cada um desses fatos, considere-os cuidadosamente separados e em relação ao todo, e veja se não vê o caso sob uma nova luz.

Eu me esforcei muito para fazer o que ele havia pedido. Depois de alguns momentos, falei, com muitas dúvidas:

— Quanto aos primeiros pontos, a questão parece ser se vamos adotar a teoria da chantagem ou a paixão pela mulher.

— Chantagem, decididamente. Você ouviu o que Stonor disse sobre seu caráter e hábitos.

— A senhora Renauld não confirmou a opinião dele — argumentei.

— Já vimos que o testemunho de madame Renauld não é nada confiável. Devemos confiar em Stonor nesse ponto.

— Ainda assim, se Renauld teve um caso com uma mulher chamada Bella, parece não ser improvável que tivesse outro com madame Daubreuil.

— Concordo, Hastings. Mas será que ele teve?

— A carta, Poirot. Você esqueceu a carta.

— Não, não esqueci. Mas o que o faz pensar que a carta foi escrita para *monsieur* Renauld?

— Ora, foi encontrado no bolso dele e... e...

— E nada mais! — cortou Poirot. — Não havia menção do nome para quem a carta tinha sido endereçada. Presumimos que era para o morto, porque estava no bolso do sobretudo dele. Agora, *mon ami*, algo sobre aquele sobretudo me pareceu incomum. Eu o medi e fiz a observação de que usava um sobretudo muito longo. Aquela observação deveria ter lhe feito pensar.

— Pensei que tinha falado aquilo apenas por falar — confessei.

— Ah, *quelle idée!* Mais tarde, você me observou medindo o sobretudo de *monsieur* Jack Renauld. *Eh bien, monsieur* Jack Renauld usa um sobretudo muito curto. Junte esses dois fatos a um terceiro, digamos, que *monsieur* Jack Renauld saiu de casa às pressas em sua partida para Paris e me diga o que acha disso!

— Entendi — falei devagar, enquanto as observações de Poirot começavam a fazer sentido para mim. — Aquela carta tinha sido escrita para Jack Renauld, não para o pai. Ele pegou o sobretudo errado na pressa e no alvoroço.

Poirot assentiu.

— *Précisément!* Podemos voltar a isso mais tarde. Por enquanto, vamos nos contentar em aceitar a carta como se não tivesse nada a ver com *monsieur* Renauld *père** e passemos ao próximo evento cronológico.

— "23 de maio." — Li. — "*Monsieur* Renauld briga com o filho por causa do desejo desse último em se casar com Marthe Daubreuil. Filho parte para Paris." Não vejo muito o que comentar

---

* Pai. (N. T.)

aí, e a alteração do testamento no dia seguinte parece bastante simples. Foi o resultado direto da briga.

— Concordamos, *mon ami,* pelo menos quanto à causa. Mas que motivo exato sustentou esse procedimento do *monsieur* Renauld?

Arregalei os olhos, surpreso.

— Raiva contra o filho, é claro.

— No entanto, ele escreveu cartas afetuosas para Paris?

— Foi o que Jack Renauld disse, mas ele não mostrou nenhuma.

— Bem, vamos deixar isso.

— Agora chegamos ao dia da tragédia. Você organizou os eventos da manhã em determinada ordem. Tem alguma justificativa para isso?

— Verifiquei que a carta para mim foi emitida no correio ao mesmo tempo em que o telegrama foi enviado. Masters foi informado de que poderia tirar folga logo depois. Na minha opinião, a briga com o mendigo ocorreu antes desses acontecimentos.

— Não vejo como estabelecer isso de maneira definitiva sem interrogar madame Daubreuil novamente.

— Não é necessário. Tenho certeza disso. E se você não conseguir ver isso, não está vendo nada, Hastings!

Olhei para ele por um momento.

— Claro! Sou um idiota. Se o mendigo era Georges Conneau, foi depois do encontro tempestuoso com ele que o sr. Renauld percebeu que estava em perigo. Ele enviou o motorista, Masters, que suspeitava estar sendo pago pelo outro, telegrafou para o filho e mandou chamar você.

Um sorriso discreto surgiu nos lábios de Poirot.

— Você não acha estranho que ele use exatamente as mesmas expressões em sua carta que madame Renauld usou mais tarde na história dela? Se a menção a Santiago fosse para despistar, por que Renauld falaria disso e, o que é mais importante, por que enviaria seu filho para lá?

— É confuso, admito, mas talvez encontremos alguma explicação mais tarde. Chegamos agora à noite e à visita da senhora misteriosa. Confesso que isso me confunde bastante, a menos que tenha sido realmente madame Daubreuil, como Françoise reafirmou.

Poirot balançou a cabeça.

— Meu amigo, meu amigo, para onde foi sua inteligência? Lembre-se do fragmento de cheque e do fato de que o nome Bella Duveen era familiar para Stonor, e acho que podemos dar como certo que Bella Duveen é o nome completo da correspondente desconhecida de Jack e que foi ela quem veio à Villa Geneviève naquela noite. Se ela pretendia ver Jack, ou se pretendia apelar o tempo todo ao pai dele, não podemos ter certeza, mas acho que podemos assumir que foi isso que ocorreu. Ela fez sua reclamação a Jack, provavelmente mostrou cartas que ele havia escrito para ela, e o homem mais velho tentou comprá-la com um cheque. Indignada, ela rasgou o cheque. Os termos da carta dela são os de uma mulher realmente apaixonada, e ela provavelmente se ressentiu profundamente com a oferta de dinheiro. No final, ele se livrou dela, e por isso as palavras que usou são significativas.

— "Sim, sim, mas pelo amor de Deus, vá embora agora!" — repeti. — Elas parecem um pouco enérgicas, talvez, mas só isso.

— E isso é o suficiente. Ele estava muito ansioso para que a garota fosse embora. Por quê? Não era porque o encontro havia sido desagradável. Não, era porque o tempo estava passando e, por algum motivo, o tempo era precioso.

— Por que seria? — perguntei, confuso.

— É isso que nos perguntamos. Por que seria? Mais tarde, porém, temos o incidente do relógio de pulso, o que novamente mostra que o tempo desempenha um papel muito importante no crime. Agora estamos nos aproximando rapidamente do verdadeiro drama. São dez e meia quando Bella Duveen sai e, pelas evidências do relógio de pulso, sabemos que o crime foi cometido, ou pelo menos que foi encenado, antes da meia-noite. Revisamos todos os eventos anteriores ao assassinato, apenas um não foi localizado. Pelas evidências do médico, o mendigo, quando encontrado, estava morto havia pelo menos quarenta e oito horas, com uma margem possível de vinte e quatro horas para mais ou para menos. Agora, sem outros fatos para me ajudar além dos que discutimos, coloco a morte como tendo ocorrido na manhã do dia 7 de junho.

Olhei para ele, espantado.

— Mas como? Por quê? Como poderia saber isso?

— Porque somente assim a sequência de eventos pode ser explicada de forma lógica. *Mon ami*, eu o acompanhei passo a passo pelo caminho. Não consegue ver o que está tão claro?

— Meu caro Poirot, não vejo nada tão claro assim. Achava que estava começando a entender tudo antes, mas agora estou irremediavelmente perdido.

Poirot olhou com tristeza para mim e balançou a cabeça.

— *Mon Dieu!* Mas isso é triste! Uma grande inteligência e tão deploravelmente carente de método. Há um exercício excelente para o desenvolvimento da massa cinzenta. Vou mostrar a você...

— Pelo amor de Deus, agora não! Você é realmente uma das pessoas mais irritantes, Poirot. Pelo amor de Deus, continue e me diga quem matou o sr. Renauld.

— Isso é algo que ainda não tenho certeza.

— Mas você disse que estava muito claro!

— Estamos falando de coisas diferentes, meu amigo. Lembre-se, estamos investigando *dois* crimes, pelos quais, como indiquei, temos os dois corpos necessários. Pronto, pronto, *ne vous impatientez pas!** Eu explico tudo. Para começar, aplicamos nossa psicologia. Encontramos três pontos nos quais *monsieur* Renauld exibe uma clara mudança de visão e ação, portanto, três pontos psicológicos. O primeiro ocorre imediatamente após a chegada a Merlinville, o segundo após brigar com o filho sobre um determinado assunto, o terceiro na manhã de 7 de junho. Agora, quanto às três causas. Podemos atribuir como a primeira o encontro com madame Daubreuil. A segunda está indiretamente ligada a ela, uma vez que se trata de um casamento entre o filho de *monsieur* Renauld e a filha dela. Mas não sabemos a terceira causa. Tivemos que deduzir. Agora, *mon ami*, deixe-me fazer uma pergunta: quem acreditamos que planejou esse crime?

— Georges Conneau — disse eu, com dúvidas, olhando, cauteloso, para Poirot.

— Exatamente. Agora Giraud definiu como um axioma que uma mulher mente para salvar a si mesma, ao homem que ama e a seu filho. Como estamos convencidos de que foi Georges Conneau que a obrigou a mentir, e como Georges Conneau não é Jack Renauld, fica evidente que o terceiro caso está fora de ques-

---

* Não se impaciente! (N. T.)

tão. E ainda atribuindo o crime a Georges Conneau, o primeiro também. Então somos forçados a passar para o segundo: que madame Renauld mentiu pelo bem do homem que amava ou, em outras palavras, pelo bem de Georges Conneau. Está de acordo?

— Sim — admiti. — Parece bastante lógico.

— *Bien!* Madame Renauld ama Georges Conneau. Quem, então, é Georges Conneau?

— O mendigo.

— Temos alguma prova demonstrando que madame Renauld amava o mendigo?

— Não, mas...

— Muito bem, então. Não se apegue a teorias que não são sustentadas por fatos. Em vez disso, pergunte-se quem madame Renauld *realmente* amava.

Balancei a cabeça, perplexo.

— *Mais oui,* você sabe muito bem. Quem madame Renauld amava tanto que, quando viu o corpo dele, caiu desmaiada?

Olhei aturdido.

— O marido? — falei, quase perdendo o fôlego.

Poirot assentiu.

— O marido ou Georges Conneau, como você quiser chamá-lo.

Eu me recuperei.

— Mas é impossível.

— Por que é impossível? Não concordamos agora mesmo que era a madame Daubreuil quem podia chantagear Georges Conneau?

— Sim, mas...

— E ela não chantageou realmente *monsieur* Renauld?

— Isso pode ser verdade, mas...

— E não é verdade que não sabemos nada da juventude de *monsieur* Renauld? Que ele aparece repentinamente como um franco-canadense há exatamente vinte e dois anos?

— Tudo isso é verdade — disse com mais firmeza —, mas você parece estar passando por cima de um ponto importante.

— Que ponto, meu amigo?

— Ora, que admitimos que Georges planejou o crime. Isso nos leva à ridícula afirmação de *que ele planejou seu próprio assassinato!*

— *Eh bien, mon ami* — disse Poirot placidamente —, foi exatamente isso que ele fez!

21
Hercule Poirot em ação

Com voz controlada, Poirot começou sua exposição.

— Parece estranho para você, *mon ami*, que um homem planeje sua própria morte? Tão estranho que prefere rejeitar a verdade como fantástica e se apegar a uma história que na realidade é dez vezes mais impossível. Sim, *monsieur* Renauld planejou sua própria morte, mas há um detalhe que você talvez não tenha visto: ele não pretendia morrer.

Balancei a cabeça, perplexo.

— É tudo muito simples, na verdade — disse Poirot, gentilmente. — Para o crime que *monsieur* Renauld propôs não era necessário um assassino, como eu disse, mas sim um corpo. Vamos reconstruir, vendo os eventos desta vez de um ângulo diferente. Georges Conneau foge da justiça para o Canadá. Ali, com um nome diferente, ele se casa e, finalmente, ganha uma vasta fortuna na América do Sul. Mas sente saudade de seu país. Já se passaram vinte anos, sua aparência está consideravelmente diferente, além de ser um homem tão importante que ninguém será capaz de conectá-lo a um fugitivo da justiça de tantos anos atrás. Ele considera bastante seguro retornar. Estabelece-se na Inglaterra, mas pretende passar os verões na França. E o azar, ou certa justiça obscura que molda o fim dos homens e não permite que fujam das consequências de seus atos, leva-o a Merlinville. Justamente ali, considerando toda a França, vive a única pessoa capaz de reconhecê-lo. Isso se torna, logicamente, uma mina de ouro para a madame Daubreuil, e uma mina de ouro da qual ela não demora a tirar vantagem. Ele está de mão atadas, absolutamente dominado pela mulher. E ela o chantageia sem piedade.

"E então o inevitável acontece. Jack Renauld se apaixona pela linda garota que ele vê quase todos os dias e deseja se casar com ela. Isso incita o pai. A todo custo, ele deve impedir que seu filho se case com a filha daquela mulher terrível. Jack Renauld não sabe nada sobre o passado de seu pai, mas madame Renauld sabe de tudo. Ela é uma mulher com um personalidade muito forte e apaixonadamente dedicada ao marido. Eles discutem a situação. Renauld vê apenas uma maneira de escapar: a morte. Ele deve parecer morto, mas na verdade fugirá para outro país onde recomeçará com um nome falso e onde madame Renauld, tendo desempenhado o papel da viúva por um tempo, possa se juntar a ele. É essencial que ela tenha o controle do dinheiro, então ele altera seu testamento. Como eles pretendiam resolver o problema do corpo originalmente, eu não sei, possivelmente um esqueleto usado para estudo e um incêndio para encobrir evidências, ou algo do tipo. Porém, muito antes que seus planos possam amadurecer, ocorre um evento que serve perfeitamente a eles. Um mendigo, violento e abusivo, entra no jardim deles. Há uma briga, Renauld tenta expulsar o sujeito. De repente, o mendigo, um epilético, cai no chão tomado por um ataque. Ele morre. Renauld chama sua esposa. Juntos, eles o arrastam para o galpão — sabemos que o evento ocorreu bem do lado de fora — e percebem a maravilhosa oportunidade que lhes foi concedida. O homem não tem nenhuma semelhança com Renauld, mas é de meia-idade, um tipo francês comum. Isso é suficiente.

"Acho que eles se sentaram naquele banco, longe da casa, e discutiram a situação. Criaram rapidamente um plano. A identificação deveria basear-se apenas nas provas de madame Renauld. Jack Renauld e o motorista (que trabalhava com a família havia dois anos) deveriam ser afastados. Era improvável que as criadas francesas se aproximassem do corpo e, de qualquer forma, Renauld pretendia tomar medidas para enganar qualquer um que não apreciasse detalhes. Masters foi dispensado, um telegrama foi enviado a Jack, Buenos Aires selecionada para dar crédito à história que Renauld inventara. Tendo ouvido falar de mim como um detetive idoso um pouco obscuro, ele escreveu seu pedido de ajuda, sabendo que, quando eu chegasse, a carta teria um efeito profundo sobre o juiz de instrução. O que, é claro, aconteceu.

"Vestiram o corpo do mendigo com um terno de Renauld e deixaram os farrapos que ele usava na porta do galpão, sem ousar levá-los para dentro de casa. E então, para dar credibilidade à história que madame Renauld ia contar, enfiaram a faca feita com pedaços do avião no coração dele. Naquela noite, Renauld primeiro amarrou e amordaçou sua esposa, e depois, com uma pá, cavou uma cova especificamente naquele terreno onde estava sendo feito um (como vocês chamam?) *bunkair*? Era essencial que o corpo fosse encontrado, madame Daubreuil não podia suspeitar de nada. Por outro lado, se passasse algum tempo, diminuiria o risco de identificá-lo. Então, Renauld vestiria os trapos do mendigo e iria até a estação, onde partiria, sem ser notado, no trem das 00h10. Como o crime supostamente teria ocorrido duas horas depois, não haveria nenhuma suspeita contra ele.

"Agora você entende o aborrecimento dele com a inoportuna visita da garota, Bella. Todo atraso é fatal para seus planos. Ele se livra dela o mais rápido que pode, no entanto. Na sequência, ele volta ao trabalho! Deixa a porta da frente entreaberta para criar a impressão de que os assassinos saíram por ali. Amarra e amordaça madame Renauld, corrigindo o erro que cometera vinte e dois anos antes, quando a frouxidão dos laços fez com que a suspeita recaísse sobre sua cúmplice, mas deixando-a preparada com essencialmente a mesma história que ele havia inventado antes, provando que a mente joga, de forma inconsciente, contra a originalidade. A noite está fria, e ele veste um sobretudo sobre sua roupa de baixo, com a intenção de jogá-lo na cova junto com o homem morto. Ele sai pela janela, alisando cuidadosamente o canteiro de flores e, assim, fornecendo a principal prova contra si mesmo. Vai para o isolado campo de golfe e cava... E então..."

— Sim?

— E então — disse Poirot, muito sério —, foi finalmente agarrado pela justiça que por tanto tempo conseguiu evitar. Uma mão desconhecida o apunhala pelas costas... Agora, Hastings, você entende o que quero dizer quando falo de *dois* crimes. O primeiro crime, o que *monsieur* Renauld, em sua arrogância, nos pediu para investigar, está solucionado. Mas por trás disso há um enigma mais profundo. E resolvê-lo será difícil, já que o criminoso, em sua sabedoria, conseguiu se valer dos dispositivos preparados por Renauld. É um mistério especialmente desconcertante e difícil de resolver. É quase certo que uma mão jovem, como a de Giraud, que não confia na psicologia, fracassará.

— Você é maravilhoso, Poirot — falei, admirado. — Absolutamente maravilhoso. Ninguém neste planeta, a não ser você, poderia ter descoberto isso!

Acho que Poirot gostou dos meus elogios. Pela primeira vez na vida, parecia quase envergonhado.

— Pobre Giraud — disse Poirot, tentando, sem sucesso, parecer modesto. — Sem dúvida, nem tudo é estupidez. Ele teve *la mauvaise chance** uma ou duas vezes. Aquele cabelo escuro enrolado na faca, por exemplo. Era bastante fácil cair nessa armadilha, para dizer o mínimo.

— Para falar a verdade, Poirot — falei devagar —, mesmo agora não entendo bem: de quem era aquele cabelo?

— De madame Renauld, é claro. É aí que entra *la mauvaise chance*. O cabelo dela, originalmente escuro, está quase completamente grisalho. Se tivesse ficado enrolado um fio de cabelo grisalho, então, de nenhuma maneira Giraud teria se convencido de que vinha da cabeça de Jack Renauld! Mas é sempre assim. Os fatos sempre devem ser distorcidos para se encaixarem na teoria! Giraud não encontrou os vestígios de duas pessoas, um homem e uma mulher, no galpão? E como isso se encaixa na reconstrução do caso? Vou contar: não se encaixa e, portanto, não ouviremos mais nada sobre isso! Pergunto a você: essa é uma maneira metódica de trabalhar? O grande Giraud! O grande Giraud não é nada mais do que um balão de brinquedo, inflado com sua própria importância. Mas eu, Hercule Poirot, desprezado por ele, serei o pequeno alfinete que vai furar o grande balão, *comme ça!*

E fez um gesto expressivo. Então, acalmando-se, continuou:

---

* Azar (N. T.)

— Sem dúvida, quando madame Renauld se recuperar, vai falar. Nunca imaginou a possibilidade de ter o filho acusado do assassinato. Como poderia, quando acreditou que ele estava em segurança no mar a bordo do *Anzora*? Ah! *Voilà une femme*,* Hastings! Que força, que domínio próprio! Ela só teve um deslize. Com o retorno inesperado dele: "Não importa... *agora.*" E ninguém notou, ninguém percebeu o significado daquelas palavras. Que papel terrível ela teve que desempenhar, pobre mulher. Imagine o choque quando foi identificar o corpo e, em vez do que esperava, viu a forma sem vida do marido que acreditava estar a quilômetros de distância. Não foi à toa que ela desmaiou! Mas desde então, apesar de sua dor e desespero, como desempenhou seu papel de forma decidida e como a angústia disso deve atormentá-la. Ela não pode dizer uma palavra para nos ajudar a encontrar os verdadeiros assassinos. Pelo bem do filho, ninguém deve saber que Paul Renauld era Georges Conneau, o criminoso. O golpe final e mais amargo foi que ela teve que admitir publicamente que madame Daubreuil era a amante de seu marido, pois uma pitada de chantagem pode ser fatal para seu segredo. Como lidou habilmente com o juiz de instrução quando ele perguntou se havia algum mistério na vida passada do marido. "Nada muito romântico, tenho certeza, *monsieur.*" Foi perfeito, o tom indulgente, a pitada de triste zombaria. No ato, *monsieur* Hautet sentiu-se tolo e melodramático. Sim, ela é uma grande mulher! Se amava um criminoso, amava de verdade!

Poirot se perdeu em seus pensamentos.

— Mais uma coisa, Poirot, e o pedaço de tubo de chumbo?

---

* Que mulher! (N. T.)

— Não entendeu? Para desfigurar o rosto da vítima, para que ficasse irreconhecível. Foi isso que primeiro me colocou no caminho certo. E aquele Giraud imbecil, se arrastando por todo lado, procurando palitos de fósforo! Não disse que uma pista de sessenta centímetros era tão boa quanto uma de seis milímetros?

— Bem, Giraud vai ter que baixar a crista agora — observei apressadamente, para afastar a conversa das minhas próprias falhas.

— Como disse antes, será que ele vai? Se chegou à pessoa certa pelo método errado, não será isso que vai preocupá-lo.

— Mas com certeza... — Fiz uma pausa ao ver a nova tendência das coisas.

— Veja, Hastings, agora precisamos começar de novo. Quem matou *monsieur* Renauld? Alguém que estava perto da Villa pouco antes da meia-noite, alguém que se beneficiaria com a morte dele: a descrição se encaixa muito bem em Jack Renauld. O crime não precisa ter sido premeditado. E temos a faca!

Tomei um susto, não tinha percebido esse ponto.

— Claro — falei —, a segunda faca que encontramos no mendigo era a da sra. Renauld. Então, *eram* duas?

— Certamente, e como eram idênticas, é lógico que Jack Renauld era o dono. Mas não me preocupo muito com essa questão. Na verdade, tenho uma ideia sobre isso. Não, a pior acusação contra ele é novamente de cunho psicológico. Hereditariedade, *mon ami*, hereditariedade! Tal pai, tal filho. Jack Renauld, no fim das contas, é filho de Georges Conneau.

Seu tom era grave e sério, e fiquei impressionado, mesmo sem querer.

— Que ideia é essa que acabou de mencionar? — perguntei.

Como resposta, Poirot consultou seu relógio de bolso e perguntou:

— A que horas sai o barco da tarde de Calais?

— Por volta das cinco, acredito.

— Isso vai funcionar. Temos exatamente o tempo.

— Você vai para a Inglaterra?

— Vou, meu amigo.

— Por quê?

— Para encontrar uma possível testemunha.

— Quem?

Com um sorriso peculiar, Poirot respondeu:

— A senhorita Bella Duveen.

— Mas como irá encontrá-la... o que sabe sobre ela?

— Não sei nada sobre ela, mas posso adivinhar muitas coisas. Podemos tomar como certo que o nome dela *é* Bella Duveen, e como esse nome parecia familiar para *monsieur* Stonor, embora evidentemente não estivesse relacionado à família Renauld, é provável que seja artista de teatro. Jack Renauld era um jovem com muito dinheiro e vinte anos de idade. O teatro com certeza foi o lugar onde encontrou seu primeiro amor. Também coincide com a tentativa de *monsieur* Renauld de aplacá-la com um cheque. Acho que vou encontrá-la facilmente, especialmente com a ajuda *disto*.

E mostrou a fotografia que eu o vira tirar da gaveta de Jack Renauld. "Com amor, de Bella" estava rabiscado no canto, mas não foi isso que me deixou fascinado. A semelhança não era total, apesar de tudo, era inconfundível para mim. Senti como se eu estivesse naufragando, como se alguma calamidade impronunciável tivesse tomado conta de mim.

Era o rosto de Cinderela.

22

Encontro o amor

Por um momento, fiquei sentado, congelado, a fotografia ainda na minha mão. Então, reunindo toda a minha coragem para parecer impassível, eu a devolvi. Ao mesmo tempo, olhei rapidamente para Poirot. Será que ele tinha percebido alguma coisa? Mas, para meu alívio, parecia que ele não estava me observando e não tinha visto nada estranho em mim.

Ele se levantou.

— Não temos tempo a perder. Devemos partir logo. Não vamos ter problemas, o mar estará calmo!

Na agitação da partida, não tive tempo para pensar, mas uma vez a bordo, a salvo da observação de Poirot (ele, como sempre, estava "praticando o excelentíssimo método de Laverguier"), eu me recompus e enfrentei os fatos racionalmente. O quanto Poirot sabia? Ele tinha informação de que minha conhecida do trem e Bella Duveen eram a mesma pessoa? Por que ele tinha ido ao Hôtel du Phare? Por minha causa, como eu acreditava? Ou eu apenas tinha pensado isso e sua visita foi realizada com um propósito mais profundo e sinistro?

De qualquer forma, por que ele estava empenhado em encontrar essa garota? Suspeitava que ela tivesse visto Jack Renauld cometer o crime? Ou ele suspeitava... Mas isso era impossível! A garota não tinha nenhum problema com o velho Renauld, nenhum motivo possível para desejar sua morte. O que a teria levado à cena do crime? Repassei os fatos com cuidado. Ela deve ter deixado o trem em Calais quando nos despedimos naquele dia. Não é de admirar que eu não tenha conseguido encontrá-la no barco. Se tivesse jantado em Calais e pegado um trem para Merlinville, teria chegado à Villa Geneviève exatamente na hora em que Françoise disse. O que ela fez pouco depois das dez horas, quando deixou a casa? O mais provável é que tenha ido a um hotel ou voltado a Calais. E depois? O crime havia sido cometido na noite de terça-feira. Na quinta-feira de manhã, ela estava de volta em Merlinville. Ela já havia deixado a França? Duvido muito disso. O que a manteve ali: a esperança de ver Jack Renauld? Eu tinha contado a ela (como acreditávamos naquele momento) que o rapaz estava em alto-mar *en route* para Buenos Aires. Possivelmente ela estava ciente de que o *Anzora* não tinha partido. Mas para saber isso ela deveria ter visto Jack. Era isso que Poirot queria saber? Será que Jack Renauld, ao voltar para ver Marthe Daubreuil, tinha acabado se encontrando com Bella Duveen, a garota que ele descartara?

Comecei a ver a luz no fim do túnel. Se esse fosse realmente o caso, poderia fornecer a Jack o álibi de que ele precisava. Contudo, nessas circunstâncias, era difícil explicar o silêncio dele. Por que ele não teve coragem para se pronunciar a respeito? Temia que esse antigo relacionamento chegasse aos ouvidos de Marthe Daubreuil? Balancei a cabeça, insatisfeito. A coisa tinha sido bastante inofensiva, um caso tolo entre um rapaz e uma garota, e refleti com deboche que o filho de um milionário provavelmente não seria abandonado por uma garota francesa que não tinha um tostão e que, além disso, o amava devotamente, sem que houvesse um motivo mais grave.

Poirot reapareceu revigorado e sorridente em Dover, e nossa viagem para Londres foi muito tranquila. Já havia passado das nove horas quando chegamos, e imaginei que íamos direto para nossa casa e só faríamos algo na manhã seguinte.

Mas Poirot tinha outros planos.

— Não devemos perder tempo, *mon ami*. A notícia da prisão só aparecerá nos jornais ingleses depois de amanhã, mesmo assim, não devemos perder tempo.

Não conseguia seguir o raciocínio dele, mas apenas perguntei como ele pensava encontrar a garota.

— Lembra-se de Joseph Aarons, o agente de teatro? Não? Eu o ajudei em um pequeno assunto com um lutador japonês. Um probleminha, posso contar outro dia. Ele, sem dúvida, será capaz de nos ajudar.

Levamos algum tempo para encontrar o sr. Aarons e já passava da meia-noite quando finalmente conseguimos. Ele cumprimentou Poirot muito efusivamente e se declarou pronto para nos ajudar no que precisássemos.

— Há poucas coisas nesse meio profissional que não conheço — disse ele, radiante.

— *Eh bien, monsieur* Aarons, desejo encontrar uma jovem chamada Bella Duveen.

— Bella Duveen. Conheço o nome, mas nesse momento não consigo me lembrar. Que tipo de espetáculo ela faz?

— Isso eu não sei, mas aqui está a fotografia dela.

O sr. Aarons a estudou por um momento, então seu rosto se iluminou.

— Me lembrei! — Deu um tapa na coxa. — As Irmãs Dulcibella, por Deus!

— As Irmãs Dulcibella?

— Isso mesmo. São irmãs. Acrobatas, dançarinas e cantoras. Fazem um show muito animado. Estão no interior, em algum lugar, acho. Se não estiverem descansando. Estiveram em Paris nas últimas duas ou três semanas.

— Pode descobrir exatamente onde estão?

— Mamão com açúcar. Pode ir para casa e terão a informação de manhã.

Com essa promessa, nos despedimos. Ele manteve sua palavra. Por volta das onze horas do dia seguinte, chegou um bilhete para nós: "As Irmãs Dulcibella estão no Palace, em Coventry. Boa sorte".

Sem mais delongas, partimos para Coventry. Poirot não fez perguntas no teatro, apenas quis reservar assentos para o show de variedades daquela noite.

O espetáculo era, acima de tudo, entediante, ou talvez assim o parecesse devido ao meu humor. Famílias japonesas se equilibrando precariamente, homens supostamente na moda, com ternos esverdeados e cabelo alisado, falando besteiras e dançando maravilhosamente. Primas-donas cantando no máximo do registro humano, um comediante que se esforçava para ser o sr. George Robey e não conseguia.

Finalmente, tinha chegado a hora das Irmãs Dulcibella. Meu coração batia acelerado. Lá estava ela, lá estavam as duas, uma com o cabelo loiro e a outra com o cabelo escuro, o tamanho era parecido, com saias curtas e esvoaçantes, e imensos laços no pescoço. Elas pareciam duas garotas muito maliciosas. Começaram a cantar. Suas vozes eram doces e afinadas, um pouco agudas e com aquele estilo de cabaré, mas atraentes.

Foi uma apresentação bastante animada. Elas dançaram bem e fizeram algumas habilidosas acrobacias com proeza. As letras das músicas eram provocadoras e cativantes. Quando a cortina desceu, todos aplaudiram. Evidentemente, as Irmãs Dulcibella eram um sucesso.

De repente, senti que não podia mais ficar ali. Precisava tomar ar. Sugeri a Poirot que saíssemos.

— Pode ir, *mon ami*. Estou me divertindo e vou ficar até o fim. Nós nos vemos mais tarde.

A distância do teatro para o hotel era de apenas alguns passos. Fui até a sala de estar, pedi um uísque com soda e sentei-me para beber, olhando meditativamente para a lareira vazia. Ouvi a porta se abrir e virei a cabeça, pensando que fosse Poirot. Então me pus de pé em sobressalto. Cinderela estava na porta. Ela falou, hesitante, com a respiração entrecortada.

— Eu o vi na fileira da frente. Você e seu amigo. Quando se levantou para sair, eu estava esperando lá fora e o segui. Por que está aqui em Coventry? Por que estavam lá esta noite? O homem que estava com você é o detetive?

Ela ficou lá, a capa que tinha enrolado ao redor da roupa de palco escorregando dos ombros. Vi como o rosto estava pálido por baixo da maquiagem e sua voz soava aterrorizada. Naquele momento entendi tudo, entendi por que Poirot a estava procurando, e o que ela temia, e finalmente entendi meu próprio coração...

— É — disse suavemente.

— Ele está procurando por ... mim? — ela sussurrou.

Então, como não respondi no ato, ela deslizou até uma poltrona e irrompeu em um choro violento e amargo.

Ajoelhei-me ao lado dela, segurando-a nos braços e tirando o cabelo de seu rosto.

— Não chore, menina, não chore, pelo amor de Deus. Você está segura aqui. Vou cuidar de você. Não chore, querida. Não chore. Eu sei... eu sei tudo.

— Ah, você não sabe!

— Acho que sei. — E depois de um momento, quando começou a se acalmar, perguntei: — Foi você quem pegou a faca, não foi?

— Foi.

— Foi por isso que queria que eu lhe mostrasse a cena do crime? E por isso fingiu desmaiar?

Ela assentiu novamente. Um pensamento estranho me ocorreu naquele momento, mas me senti feliz por ter sido este o motivo de ela ter ido lá em vez da curiosidade mórbida que eu havia imaginado na época. Como ela havia desempenhado bem seu papel naquele dia, mesmo talvez estando atormentada pelo medo e pela ansiedade. Pobre alma, carregando o fardo de uma ação impetuosa.

— Por que pegou a faca? — perguntei.

Ela respondeu com a simplicidade de uma criança:

— Tinha medo de que houvesse impressões digitais nela.

— Mas você não lembrou que estava usando luvas?

Ela balançou a cabeça como se estivesse confusa e depois disse lentamente:

— Você vai me entregar... para a polícia?

— Meu Deus! Não.

Seus olhos me fitaram por um longo tempo, e então ela perguntou com uma voz baixa e calma que parecia ter medo de si mesma:

— Por que não?

Parecia um lugar e um momento estranhos para uma declaração de amor — e Deus sabe que, por mais que eu imaginasse, nunca pensaria que o amor me chegaria dessa forma. Mas respondi de forma simples e natural:

— Porque amo você, Cinderela.

Ela abaixou a cabeça, como se estivesse envergonhada, e murmurou com uma voz abalada:

— Não pode me amar... não poderia... não se soubesse...
— E então, como se estivesse se recuperando, ela me encarou e perguntou: — O que você sabe, então?

— Sei que foi ver o sr. Renauld naquela noite. Ele ofereceu um cheque e você o rasgou, indignada. Então saiu da casa... — Fiz uma pausa.

— Continue... e depois?

— Não estou seguro se você sabia que Jack Renauld estaria lá naquela noite ou se apenas esperou para vê-lo por acaso, mas esperou. Talvez estivesse apenas infeliz e andasse sem rumo, mas, pouco antes da meia-noite, você ainda estava por perto e viu um homem no campo de golfe.

Mais uma vez parei. Tinha entendido tudo assim que ela entrou na sala, mas agora via a cena de maneira ainda mais convincente. Vi bem a mancha peculiar do sobretudo no corpo do sr. Renauld, e lembrei-me da incrível semelhança que tinha me assustado ao acreditar por um instante que o morto havia ressuscitado quando seu filho irrompeu em nossa reunião no *salon*.

— Continue — repetiu a garota, com firmeza.

— Imagino que ele estava de costas, mas você o reconheceu, ou achou que tinha reconhecido. O andar e a postura eram familiares e o sobretudo era dele. — Fiz uma pausa. — Você me disse no trem, a caminho de Paris, que tinha sangue italiano nas veias e que quase teve problemas por isso uma vez. Fez uma ameaça em uma de suas cartas para Jack Renauld. Quando o viu lá, sua raiva e ciúme a enlouqueceram e você atacou! Não acredito nem por um minuto que pretendia matá-lo. Mas você o matou, Cinderela.

Ela erguera as mãos para cobrir o rosto e, com uma voz embargada, disse:

— Você está certo... você está certo... Consigo visualizar tudo conforme você narra. — Então se virou para mim quase selvagemente. — E você me ama? Sabendo de tudo isso, como pode me amar?

— Não sei — disse eu, um pouco cansado. — Acho que o amor é assim, algo que não se pode evitar. Eu tentei, eu sei, desde o primeiro dia em que a conheci. E o amor acabou sendo forte demais para mim.

E então, de repente, quando eu menos esperava, ela desmoronou novamente, jogando-se no chão e chorando desenfreadamente.

— Ah, não posso! — exclamou ela. — Não sei o que fazer. Não sei o que fazer. Oh, tenha piedade de mim, alguém tenha piedade de mim e me diga o que fazer!

Novamente me ajoelhei ao lado dela, tentando acalmá-la.

— Não tenha medo de mim, Bella. Pelo amor de Deus, não tenha medo de mim. Eu a amo, isso é verdade, mas não quero nada em troca. Apenas deixe-me ajudá-la. Você pode amá-lo ainda assim, se for o caso, mas deixe-me ajudá-la, pois ele não poderá.

Foi como se minhas palavras a tivessem transformado em pedra. Ela levantou a cabeça e olhou para mim.

— Você acha isso? — ela sussurrou. — Acha que eu amo Jack Renauld?

Então, meio rindo, meio chorando, ela jogou os braços apaixonadamente ao redor do meu pescoço e apertou seu doce rosto molhado contra o meu.

— Não como amo você — ela sussurrou. — Nunca como amo você!

Seus lábios roçaram minha bochecha e, em seguida, procurando minha boca, me beijaram várias vezes com uma doçura e fogo difíceis de acreditar. Jamais esquecerei a selvageria disso (e a maravilha), jamais, enquanto eu viver!

Foi um som na porta que nos fez olhar para cima. Poirot estava parado olhando para nós.

Não hesitei. Com um salto, me aproximei dele e segurei seus braços.

— Rápido — falei para a garota. — Saia daqui. Corra o mais depressa que puder. Eu o seguro.

Depois de me olhar, ela fugiu da sala passando por nós.

Segurei Poirot com um punho de ferro.

— *Mon ami* — observou ele com tranquilidade —, você faz esse tipo de coisa muito bem. O homem forte me segura com suas mãos e estou indefeso como uma criança. Mas tudo isso é desconfortável e um pouco ridículo. Vamos nos sentar e ter calma.

— Você não vai persegui-la?

— *Mon Dieu!* Não. Por acaso acha que sou Giraud? Solte-me, meu amigo.

Mantendo um olhar desconfiado sobre ele, pois sabia que não era páreo para ele em termos de astúcia, relaxei o aperto e ele se afundou em uma poltrona, acariciando os braços.

— Você tem a força de um touro quando fica exaltado, Hastings! *Eh bien*, acha que se comportou bem com seu velho amigo? Eu mostro a foto da garota e você a reconhece, mas não diz uma palavra.

— Não havia necessidade se você sabia que eu tinha reconhecido — disse com amargura. Então Poirot sabia o tempo todo! Eu não o havia enganado nem por um instante.

— Ta-ta-ta! Você não sabia que eu sabia. E esta noite você ajudou a garota a escapar quando sabemos que está metida em muitos problemas. *Eh bien!* A questão então é: você vai trabalhar comigo ou contra mim, Hastings?

Por um momento, não respondi. Era muito doloroso romper com meu velho amigo. No entanto, devo definitivamente me colocar contra ele. "Será que ele me perdoaria?", pensei. Ele estava estranhamente calmo até aquele momento, mas eu sabia que possuía um autocontrole excepcional.

— Poirot — disse. — Desculpe. Admito que me comportei mal com você. Mas às vezes não temos escolha. E no futuro devo tomar meu próprio caminho.

Poirot assentiu inúmeras vezes.

— Entendo — disse ele. O traço irônico havia desaparecido de seus olhos, e ele falou com uma sinceridade e bondade que me surpreenderam. — É isso, meu amigo, não é? Foi o amor que chegou. Não como você o imaginou, todo exultante com linda plumagem, mas, infelizmente, com os pés manchados de sangue. Bem, bem. Eu avisei! Quando percebi que essa garota devia ter pegado a faca, eu avisei. Talvez você se lembre. Mas já era muito tarde. No entanto, conte-me o quanto você sabe.

Olhei para ele.

— Nada do que você poderia me dizer seria uma surpresa, Poirot. Entenda isso. Mas, caso pense em retomar sua busca pela senhorita Duveen, gostaria que soubesse uma coisa. Se acha que ela está ligada ao crime ou que é a misteriosa mulher que visitou o sr. Renauld naquela noite, está errado. Viajei da França para a casa com ela naquele dia, e nos despedimos em Victoria à noite, então é impossível que estivesse em Merlinville.

— Ah! — Poirot olhou para mim, pensativo. — E você diria isso em um tribunal?

— Claro que sim.

Poirot levantou-se e fez uma mesura.

— *Mon ami! Vive l'amour!* Ele pode realizar milagres. É decididamente engenhoso o que você pensou. Derrota até Hercule Poirot!

23

Dificuldades à frente

Após um momento de estresse, como esse que acabei de descrever, vem sempre uma reação. Eu me recolhi para descansar naquela noite com o gosto da vitória, mas acordei percebendo que eu não estava de forma alguma fora de perigo. É verdade que não consegui encontrar nenhuma falha no álibi que eu tinha inventado tão repentinamente. Eu só tinha que me ater à minha história, e não consegui ver como Bella poderia ser condenada diante disso. Não havia uma antiga amizade entre nós que pudesse ser levantada e levá-los a suspeitar que eu estava cometendo perjúrio. Seria possível provar que, na realidade, eu só tinha visto a garota em três ocasiões. Não, eu ainda estava satisfeito com a ideia que eu tivera. O próprio Poirot não tinha admitido que eu havia vencido?

Mas senti a necessidade de ir com cuidado. Que ótimo que meu pequeno amigo tinha admitido estar momentaneamente confuso. Eu respeitava em demasia suas habilidades para imaginar que ele ficaria satisfeito nessa posição. Eu tinha muita modéstia sobre minha inteligência quando se tratava de me comparar com ele. Poirot não aceitaria a derrota. De uma maneira ou de outra, ele se esforçaria para virar a mesa, e de um jeito e no momento em que eu menos esperasse.

Nós nos encontramos no café na manhã seguinte como se nada tivesse acontecido. O bom humor de Poirot era imperturbável, mas achei que havia detectado certa reserva em seus modos, algo de novo. Depois do café da manhã, anunciei minha intenção de dar um passeio. Houve um brilho malicioso nos olhos de Poirot.

— Se estiver procurando informação, não precisa se preocupar. Posso contar tudo o que deseja saber. As Irmãs Dulcibella cancelaram suas apresentações e deixaram Coventry para um destino desconhecido.

— É mesmo, Poirot?

— Pode acreditar em mim, Hastings. Foi a primeira coisa que investiguei hoje de manhã. Afinal, o que mais você esperava?

Era verdade, nada mais poderia ser esperado nessas circunstâncias. Cinderela aproveitara aquela vantagem que eu tinha sido capaz de dar a ela e certamente não perderia um minuto para ficar fora do alcance do perseguidor. Era isso o que eu havia pretendido e planejado. No entanto, eu sabia que estava mergulhado em uma rede de novas dificuldades.

Não havia nenhum meio de me comunicar com a garota, e era vital que ela soubesse a linha de defesa que eu havia criado e que estava preparado para seguir. É claro que era possível que ela tentasse me enviar uma mensagem de alguma maneira, mas eu achava que seria improvável. Ela sabia o risco que corria se sua mensagem fosse interceptada por Poirot, o que o colocaria de novo atrás dela. Era claro que sua única saída era desaparecer completamente por um tempo.

Mas, enquanto isso, o que Poirot estava fazendo? Eu o estudei atentamente. Ele estava com um ar inocente e parecia meditar profundamente. Sua aparência era muito plácida, deitado muito tranquilamente. Eu tinha aprendido com Poirot que quanto menos perigoso ele parecesse, mais perigoso era. Sua quietude me assustava. Vendo em meus olhos como eu estava preocupado, ele sorriu benignamente.

— Você está espantado, Hastings? Está se perguntando por que não vou atrás dela?

— Bem, algo do tipo.

— É o que você faria se estivesse no meu lugar. Eu entendo isso. Mas eu não sou daqueles que gostam de correr para cima e para baixo pelo país procurando uma agulha no palheiro, como vocês dizem em inglês. Não, deixemos *mademoiselle* Bella Duveen em paz. Sem dúvida, irei encontrá-la quando chegar a hora. Até lá, fico contente em esperar.

Olhei para ele, cheio de dúvidas. Estaria tentando me enganar? Tive uma sensação irritante de que, mesmo agora, ele dominava a situação. Meu senso de superioridade estava diminuindo gradualmente. Eu havia organizado a fuga da garota e desenvolvido um esquema brilhante para salvá-la das consequências de seu ato precipitado, mas não conseguia relaxar a mente. A absoluta calma de Poirot despertava um milhão de apreensões em mim.

— Suponho, Poirot — falei, bastante desconfiado —, que não devo perguntar quais são seus planos. Perdi esse direito.

— De jeito nenhum. Não são secretos. Vamos voltar para a França sem demora.

— *Vamos?*

— Exatamente... *"vamos"*! Você sabe muito bem que não pode ficar longe da vista do Papai Poirot. Não é, meu amigo? Mas fique na Inglaterra, se desejar...

Neguei com a cabeça. Ele tinha acertado na mosca. Não podia me dar o luxo de perdê-lo de vista. Embora não esperasse que ele confiasse em mim depois do que havia acontecido, ainda poderia acompanhar suas ações. O único perigo para Bella era ele. Giraud e a polícia francesa não sabiam da existência dela. A todo custo, eu deveria ficar perto de Poirot.

Poirot me observou com atenção enquanto essas reflexões passavam pela minha mente e acenou, satisfeito.

— Estou certo, não? E como você é capaz de tentar me seguir, disfarçado de alguma forma absurda, como uma barba falsa, ainda que todos perceberiam, *bien entendu* prefiro que viajemos juntos. Eu ficaria muito incomodado se alguém zombasse de você.

— Muito bem, então. Mas devo avisá-lo...

— Eu sei... eu sei tudo. Você é meu inimigo! Seja meu inimigo, então. Isso não me preocupa nem um pouco.

— Desde que tudo seja justo e às claras, não me importo.

— Você tem o ímpeto inglês do "jogo limpo"! Agora que seus escrúpulos estão satisfeitos, vamos partir imediatamente. Não há tempo a perder. Nossa estadia na Inglaterra foi curta, mas suficiente. Eu já sei o que queria saber.

O tom era leve, mas senti uma ameaça velada nas palavras.

— Ainda assim — comecei e parei.

— Ainda assim, como você diz! Sem dúvida, você está satisfeito com o papel que está representando. Quanto a mim, estou preocupado com Jack Renauld.

Jack Renauld! As palavras me sobressaltaram. Tinha esquecido completamente esse aspecto do caso. Jack Renauld, na prisão, com a sombra da guilhotina sobre ele. Vi o papel que estava representando sob uma luz mais sinistra. Eu poderia salvar Bella, sim, mas, ao fazer isso, corria o risco de enviar um homem inocente para sua morte.

Afastei esse pensamento de mim com horror. Não poderia ser. Ele seria absolvido. Certamente seria absolvido. Mas o medo voltou a me tomar. E se ele não fosse? E então? Poderia viver com isso em minha consciência? Pensamento horrível! Assim terminariam as coisas? Uma decisão. Bella ou Jack Renauld? Meu coração me dizia para salvar a garota que eu amava a qualquer preço. Mas, se outro tivesse que pagar por isso, o problema mudava.

O que a garota diria? Lembrei-me de que não tinha falado nenhuma palavra sobre a prisão de Jack Renauld. Até o momento, ela ignorava totalmente que seu ex-amante estava na prisão acusado de um crime hediondo que não cometera. Quando ela soubesse, como reagiria? Permitiria que sua vida fosse salva à custa da dele? Certamente não deveria fazer nada precipitado. Jack Renauld poderia, e provavelmente seria, absolvido sem qualquer intervenção da parte dela. Se assim fosse, muito bem. Mas e se não fosse? Esse era um problema terrível e sem resposta. Imaginei que ela não correria o risco de receber a pena máxima. As circunstâncias do crime seriam bem diferentes no caso dela. Poderia alegar ciúmes e provocações extremas, e sua juventude e beleza ajudariam muito. O fato de que, por um erro trágico, tinha sido o sr. Renauld, e não o filho dele, que havia sofrido o castigo não alteraria o motivo do crime. Mas, de qualquer forma, por mais branda que fosse a sentença do Tribunal, significaria um longo período de prisão.

Não, Bella deveria ser protegida. E, ao mesmo tempo, Jack Renauld deveria ser salvo. Não via claramente como isso poderia ser feito, mas tinha fé em Poirot. Ele *sabia*. De alguma maneira, ele conseguiria salvar um homem inocente. Iria encontrar algum motivo que não fosse o real. Poderia ser difícil, mas ele conseguiria de alguma forma. E sem a suspeita sobre Bella, com Jack Renauld absolvido, tudo terminaria satisfatoriamente.

Foi o que repeti para mim mesmo muitas vezes, mas, no fundo do meu coração, ainda tinha medo.

24
"Salve-o!"

Atravessamos a Inglaterra no barco noturno e na manhã seguinte nos vimos em St. Omer, para onde Jack Renauld tinha sido levado. Poirot não perdeu tempo e foi visitar *monsieur* Hautet. Como ele não parecia disposto a fazer objeções à minha presença, eu o acompanhei.

Após várias formalidades e preliminares, fomos conduzidos para a sala do juiz de instrução. Ele nos cumprimentou cordialmente.

— Disseram que tinha voltado à Inglaterra, *monsieur* Poirot. Fico feliz em ver que não foi o caso.

— É verdade que estive lá, *monsieur*, mas foi apenas para uma visita rápida. Uma questão paralela, mas que achei que valeria a pena investigar.

— E valeu?

Poirot deu de ombros. *Monsieur* Hautet assentiu, suspirando.

— Temos que nos resignar, temo. Aquele animal, Giraud, suas maneiras são abomináveis, mas ele é sem dúvida inteligente! Não há muita chance de que tenha errado.

— O senhor acha que não?

Foi a vez de o juiz dar de ombros.

— Ah, bem, falando francamente em confiança, é claro, o senhor chegou a outra conclusão?

— Francamente, acho que há muitos pontos obscuros.

— Como, por exemplo?

Mas Poirot não quis contar nada.

— Ainda não fiz uma lista — observou ele. — Eu estava fazendo uma reflexão geral. Gostei do jovem e seria lamentável que ele fosse culpado de um crime tão hediondo. A propósito, o que ele tem a dizer sobre o assunto?

O juiz fechou a cara.

— Não consigo entendê-lo. Ele parece incapaz de apresentar qualquer tipo de defesa. Tem sido muito difícil obrigá-lo a responder minhas perguntas. Ele se contenta com uma negação geral e, além disso, refugia-se em um silêncio obstinado. Vou interrogá-lo novamente amanhã, talvez o senhor queira estar presente.

Aceitamos o convite com *empressement*.

— Um caso angustiante — disse o juiz, com um suspiro. — Minha simpatia por madame Renauld é profunda.

— Como está madame Renauld?

— Ela ainda não recuperou a consciência. De certa forma, é algo misericordioso, pobre mulher, ela está sendo poupada de muitas coisas. Os médicos dizem que não há perigo, mas que quando ela se recuperar deverá ficar o mais quieta possível. Entendo que foi tanto o choque quanto a queda que levaram a seu estado atual. Seria terrível se o cérebro dela ficasse desequilibrado, mas não me admiraria nem um pouco... não, realmente, de maneira alguma.

Mounsier Hautet recostou-se, balançando a cabeça, com uma espécie de satisfação soturna, contemplando a perspectiva sombria. Ele ficou pensando por um tempo, depois observou com um sobressalto:

— Isso me fez lembrar algo. Tenho aqui uma carta para o senhor, *monsieur* Poirot. Deixe-me ver, onde eu a coloquei?

Ele começou a remexer entre seus papéis. Por fim, encontrou a carta e entregou a Poirot.

— Foi enviada para mim pedindo que eu a encaminhasse ao senhor — explicou. — Mas como o senhor não deixou nenhum endereço, não pude entregá-la antes.

Poirot analisou a carta com curiosidade. A letra era alongada, inclinada e exótica, e tinha sido decididamente escrita por uma mulher. Poirot não a abriu. Em vez disso, colocou-a no bolso e se levantou.

— Até amanhã então. Muito obrigado pela sua cortesia e amabilidade.

— Não foi nada. Estou sempre a seu serviço. Esses jovens detetives da escola de Giraud são todos parecidos: rudes, desdenhosos. Não percebem que um juiz de instrução com a minha... hã... experiência está fadado a ter um certo discernimento, um certo... *flair.** *Enfin*! Prefiro muito mais a polidez da velha escola. Portanto, meu amigo, disponha de mim como quiser. Sabemos algumas coisinhas, o senhor e eu... não é?

E rindo com vontade, encantado consigo mesmo e conosco, *monsieur* Hautet se despediu. Lamento ter que registrar que a primeira observação que Poirot fez para mim ao sairmos para o corredor foi:

— Um famoso velho imbecil, isso sim! De uma estupidez de dar pena!

---

* Faro. (N. T.)

Estávamos saindo do prédio quando nos encontramos com Giraud, parecendo mais vaidoso do que nunca e completamente satisfeito consigo mesmo.

— Ah! *Monsieur* Poirot! — exclamou, animado. — O senhor voltou da Inglaterra, então?

— Como pode ver — disse Poirot.

— O fim do caso não está longe agora, imagino.

— Concordo com o senhor, *monsieur* Giraud.

Poirot falou em um tom suave. Seu desânimo parecia deliciar o outro.

— Esses criminosos ridículos! Nem conseguem se defender. É extraordinário!

— Tão extraordinário que dá o que pensar, não é? — sugeriu Poirot suavemente.

Mas Giraud nem estava ouvindo. Ele girou sua bengala amigavelmente.

— Bem, bom dia, *monsieur* Poirot. Fico feliz que esteja satisfeito com a culpa do jovem Renauld.

— *Pardon!* Mas não estou nem um pouco satisfeito. Jack Renauld é inocente.

Giraud ficou olhando por um momento, depois caiu na gargalhada, batendo significativamente na cabeça e fazendo uma breve observação:

— *Toqué!**

Poirot se empertigou. Uma luz perigosa apareceu em seus olhos.

---

* Doido! (N. T.)

— *Monsieur* Giraud, ao longo de todo o caso, sua atitude comigo foi deliberadamente ofensiva. O senhor precisa receber uma lição. Estou preparado para apostar quinhentos francos de que encontrarei o assassino de *monsieur* Renauld antes do senhor. Está de acordo?

Giraud olhou impotente para ele e murmurou novamente:

— *Toqué!*

— Vamos — insistiu Poirot —, está de acordo?

— Não desejo tirar seu dinheiro.

— Não se preocupe, o senhor não vai!

— Ah, está bem, eu concordo! O senhor fala que minhas maneiras foram ofensivas. Bem, algumas vezes, *suas* maneiras *me* incomodaram.

— Estou encantado por ouvir isso — disse Poirot. — Bom dia, *monsieur* Giraud. Venha, Hastings.

Não disse nenhuma palavra enquanto caminhávamos pela rua. Meu coração estava pesado. Poirot havia demonstrado suas intenções de maneira muito clara. Eu duvidava mais do que nunca dos meus poderes de salvar Bella das consequências de seu ato. Esse infeliz encontro com Giraud tinha mexido com Poirot e o deixara valente.

De repente, senti uma mão no meu ombro e, ao me virar, vi Gabriel Stonor. Paramos e o cumprimentamos, e ele propôs acompanhar-nos de volta ao nosso hotel.

— E o que está fazendo aqui, *monsieur* Stonor? — indagou Poirot.

— É preciso ficar ao lado dos amigos — respondeu o outro secamente. — Especialmente quando estão sendo injustamente acusados.

— Então o senhor não acredita que Jack Renauld tenha cometido o crime? — perguntei, interessado.

— Claro que não. Eu conheço o rapaz. Admito que algumas coisas nessa situação me surpreenderam completamente, mas, mesmo assim, apesar de seus modos tolos, nunca poderei acreditar que Jack Renauld seja um assassino.

Senti muita estima pelo secretário. As palavras dele pareciam tirar um peso secreto do meu coração.

— Não tenho dúvidas de que muitas pessoas se sentem como o senhor — falei. — Há realmente poucas provas contra ele. Devo dizer que não há dúvidas de sua absolvição, nenhuma dúvida.

Mas Stonor não respondeu como desejava.

— Eu gostaria muito de pensar como o senhor — disse, muito sério, e se virou para Poirot. — Qual é a sua opinião, *monsieur*?

— Acho que as coisas parecem muito ruins para ele — disse Poirot com a voz baixa.

— Acredita que ele é culpado? — disse Stonor bruscamente.

— Não. Mas acho que será difícil provar sua inocência.

— Ele está se comportando de forma tão estranha — murmurou Stonor. — Claro, entendo que há muito mais nesse caso do que estamos vendo. Giraud não percebe isso porque é de fora, mas a coisa toda foi muito estranha. No entanto, em relação a isso, quanto menos eu falar, melhor. Se a sra. Renauld quiser ocultar alguma coisa, eu sigo as ordens dela. É ela que decide, e tenho muito respeito pelo julgamento dela para me intrometer, mas não posso entender essa atitude de Jack. Qualquer um pensaria que ele *quer* ser considerado culpado.

— Mas é um absurdo! — exclamei, intrometendo-me. — Por um lado, a faca... — Fiz uma pausa, incerto de quanto Poirot gostaria que eu revelasse. Continuei, escolhendo minhas palavras com cuidado: — Sabemos que a faca não poderia estar com Jack Renauld naquela noite. A senhora Renauld sabe disso.

— É verdade — disse Stonor. — Quando ela se recuperar, sem dúvida vai contar tudo isso e muito mais. Bem, devo deixá-los.

— Um momento. — A mão de Poirot impediu sua partida. — Pode mandar me avisar assim que a senhora Renauld recuperar a consciência?

— Claro. Isso é fácil de fazer.

— A questão da faca é boa, Poirot — insisti enquanto subíamos as escadas. — Não quis falar claramente diante de Stonor.

— Você estava certo. Devemos manter essa informação conosco o máximo que pudermos. Quanto à faca, seu argumento dificilmente ajuda Jack Renauld. Lembra-se que me ausentei por uma hora esta manhã, antes de partirmos para Londres?

— Sim?

— Bem, usei para tentar encontrar a empresa que criou as facas para Jack Renauld. Não foi muito difícil. *Eh bien*, Hastings, eles não fizeram *duas* facas para abrir cartas, mas *três*.

— Então...

— Então, depois de dar uma para sua mãe e outra para Bella Duveen, havia uma terceira que ele, sem dúvida, manteve consigo. Não, Hastings, temo que a questão da faca não nos ajudará a salvá-lo da guilhotina.

— Não vai chegar a isso — exclamei, irritado.

Poirot balançou a cabeça, incerto.

— Você vai salvá-lo — disse eu, tentando ser positivo.

Poirot olhou para mim secamente.
— Você não tornou isso impossível, *mon ami*?
— De alguma outra maneira — murmurei.
— Ah! *Sapristi!** Mas você me pede um milagre. Não diga mais nada. Vejamos, em vez disso, o que há nesta carta.
E ele tirou o envelope do bolso do casaco.
Seu rosto se contraiu enquanto lia, então ele entregou a única folha para mim.
— Há outras mulheres no mundo que estão sofrendo, Hastings.
A carta estava borrada e a nota evidentemente havia sido escrita com grande agitação.

Caro M. Poirot
 Se receber esta carta, peço que venha em meu auxílio. Não tenho a quem recorrer e Jack deve ser salvo a qualquer custo. Eu imploro de joelhos para nos ajudar.
 Marthe Daubreuil

Eu a devolvi, comovido.
— Você irá?
— Imediatamente. Vamos pedir um automóvel.
Meia hora depois estávamos na Villa Marguerite. Marthe estava à porta para nos receber e deixou Poirot entrar, agarrando-se com as duas mãos ao braço dele.
— Ah, o senhor veio. É muita bondade da sua parte. Estou desesperada, sem saber o que fazer. Eles não me deixam nem

---
* Por Deus. (N. T.)

mesmo vê-lo na prisão. Estou sofrendo muito. Estou quase louca. É verdade o que dizem, que ele não nega o crime? Mas isso é loucura. É impossível que tenha feito aquilo! Nunca nem por um minuto vou acreditar.

— Nem eu, *mademoiselle* — disse Poirot gentilmente.

— Mas então por que ele não fala? Não estou entendendo.

— Talvez porque esteja protegendo alguém — sugeriu Poirot, observando-a.

Marthe franziu o cenho.

— Protegendo alguém? Está falando da mãe dele? Ah, desde o início, eu suspeitava dela. Quem vai herdar toda a vasta fortuna? Ela. É fácil usar roupas de viúva e bancar a hipócrita. E dizem que quando ele foi preso, ela caiu *assim!* — Ela fez um gesto dramático. — E, sem dúvida, *monsieur* Stonor, o secretário, a ajudou. São parceiros nesse crime, aqueles dois. É verdade que ela é mais velha que ele, mas os homens não se importam com isso... se for uma mulher rica!

Havia um toque de amargura em seu tom.

— Stonor estava na Inglaterra — falei.

— Ele diz isso, mas quem sabe?

— *Mademoiselle* — disse Poirot em voz baixa —, se quisermos trabalhar juntos, a senhorita e eu precisamos esclarecer as coisas. Primeiro, vou fazer uma pergunta.

— Sim, *monsieur*?

— Sabe o nome verdadeiro da sua mãe?

Marthe olhou para ele por um minuto, depois deixou a cabeça cair sobre suas mãos e começou a chorar.

— Pronto, pronto — disse Poirot, dando um tapinha no ombro dela. — Acalme-se, *petite*, vejo que sabe. Agora, uma segunda pergunta: sabia quem era *monsieur* Renauld?

— *Monsieur* Renauld? — Ela ergueu a cabeça e olhou para ele, pensativa.

— Ah, vejo que não sabia disso. Agora, escute com atenção.

Passo a passo, ele percorreu o caso, como havia feito comigo no dia de nossa partida para a Inglaterra. Marthe ouvia, fascinada. Quando ele terminou, ela respirou fundo.

— Mas o senhor é maravilhoso, magnífico! É o maior detetive do mundo.

Com um gesto rápido, ela se levantou da cadeira e se ajoelhou diante dele com uma entrega tipicamente francesa.

— Salve-o, *monsieur* — ela disse, chorando. — Eu o amo tanto. Oh, salve-o, salve-o, salve-o!

25

UM *DÉNOUEMENT** INESPERADO

Estivemos presentes na manhã seguinte no interrogatório de Jack Renauld. Apesar do pouco tempo, fiquei chocado com a mudança ocorrida no jovem prisioneiro. Suas bochechas tinham caído, havia círculos negros profundos em volta dos olhos, e ele parecia abatido e angustiado, como alguém que não conseguia dormir fazia várias noites. Ele não demonstrou nenhuma emoção ao nos ver.

O prisioneiro e seu advogado, Maître Grosier, estavam sentados em cadeiras. Um imponente guarda com um sabre resplandecente estava diante da porta. O paciente *greffier*** estava sentado em frente a sua mesa. Começou o interrogatório.

— Renauld — disse o juiz —, você nega que estava em Merlinville na noite do crime?

Jack não respondeu imediatamente, depois disse com uma hesitação que dava pena:

— Eu... eu já disse que estava em Cherbourg.

Maître Grosier franziu o cenho e suspirou. Percebi imediatamente que Jack Renauld estava obstinadamente empenhado

---

* Desfecho (N. T.)
** Funcionário. (N. T.)

em responder às perguntas a seu bel-prazer, para o desespero de seu representante legal.

O juiz o interrompeu:

— Mande entrar as testemunhas da estação.

Momentos depois, a porta se abriu e por ela entrou um homem que reconheci como um carregador da estação de Merlinville.

— O senhor estava de serviço na noite de 7 de junho?

— Sim, *monsieur*.

— Viu a chegada do trem das 23h40?

— Sim, *monsieur*.

— Olhe para o prisioneiro. O senhor o reconhece como tendo sido um dos passageiros que desembarcaram?

— Sim, *monsieur*.

— Existe alguma possibilidade de que esteja enganado?

— Não, *monsieur*. Eu conheço bem o *monsieur* Jack Renauld.

— Nem há a possibilidade de estar enganado quanto à data?

— Não, *monsieur*. Porque foi na manhã seguinte, dia 8 de junho, que ouvimos falar do assassinato.

Outro trabalhador ferroviário foi trazido e confirmou o que falou o primeiro. O juiz olhou para Jack Renauld.

— Esses homens o identificaram de forma positiva. O que o senhor tem a dizer?

Jack deu de ombros.

— Nada.

Monsieur Hautet trocou um olhar com o *greffier*, enquanto a caneta deste registrava a resposta.

— Renauld — continuou o juiz —, você reconhece isto?

Ele pegou algo da mesa ao seu lado e mostrou para o prisioneiro. Estremeci ao reconhecer a faca feita dos restos do avião.

— Perdão — exclamou o advogado de Jack, Maître Grosier.
— Exijo falar com meu cliente antes que ele responda a essa pergunta.

Mas Jack Renauld não tinha consideração pelos sentimentos do pobre Grosier. Ele o empurrou para o lado e respondeu calmamente:

— Claro que reconheço. Foi um presente que dei para minha mãe, como lembrança da guerra.

— Existe, até onde o senhor sabe, alguma cópia dessa faca?

Mais uma vez Maître Grosier quis falar, e novamente Jack o impediu.

— Não que eu tenha conhecimento. Eu mesmo fiz o projeto.

Até o juiz quase se exaltou com a ousadia da resposta. Na verdade, parecia que Jack queria terminar rapidamente com tudo. Percebi, é claro, a necessidade vital que ele tinha, pelo bem de Bella, de esconder o fato de que havia outra faca no caso. Enquanto supostamente houvesse apenas uma arma, não haveria nenhuma suspeita sobre a garota que tinha a segunda faca. Ele era valente ao proteger a mulher que tinha amado, mas a um custo enorme para si mesmo! Comecei a perceber a magnitude da tarefa que eu tinha colocado nos ombros de Poirot. Não seria fácil garantir a absolvição de Jack Renauld a não ser com a verdade.

Monsieur Hautet falou novamente, com uma inflexão bastante agressiva:

— Madame Renauld nos disse que esta faca estava em sua penteadeira na noite do crime. Mas madame Renauld é mãe! Isso irá, sem dúvida, surpreendê-lo, Jack Renauld, mas considero muito provável que ela tenha se enganado e que, por inadvertência, talvez você tenha levado a faca para Paris. Sem dúvida, você vai negar...

Vi as mãos algemadas do rapaz se apertarem. Sua testa transpirava, quando, com um tremendo esforço, ele interrompeu *monsieur* Hautet com a voz rouca:

— Não vou negar. É possível.

Por um momento todos ficaram espantados. Maître Grosier levantou-se, protestando:

— Meu cliente passou por uma tensão nervosa considerável. Gostaria de registrar que não o considero responsável pelo que diz.

O juiz o reprimiu com raiva. Por um momento, uma dúvida pareceu surgir em sua mente. Jack Renauld estava exagerando seu papel. Ele se inclinou para a frente e olhou bem para o prisioneiro.

— Você entende perfeitamente, Renauld, que dependendo das respostas que me der, não terei alternativa a não ser enviá-lo para julgamento?

O rosto pálido de Jack corou. Ele olhava fixamente para o juiz.

— *Monsieur* Hautet, juro que não matei meu pai.

Mas o breve momento de dúvida do juiz tinha passado. Ele deu uma risada curta e desagradável.

— Sem dúvida, sem dúvida, são sempre inocentes, nossos prisioneiros! Pela sua própria boca, você está condenado. Não consegue se defender, criar um álibi. Apenas uma mera afirmação que não enganaria um bebê! A de que você é inocente. Você matou seu pai, Renauld, um assassinato cruel e covarde, por causa do dinheiro que acreditava que ganharia com a morte dele. Sua mãe o ajudou depois do crime. Sem dúvida, em vista do fato de que ela agiu como mãe, os tribunais serão indulgentes com ela, mas o mesmo não acontecerá com você. E com razão! Seu crime foi horrível, causando aversão aos deuses e homens! — *Monsieur* Hautet estava se divertindo, trabalhando bem suas palavras, mergulhado na solenidade do momento e em seu próprio papel como representante da justiça. — Você matou e deve assumir as consequências de seu ato. Falo com você não como homem, mas como a justiça, a justiça eterna, que...

Monsieur Hautet foi interrompido, algo que o aborreceu muito. A porta foi aberta.

— *Monsieur le juge, monsieur le juge* — gaguejou o atendente —, há uma senhora que diz, que diz...

— Quem disse o quê? — gritou o juiz, bastante irritado. — Isso é totalmente irregular. Eu proíbo, proíbo absolutamente.

Mas uma figura esbelta empurrou o gaguejante policial para o lado. Vestida toda de preto, com um longo véu que escondia seu rosto, ela entrou na sala.

Meu coração começou a bater descontroladamente. Ela viera! Todos os meus esforços tinham sido em vão. No entanto, não pude deixar de admirar a coragem que a levou a dar esse passo de forma tão resoluta.

Ela levantou o véu e eu fiquei boquiaberto. Pois, embora muito parecida com ela, essa garota não era Cinderela! Por outro lado, agora que a via sem a peruca clara que usava no palco, eu a reconheci como a garota da fotografia no quarto de Jack Renauld.

— O senhor é o *juge d'instruction, monsieur* Hautet? — perguntou ela.

— Sim, mas eu proíbo...

— Meu nome é Bella Duveen. Gostaria de me entregar pelo assassinato do sr. Renauld.

26

Recebo uma carta

"Meu amigo, você saberá tudo ao receber esta carta. Nada do que eu possa dizer vai convencer Bella. Ela partiu para se entregar. Estou cansada de lutar.

Saberá agora que eu o enganei, que quando confiou em mim, eu paguei com mentiras. Talvez pareça algo indefensável para você, mas eu gostaria, antes de sair de sua vida para sempre, de mostrar exatamente como tudo aconteceu. Se um dia eu souber que você me perdoou, minha vida ficaria muito mais fácil. Não foi por mim que fiz isso, é a única coisa que posso dizer em minha defesa.

Começarei do dia em que o conheci no trem de Paris. Eu estava preocupada com Bella. Ela estava desesperada por causa de Jack Renauld, teria se jogado no chão para que ele passasse por cima dela, e quando ele começou a mudar e parou de escrever com tanta frequência, ela começou a perder o controle. Começou a imaginar que ele gostava de outra garota e, é claro, como ficou sabendo depois, estava certa. Ela resolveu ir à Villa deles em Merlinville para tentar ver o Jack. Sabia que eu era contra, por isso tentou escapar. Descobri que ela não estava no trem de Calais e decidi que não iria para a Inglaterra sem ela. Eu tinha uma sensação desconfortável de que algo terrível iria acontecer se não conseguisse impedir.

Esperei o trem seguinte de Paris. Ela estava nele, desceu e partiu para Merlinville. Discuti muito com ela, mas não adiantou nada. Ela estava muito nervosa e decidida a continuar com seu plano. Bem, lavei minhas mãos. Tinha feito tudo que podia! Estava ficando tarde. Fui para um hotel e Bella partiu para Merlinville. Não conseguia eliminar a sensação do que nos livros chamam de 'desastre iminente'.

O dia seguinte chegou, mas Bella não apareceu. Ela marcara de se encontrar comigo no hotel, mas não apareceu o dia todo. Fui ficando cada vez mais ansiosa. Depois recebi o jornal vespertino com a notícia.

Foi terrível! Não tinha certeza, é claro, mas estava com muito medo. Imaginei que Bella tivesse encontrado com o Renauld pai e contado a ele sobre ela e Jack, e que ele a insultara ou algo parecido. Nós duas temos um temperamento horrível.

Então apareceu a história dos estrangeiros mascarados e eu comecei a me sentir mais à vontade. Mas ainda estava preocupada porque Bella não tinha vindo se encontrar comigo.

Na manhã seguinte, eu estava tão abalada que precisava ir até a casa e ver se podia descobrir algo. Mas logo eu me encontrei com você. Você sabe... Quando vi o homem morto, tão parecido com o Jack, usando o casaco chique dele, eu soube. E também tinha a faca para abrir cartas (aquela coisa terrível!) que Jack dera a Bella! Certamente as impressões digitais dela estavam ali. Não posso explicar a sensação de horror que senti naquele momento. Só sabia de uma coisa: precisava pegar a faca e sair imediatamente de lá, antes que descobrissem que ela desaparecera. Fingi desmaiar e, enquanto você estava fora pegando água, peguei a coisa e a escondi no meu vestido.

Falei que estava hospedada no Hôtel du Phare, mas é claro que fui direto de volta para Calais e depois para a Inglaterra no primeiro barco. Quando estávamos no meio do canal, joguei aquela faca demoníaca no mar. Só aí consegui respirar novamente.

Bella estava em nosso alojamento em Londres. Ela agia como se nada tivesse acontecido. Contei a ela o que tinha feito, e que estaria segura por enquanto. Ela olhou para mim e começou a rir... rir... rir... foi horrível ouvi-la! Percebi que era melhor nos mantermos ocupadas. Ela enlouqueceria se tivesse tempo para pensar no que tinha feito. Felizmente logo estreamos um espetáculo.

E então, vi você e seu amigo na plateia aquela noite... fiquei louca. Vocês deveriam suspeitar ou não teriam vindo nos ver. Eu tinha que saber o que vocês estavam querendo, por isso eu o segui. Estava desesperada. E então, antes que eu tivesse tempo de dizer algo, percebi que suspeitavam de mim, não de Bella! Ou pelo menos que pensavam que eu *era* Bella, já que tinha roubado a faca.

Gostaria, querido, que pudesse ler minha mente naquele momento... você me perdoaria, talvez... eu estava com tanto medo, confusa e desesperada... Tudo que pude entender foi que você estava tentando me salvar. Eu não sabia se estaria disposto a salvá-la... achei que provavelmente não. Não seria a mesma coisa! E não podia me arriscar! Bella é minha irmã gêmea, precisava fazer o melhor por ela. Então continuei mentindo. Eu me senti mal. Ainda me sinto mal... Isso é tudo. É o suficiente, você dirá, espero. Eu deveria ter confiado em você... Se eu tivesse...

Assim que saiu a notícia no jornal de que Jack Renauld havia sido preso, tudo acabou. Bella não quis nem esperar para ver como as coisas continuariam...

Estou muito cansada. Não consigo mais escrever."

Ela começara a assinar como Cinderela, mas havia riscado esse nome e escrito "Dulcie Duveen".

Era uma carta mal escrita e borrada, mas eu a guardo até hoje. Poirot estava comigo quando a li. As páginas caíram da minha mão e olhei para ele.

— Você sabia o tempo todo que tinha sido... a outra?

— Sim, meu amigo.

— Por que não me contou?

— Para começar, eu mal podia acreditar que você pudesse cometer um erro assim. Você tinha visto a foto. As irmãs são muito parecidas, mas de maneira alguma é impossível distingui-las.

— Mas e o cabelo claro?

— Uma peruca, usada para criar um contraste provocativo no palco. É concebível que, como são gêmeas, uma prefira ter o cabelo claro e a outra, escuro.

— Por que não me disse isso naquela noite no hotel em Coventry?

— Você usou métodos muito autoritários, *mon ami* — disse Poirot secamente. — Não me deu nenhuma chance.

— Mas e depois?

— Ah, depois! Bem, para começar, fiquei magoado com a sua falta de fé em mim. E depois, queria ver se os seus sentimentos resistiriam ao teste do tempo. Se realmente era amor ou apenas fogo de palha. Eu não deveria ter deixado que você continuasse com seu erro.

Assenti. O tom dele era muito afetuoso para que eu continuasse ressentido. Olhei para as páginas da carta. De repente, peguei-as do chão e entreguei para ele.

— Leia isso — falei. — Gostaria que lesse.

Ele leu em silêncio, depois olhou para mim.

— O que o preocupa tanto, Hastings?

Poirot estava diferente. Seu jeito debochado tinha desaparecido. Consegui dizer o que queria sem muitas dificuldades.

— Ela não diz... ela não diz... bem, se gosta de mim ou não?

Poirot voltou à carta.

— Acho que você está enganado, Hastings.

— Onde? — exclamei, me aproximando.

Poirot sorriu.

— Ela diz isso em todas as linhas da carta, *mon ami*.

— Mas onde vou encontrá-la? Não há nenhum endereço na carta. Apenas um selo francês, nada mais.

— Anime-se! Deixe tudo com Papai Poirot. Posso encontrá-la para você em menos de cinco minutos!

27

A história de Jack Renauld

— Parabéns, *monsieur* Jack — disse Poirot, apertando calorosamente a mão do rapaz.

O jovem Renauld nos visitou assim que foi libertado, antes de partir para Merlinville para se juntar a Marthe e sua mãe. Stonor o acompanhava. O bom humor do secretário contrastava fortemente com a palidez do rapaz. Era evidente que o jovem estava à beira de um ataque de nervos. Ele deu um sorriso triste para Poirot e disse em voz baixa:

— Passei por tudo isso para protegê-la e não serviu de nada.

— Era difícil acreditar que a garota aceitasse que você pagasse com sua própria vida — observou Stonor secamente. — Ela estava fadada a se apresentar quando visse que você iria direto para a guilhotina.

— *Eh ma foi!* E o senhor realmente iria direto para a guilhotina! — acrescentou Poirot, com um brilho nos olhos. — Também teria a morte de seu advogado, Maître Grosier, por raiva em sua consciência se continuasse com sua história.

— Ele era um idiota bem-intencionado, acho — disse Jack. — Mas estava me deixando muito preocupado. Sabe, eu não confiava muito nele. Mas, meu Deus! O que vai acontecer com Bella?

— Se eu fosse o senhor — disse Poirot, com franqueza —, não me afligiria sem necessidade. Os tribunais franceses são muito indulgentes com a juventude e a beleza, e também com o *crime passionnel!* Um advogado inteligente poderá montar um ótimo caso cheio de circunstâncias atenuantes. Não será agradável para o senhor...

— Não me importo com isso! Sabe, *monsieur* Poirot, de certa forma eu *realmente* me sinto culpado pelo assassinato de meu pai. Se não fosse por mim, e meu envolvimento com essa garota, ele ainda estaria vivo e bem hoje. E também meu maldito descuido por vestir o sobretudo errado. Não posso deixar de me sentir responsável pela morte dele. Isso vai me perseguir eternamente!

— Não, não — falei, para tranquilizar.

— Claro que é horrível pensar que Bella matou meu pai — continuou Jack. — Mas eu a tratei de uma forma vergonhosa. Depois que conheci Marthe e percebi que havia me equivocado, deveria ter escrito e contado tudo a ela francamente. Mas eu estava tão aterrorizado de que houvesse uma briga, e que isso chegasse aos ouvidos de Marthe, e que ela pensasse que a coisa fosse mais séria do que era na realidade, que... bem, fui um covarde e fiquei esperando que tudo se acabasse por si só. Na verdade, eu apenas me afastei, sem perceber que estava levando a pobre garota ao desespero. Se ela realmente tivesse me esfaqueado, como pretendia, eu teria recebido aquilo que mereça. E a maneira como ela se entregou agora foi um ato de muita coragem. Eu teria mantido minha história, sabe, até o final.

Ele ficou em silêncio por uns momentos e depois voltou a falar:

— O que não entendi é por que ele estava fora da casa apenas com a roupa de baixo e meu sobretudo àquela hora da noite.

Imagino que tenha se livrado dos estrangeiros, e minha mãe deve ter cometido um erro sobre o horário em que chegaram. Ou... ou... não foi tudo uma armação, foi? Quero dizer, minha mãe não pensou, não poderia ter pensado... que fui *eu*?

Poirot o tranquilizou rapidamente.

— Não, não, *monsieur* Jack. Não imagine isso. Quanto ao resto, vou explicar para o senhor um dia desses. É bastante curioso. Mas poderia nos contar exatamente o que aconteceu naquela terrível noite?

— Há muito pouco para contar. Vim de Cherbourg, como disse, para ver Marthe antes de ir para o outro lado do mundo. O trem atrasou e decidi pegar o atalho através do campo de golfe. Poderia facilmente entrar nos jardins da Villa Marguerite por ali. Tinha quase chegado lá quando...

Ele fez uma pausa e engoliu em seco.

— Sim?

— Ouvi um grito terrível. Não foi alto, uma espécie de engasgo e suspiro, mas fiquei assustado. Por um momento, fiquei paralisado. Então abri um arbusto para espiar. Era lua cheia. Vi o túmulo e uma figura caída de bruços com uma faca espetada nas costas. E então... e então... espiei e *a* vi. Ela estava olhando para mim como se tivesse visto um fantasma. É o que ela deve ter pensado a princípio. Sua expressão parecia congelada em seu rosto pelo horror. E então ela gritou, virou-se e saiu correndo.

Ele parou, tentando dominar sua emoção.

— E depois? — perguntou Poirot com a voz tranquila.

— Não sei, de verdade. Fiquei parado lá por um tempo, atordoado. E então percebi que era melhor fugir o mais rápido possível. Não pensei que suspeitariam de mim, mas tinha medo de ser chamado para depor contra ela. Fui andando até St. Beauvais, como havia dito, e peguei um carro para me levar de volta para Cherbourg.

Bateram na porta e um criado entrou com um telegrama que entregou a Stonor. Ele o abriu e se levantou da cadeira.

— A senhora Renauld recuperou a consciência — disse ele.

— Ah! — Poirot ficou de pé. — Vamos todos para Merlinville imediatamente!

Partimos correndo. Stonor, por insistência de Jack, concordou em ficar e fazer tudo o que podia por Bella Duveen. Poirot, Jack Renauld e eu partimos no carro de Renauld.

A corrida levou pouco mais de quarenta minutos. Quando nos aproximamos da porta da Villa Marguerite, Jack Renauld lançou um olhar interrogativo para Poirot.

— O que acham de vocês irem primeiro contar à minha mãe que eu estou livre...

— Enquanto o senhor dá a notícia pessoalmente para *mademoiselle* Marthe, não é? — completou Poirot, com um brilho nos olhos. — Mas sim, eu estava mesmo prestes a propor isso.

Jack Renauld não esperou mais. Parou o carro, saiu e correu pela entrada até a porta da frente. Continuamos no carro até a Villa Geneviève.

— Poirot — falei —, lembra-se de como chegamos aqui naquele primeiro dia e fomos recebidos com a notícia do assassinato do sr. Renauld?

— Ah, sim, é mesmo. Também não faz muito tempo. Mas quantas coisas aconteceram desde então... especialmente para *você, mon ami!*

— Poirot, o que você tem feito para encontrar Bel... quero dizer, Dulcie?

— Acalme-se, Hastings. Já organizei tudo.

— Você está demorando muito nisso — resmunguei.

Poirot mudou de assunto.

— Naquele momento era o começo, agora é o fim — ele falou, quando tocamos a campainha. — E, considerando o caso, o fim ainda é profundamente insatisfatório.

— Sim, de fato — suspirei.

— Você está considerando do ponto de vista sentimental, Hastings. Não era esse o sentido que queria dar. Esperamos que *mademoiselle* Bella seja tratada com indulgência e, afinal, Jack Renauld não pode se casar com as duas garotas! Falei do ponto de vista profissional. Não foi um crime premeditado e padrão, daqueles que agradam um detetive. A *mise en scène* criada por Georges Conneau foi, na verdade, perfeita, mas o *dénouement*... ah, não! Um homem morto por acidente depois de um ataque de raiva de uma garota, ah, de fato, que ordem ou método existe nisso?

E, enquanto eu ria pelas peculiaridades de Poirot, Françoise abriu a porta.

Poirot explicou que precisava ver a sra. Renauld imediatamente, e a velha o conduziu até o andar de cima. Eu permaneci no *salon*. Demorou algum tempo até Poirot reaparecer. Ele estava sério, algo não parecia bem.

— *Vous voilà*, Hastings! *Sacré tonnerre!* Teremos tempestades à frente!

— Como assim? — perguntei.

— Não poderia ter previsto — disse Poirot, pensativo —, mas as mulheres são muito imprevisíveis.

— Jack e Marthe Daubreuil chegaram — falei, olhando pela janela.

Poirot saiu da sala e encontrou o jovem casal nos degraus do lado de fora.

— Não entrem. É melhor. Sua mãe está muito brava.

— Eu sei, eu sei — disse Jack Renauld. — Preciso ir falar com ela imediatamente.

— Não, estou dizendo. É melhor não.

— Mas Marthe e eu...

— De qualquer forma, não leve *mademoiselle* com o senhor. Suba, se achar que deve, mas seria prudente que ouvisse meus conselhos.

Escutamos uma voz nas escadas atrás de nós.

— Agradeço por tudo que fez, *monsieur* Poirot, mas eu mesma deixarei claro o que desejo.

Olhamos para trás, espantados. Descendo as escadas, apoiada no braço de Léonie, estava a sra. Renauld, com a cabeça ainda enfaixada. A francesa estava chorando e implorando à sua patroa que voltasse para a cama.

— A madame vai se matar. Está desobedecendo as ordens do médico!

Mas a sra. Renauld continuou a descer.

— Mãe! — exclamou Jack, avançando. Mas com um gesto, ela o fez parar.

— Não sou sua mãe! Você não é meu filho! A partir deste dia e hora eu o renego.

— Mãe! — gritou o rapaz, estupefato.

Por um momento ela pareceu vacilar diante da angústia na voz do rapaz. Poirot insinuou uma mediação, mas no ato ela recuperou o comando de si mesma.

— O sangue do seu pai está nas suas mãos. Você é moralmente culpado da morte dele. Você o frustrou e o desafiou por causa dessa garota. E pelo tratamento cruel que dispensou à outra garota, você provocou a morte dele. Saia da minha casa. Amanhã pretendo tomar as medidas necessárias para garantir que nunca toque em um centavo do dinheiro dele. Siga seu caminho pelo mundo da melhor maneira que puder, com a ajuda da garota que é a filha da pior inimiga do seu pai!

E lentamente, com muita dor, ela voltou para o andar de cima.

Todos ficamos estupefatos, não estávamos preparados para isso. Jack Renauld, exausto com tudo o que estava acontecendo, cambaleou e quase caiu. Poirot e eu corremos para ajudá-lo.

— Ele está esgotado — murmurou Poirot para Marthe. — Para onde podemos levá-lo?

— Para a minha casa! Para a Villa Marguerite. Eu e minha mãe cuidaremos dele. Meu pobre Jack!

Levamos o rapaz para a Villa, onde ele se sentou em uma cadeira, meio atordoado. Poirot sentiu a temperatura em suas mãos e testa.

— Ele está com febre. Esse longo período de tensão começa a produzir efeitos. E agora esse choque. Leve-o para a cama, Hastings e eu vamos chamar um médico.

Logo chegou um médico. Depois de examinar o paciente, ele diagnosticou que se tratava de um simples caso de tensão nervosa. Com perfeito descanso e sossego, o rapaz poderia estar praticamente recuperado no dia seguinte, mas, se não descansasse, havia a chance de sofrer um ataque de febre emocional. Seria aconselhável que alguém passasse a noite toda com ele.

Finalmente, tendo feito tudo o que podíamos, deixamos o rapaz aos cuidados de Marthe e sua mãe, e partimos para a cidade.

Já tinha passado da nossa hora habitual de jantar e estávamos famintos. Entramos em um restaurante e atenuamos as dores da fome com uma excelente omelete e depois com um igualmente excelente *entrecôte*.

— E agora vamos dormir — disse Poirot, quando finalmente o *café noir* completou a refeição. — Vamos tentar o nosso velho amigo, o Hôtel des Bains?

Fomos para lá sem mais delongas. Sim, os senhores podiam ser acomodados em dois bons quartos com vista para o mar. Então Poirot fez uma pergunta que me surpreendeu:

— Já chegou uma inglesa, a senhorita Robinson?

— Sim, *monsieur*. Ela está no salão.

— Ah!

— Poirot — falei, acompanhando-o enquanto ele caminhava pelo corredor —, quem é essa senhorita Robinson?

Poirot sorriu gentilmente para mim.

— É que eu arranjei um casamento para você, Hastings.

— Mas o que...

— Nah! — disse Poirot, dando-me um empurrãozinho na soleira da porta. — Você acha que quero ficar divulgando, em Merlinville, o nome Duveen?

Era mesmo Cinderela quem se levantou para nos receber. Segurei suas mãos entre as minhas. Meus olhos disseram o resto.

Poirot pigarreou.

— *Mes enfants** — disse ele —, por enquanto não temos tempo para sentimentos. Temos muito trabalho pela frente. *Mademoiselle,* conseguiu fazer o que eu pedi?

---

* Minhas crianças. (N. T.)

Em resposta, Cinderela tirou da bolsa um objeto embrulhado com papel e o entregou silenciosamente a Poirot. Ele desembrulhou. Levei um susto, pois era a faca feita de cabos de avião que imaginava que ela jogara no mar. É estranho como as mulheres sempre relutam em destruir os objetos e documentos mais comprometedores!

— *Très bien, mon enfant* — disse Poirot. — Estou muito satisfeito. Vá agora e descanse. Hastings aqui e eu temos muito trabalho a fazer. Você o verá amanhã.

— Aonde vocês irão? — perguntou a garota, com os olhos arregalados.

— Você ficará sabendo amanhã.

— Aonde vocês forem, eu também vou.

— Mas, *mademoiselle*...

— Eu também vou, estou dizendo.

Poirot percebeu que era inútil discutir e, por isso, cedeu.

— Venha, então, *mademoiselle*. Mas não será nada divertido. O mais provável é que nada aconteça.

A garota não respondeu.

Partimos vinte minutos depois. Já estava escuro agora, uma noite bastante opressiva. Poirot ia na frente no caminho para a Villa Geneviève. Mas, quando chegou à Villa Marguerite, fez uma pausa.

— Gostaria de garantir que está tudo bem com Jack Renauld. Venha comigo, Hastings. Talvez seja melhor a *mademoiselle* ficar do lado de fora. Madame Daubreuil pode dizer algo desagradável.

Destrancamos o portão e seguimos pelo caminho. Quando estávamos passando pela lateral da casa, chamei a atenção de Poirot para uma janela no primeiro andar. Contra a persiana aparecia claramente o perfil de Marthe Daubreuil.

— Ah! — disse Poirot. — Imagino que esse seja o quarto em que encontraremos Jack Renauld.

Madame Daubreuil abriu a porta para nós. Ela explicou que Jack estava praticamente da mesma maneira, mas talvez quiséssemos ver com nossos próprios olhos. Ela nos levou até o quarto. Marthe Daubreuil estava sentada ao lado de uma mesa com um abajur, trabalhando. Ela colocou o dedo sobre os lábios quando entramos.

Jack Renauld estava tomado por um sono inquieto e agitado, virando a cabeça de um lado para o outro e com o rosto ainda meio pálido.

— O médico vai voltar? — perguntou Poirot em um sussurro.

— Não, a não ser que mandemos buscá-lo. Ele está dormindo, isso é algo bom. *Maman* fez um chá para ele.

Ela se sentou novamente com o bordado quando saímos do cômodo. Madame Daubreuil nos acompanhou escada abaixo. Desde que fiquei sabendo sobre o passado dela, olhava para essa mulher com crescente interesse. Ela manteve a cabeça baixa, com o mesmo sorriso leve e enigmático do qual eu me lembrava em seus lábios. E de repente senti medo dela, como sentiria medo de uma linda cobra venenosa.

— Espero que não a tenhamos perturbado, madame — disse Poirot educadamente, enquanto ela abria a porta para sairmos.

— De maneira alguma, *monsieur*.

— A propósito — disse Poirot, como se tivesse lembrado de algo naquele momento —, *monsieur* Stonor não está hoje em Merlinville, está?

Não entendi o motivo da pergunta, que eu bem sabia que não fazia sentido para Poirot.

Madame Daubreuil respondeu com bastante compostura:
— Não que eu saiba.
— Ele não falou com madame Renauld?
— Como eu iria saber disso, *monsieur*?
— É verdade — disse Poirot. — Pensei que a senhora pudesse tê-lo visto passando, isso é tudo. Boa noite, madame.
— Por que... — comecei.
— Sem porquês, Hastings. Explicarei mais tarde.

Voltamos para Cinderela e continuamos rapidamente para a Villa Geneviève. Poirot olhou para trás uma vez, para a janela iluminada e o perfil de Marthe que se inclinava sobre seu bordado.

— Ele está bem vigiado — murmurou.

Chegando à Villa Geneviève, Poirot se posicionou atrás de alguns arbustos à esquerda do caminho, onde, ao mesmo tempo em que desfrutávamos de uma boa vista, estávamos completamente escondidos. A própria Villa estava totalmente escura, todo mundo estava dormindo, sem dúvida. Estávamos quase bem debaixo da janela do quarto da sra. Renauld, cuja janela, notei, estava aberta. Pareceu-me que os olhos de Poirot estavam fixos naquele lugar.

— O que vamos fazer? — sussurrei.
— Observar.
— Mas...
— Não espero que nada aconteça por pelo menos uma hora, provavelmente duas horas, mas as...

Suas palavras foram interrompidas por um grito longo e fino:
— Socorro!

Uma luz se acendeu no quarto do primeiro andar, do lado direito da porta da frente. O grito veio de lá. E surgiu a sombra por trás da persiana de duas pessoas lutando.

— *Mille tonnerres!** — exclamou Poirot. — Ela deve ter mudado de quarto.

Disparando, ele bateu muito forte na porta da frente. Então, correndo para a árvore no canteiro, subiu nela com a agilidade de um gato. Eu o segui, enquanto ele alcançava, com um salto, a janela aberta. Olhando por cima do ombro, vi Dulcie alcançando o galho atrás de mim.

— Tome cuidado! — exclamei.

— Sua avó é que precisa tomar cuidado! — respondeu a garota. — Isso é brincadeira de criança para mim.

Poirot tinha atravessado o quarto vazio e estava batendo na porta.

— Trancada por fora — ele rosnou. — E levará tempo para derrubá-la.

Os gritos de ajuda estavam ficando visivelmente mais fracos. Vi desespero nos olhos de Poirot. Os dois juntos tentamos derrubar a porta com nossos ombros.

A voz de Cinderela, calma e impassível, veio da janela:

— Será tarde demais. Acho que sou a única que pode fazer algo.

Antes que eu pudesse detê-la, ela pareceu pular da janela para o espaço aberto. Corri e olhei para fora. Para meu horror, eu a vi pendurada pelas mãos no telhado, balançando-se na direção da janela iluminada.

— Meu Deus! Ela vai morrer! — gritei.

— Você se esqueceu? Ela é uma acrobata profissional, Hastings. Foi a providência que a fez insistir em vir conosco esta noite. Só rezo para que chegue a tempo. Ah!

---

* Por mil trovões. (N. T.)

Um grito de terror se espalhou pela noite quando a garota desapareceu pela janela, e então com a voz inconfundível de Cinderela escutamos as palavras:

— Não, você não vai! Peguei você e meus pulsos são de aço.

No mesmo momento, a porta da nossa prisão foi aberta com cautela por Françoise. Poirot afastou-a com pressa e correu pela passagem até onde as outras criadas estavam agrupadas em torno da porta do outro quarto.

— Está trancada por dentro, *monsieur*.

Escutaram um forte barulho de algo caindo. Depois de alguns momentos, a chave girou e a porta se abriu lentamente. Cinderela, muito pálida, nos deixou entrar.

— Ela está a salvo? — quis saber Poirot.

— Sim, cheguei bem a tempo. Ela estava exausta.

A senhora Renauld estava meio sentada, meio deitada na cama. Estava lutando para recuperar a respiração.

— Quase me estrangulou — ela murmurou dolorosamente.

A garota pegou algo do chão e entregou para Poirot. Era uma corda de seda, muito fina, mas bastante forte.

— Para a fuga — disse Poirot. — Pela janela, enquanto estivéssemos batendo na porta. Onde está... a outra?

A garota deu um passo para o lado e apontou. No chão, havia uma figura envolta em algum material escuro, cuja dobra escondia o rosto.

— Morta?

Ela assentiu.

— Acho que sim. Deve ter batido com a cabeça no mármore da lareira.

— Mas quem é? — perguntei, quase gritando.

— A assassina de Renauld, Hastings. E a quase assassina de madame Renauld.

Confuso e sem entender nada, ajoelhei-me e, levantando a dobra do pano, olhei para o belo rosto morto de Marthe Daubreuil!

28

Fim da jornada

Confundi lembranças dos eventos posteriores daquela noite. Poirot parecia surdo às minhas repetidas perguntas. Ele estava mais interessado em dar uma severa bronca em Françoise por não ter avisado que a sra. Renauld tinha mudado de quarto.

Eu o peguei pelo ombro, determinado a atrair sua atenção e me fazer ouvir.

— Mas você *deveria* saber — expus. — Você foi vê-la esta tarde.

Poirot se dignou a prestar atenção em mim por um breve momento.

— Ela foi levada em uma cadeira de rodas até o quarto do meio, o quarto de vestir dela — explicou ele.

— Mas, *monsieur*! — exclamou Françoise. — Madame mudou de quarto quase imediatamente após os crimes. As lembranças... eram muito angustiantes!

— Então por que não me disseram? — vociferou Poirot, golpeando a mesa com fúria. — Exijo saber, por que... não... fui... informado? Você é uma velha imbecil! E Léonie e Denise não são melhores. São três idiotas! A estupidez de vocês quase causou a morte de sua patroa. Se não fosse essa criança corajosa...

Ele parou de falar e, cruzando a sala até onde estava a garota encurvada conversando com a sra. Renauld, abraçou-a com fervor gaulês, causando-me uma certa irritação.

Fui despertado do meu nevoeiro mental por uma ordem brusca de Poirot para chamar o médico imediatamente para a sra. Renauld. Depois disso, poderia chamar a polícia. E ele acrescentou, aumentando minha indignação:

— Não valerá a pena que você volte aqui. Estarei ocupado demais para lhe dar atenção, e estou nomeando a *mademoiselle* aqui como *garde-malade*.*

Eu me retirei com toda a dignidade possível. Depois de fazer o que devia, voltei ao hotel. Não entendi quase nada do que havia ocorrido. Os eventos da noite pareciam fantásticos e impossíveis. Ninguém poderia responder minhas perguntas. Ninguém parecia ouvi-las. Com raiva, me joguei na cama e dormi o sono dos perplexos e totalmente exaustos.

Acordei, encontrei o sol entrando pelas janelas abertas e Poirot, limpo e sorridente, sentado ao lado da cama.

— *Enfin*, você acordou! Por isso você é um famoso dorminhoco, Hastings! Sabia que são quase onze horas?

Eu gemi e coloquei a mão na cabeça.

— Acho que estava sonhando — disse. — Você acredita que eu realmente sonhei que havíamos encontrado o corpo de Marthe Daubreuil no quarto da sra. Renauld e que você tinha afirmado que ela havia assassinado o sr. Renauld?

— Você não estava sonhando. Tudo isso é a pura verdade.

— Mas Bella Duveen matou o sr. Renauld?

---

* Enfermeira. (N. T.)

— Ah não, Hastings, não foi ela! Ela disse que matou, mas foi para salvar o homem que amava da guilhotina.

— O quê?

— Lembre-se da história de Jack Renauld. Os dois chegaram ao local no mesmo instante, e cada um presumiu que o outro tinha sido o autor do crime. A garota olha para ele horrorizada e com um grito se afasta. Mas, quando fica sabendo que ele tinha sido acusado pelo crime, não aguenta e se apresenta acusando-se para tentar salvá-lo da morte certa.

Poirot recostou-se na cadeira e juntou as pontas dos dedos como sempre fazia.

— Não estava muito satisfeito com o caso — observou ele, reflexivo. — O tempo todo, tinha a impressão de que estávamos lidando com um crime cometido a sangue frio e premeditado por alguém que tinha se contentado (muito habilmente) em usar os próprios planos de *monsieur* Renauld para enganar a polícia. O grande criminoso (como você deve se lembrar das minhas observações) é sempre muito simples.

Assenti.

— Agora, para comprovar essa teoria, o criminoso deve ter tido pleno conhecimento dos planos de *monsieur* Renauld. Isso nos leva à senhora Renauld. Mas os fatos não apoiavam qualquer teoria que mostrasse a culpa dela. Existe mais alguém que poderia conhecer esses planos? Sim. Dos próprios lábios de Marthe Daubreuil tivemos a admissão que ela ouviu a briga do sr. Renauld com o mendigo. Se ela conseguiu ouvir isso, não havia razão para não ter ouvido todo o resto, principalmente se o senhor e a madame Renauld tivessem sido imprudentes o suficiente e discutido seus planos sentados no banco. Lembre-se da facilidade com que você ouviu a conversa de Marthe com Jack Renauld naquele local.

— Mas qual teria sido o motivo para Marthe matar o sr. Renauld? — argumentei.

— Que motivo? Dinheiro! Renauld era multimilionário e, com a morte dele (ou pelo menos era o que ela e Jack acreditavam), metade daquela vasta fortuna passaria para o filho. Vamos reconstruir a cena do ponto de vista de Marthe Daubreuil. Ela ouve o que Renauld e a esposa discutem. Até agora, ele foi uma boa fonte de renda para a as duas Daubreuil, mas quer escapar das garras delas. A princípio, possivelmente, a ideia dela era impedir essa fuga. Mas começa a surgir uma ideia mais ousada e que não horroriza a filha de Jeanne Beroldy! Naquele momento, Renauld é algo que atrapalha seu casamento com Jack. Se este desafiar o pai, vai ficar pobre, o que não agrada nem um pouco *mademoiselle* Marthe. Na verdade, duvido que ela gostasse de Jack Renauld. Ela pode simular emoções, mas, na realidade, é tão fria e calculista quanto sua mãe. Também duvido que tenha realmente certeza de que o rapaz a ama. Ela o havia deslumbrado e cativado, mas se ele fosse afastado, como o pai dele poderia fazer facilmente, poderia perdê-lo. Mas com Renauld morto, e Jack herdeiro de metade da fortuna, o casamento poderia ocorrer logo e, com um só golpe, ela conseguiria ficar rica, sem precisar ficar implorando pelas esmolas que conseguiam tirar. E seu cérebro inteligente percebeu a simplicidade da coisa. Era tudo muito fácil. Renauld está planejando todas as circunstâncias de sua morte, ela só precisa intervir no momento certo e transformar a farsa em uma realidade sombria. E aqui surge o segundo ponto que me levou infalivelmente a Marthe Daubreuil: a faca! Jack

Renauld tinha feito *três* lembranças. Uma ele deu para a mãe, a outra para Bella Duveen, não era bastante provável que tivesse dado a terceira para Marthe Daubreuil?

— Então, para resumir, havia quatro pontos contra ela:

"1. Marthe Daubreuil poderia ter ouvido os planos de Renauld.

2. Marthe Daubreuil tinha um interesse direto na morte de Renauld.

3. Marthe Daubreuil era a filha da notória madame Beroldy que, na minha opinião, foi moral e efetivamente a assassina do marido, embora possa ter sido a mão de Georges Conneau que deu o golpe real.

4. Marthe Daubreuil era a única pessoa, além de Jack Renauld, que poderia ter a terceira faca em seu poder."

Poirot parou e pigarreou.

— Claro que, quando fiquei sabendo da existência da outra garota, Bella Duveen, percebi que era bem possível que *ela* tivesse matado Renauld. Não confiei muito nessa solução, porque, como lhe mostrei, Hastings, um especialista como eu gosta de encontrar um inimigo digno de sua inteligência. Ainda assim, é preciso resolver os crimes como eles ocorrem, não como gostaríamos que tivessem ocorrido. Não parecia muito provável que Bella Duveen andasse com uma faca de abrir cartas na mão, mas é claro que, o tempo todo, ela poderia ter tido a ideia de se vingar de Jack Renauld. Quando ela realmente se apresentou e confessou o assassinato, parecia que tudo tinha acabado. E ainda assim... eu não estava satisfeito, *mon ami. Eu não estava satisfeito...*

"Voltei a examinar minuciosamente o caso e cheguei à mesma conclusão de antes. Se *não* foi Bella Duveen, a única pessoa que poderia ter cometido o crime era Marthe Daubreuil. Mas eu não tinha nenhuma prova contra ela! E então você me mostrou a carta da *mademoiselle* Dulcie e vi uma chance de resolver o assunto de uma vez por todas. A faca original foi roubada por Dulcie Duveen e jogada no mar já que, como ela pensava, pertencia à irmã. Mas se, por acaso, ela *não* fosse a faca da irmã, mas a que Jack deu a Marthe Daubreuil? Então, a faca de Bella Duveen ainda estaria intacta! Não disse nada a você, Hastings (não era hora de romance), mas procurei *mademoiselle* Dulcie, contei tudo o que achava necessário e pedi que fizesse uma busca entre os pertences da irmã. Imagine minha alegria quando ela veio se encontrar (de acordo com minhas instruções) comigo usando o nome de senhorita Robinson, de posse da preciosa lembrança!

"Enquanto isso, tinha tomado medidas para forçar *mademoiselle* Marthe a se revelar. Por minhas ordens, madame Renauld renegou o filho e declarou sua intenção de fazer um testamento no dia seguinte que o impediria de receber ao menos uma parte da fortuna do pai. Foi um passo desesperado, mas necessário, e madame Renauld estava totalmente preparada para correr o risco, ainda que, infelizmente, ela também nunca tenha pensado em mencionar que tinha mudado de quarto. Suponho que achou que eu soubesse. Tudo aconteceu como pensei. Marthe Daubreuil fez uma última tentativa ousada de colocar as mãos nos milhões de Renauld e fracassou!"

— O que me deixa absolutamente confuso — falei —, é como ela entrou na casa sem que tenhamos visto. Parece um milagre completo. Nós a deixamos na Villa Marguerite, fomos direto para a Villa Geneviève, e ela, mesmo assim, chegou antes de nós!

— Ah, mas não a deixamos para trás. Ela saiu da Villa Marguerite pelos fundos enquanto conversávamos com a mãe no corredor. É aí que, como dizem, ela "passou a perna" em Hercule Poirot!

— Mas e a sombra por trás da persiana que vimos da estrada?

— *Eh bien,* quando olhamos para cima, madame Daubreuil tivera o tempo suficiente para subir as escadas e tomar o lugar dela.

— Madame Daubreuil?

— Sim. Uma é velha, a outra é jovem, uma é morena e a outra loira, mas, para uma silhueta em uma persiana, seus perfis são bastante semelhantes. Nem eu suspeitei, fui triplamente imbecil! Pensei que tinha muito tempo, que ela só tentaria entrar na Villa muito depois. Ela era inteligente, aquela linda *mademoiselle* Marthe.

— E o objetivo dela era matar a sra. Renauld?

— Era. Toda a fortuna ficaria para o filho. Mas teria sido suicídio, *mon ami!* No chão, junto ao corpo de Marthe Daubreuil, encontrei um pano, um pequeno frasco de clorofórmio e uma seringa hipodérmica contendo uma dose fatal de morfina. Entendeu? O clorofórmio primeiro, depois, quando a vítima estivesse inconsciente, a picada da agulha. De manhã, o cheiro do clorofórmio teria desaparecido e a seringa estaria onde teria caído da mão de madame Renauld. O que diria o excelente *monsieur* Hautet? "Coitada! O que eu disse? O choque por causa do filho foi demais, além de todo o resto! Não disse que não ficaria surpreso se o cérebro dela estivesse desequilibrado. No total, um caso muito trágico, o caso Renauld!"

"No entanto, Hastings, as coisas não correram como a *mademoiselle* Marthe havia planejado. Para começar, madame Renauld estava acordada e esperando por ela. Houve uma luta, mas madame Renauld ainda está muito fraca. Havia uma última chance para Marthe Daubreuil. O suicídio não funcionaria mais, mas, se ela pudessse silenciar madame Renauld com suas fortes mãos, escapar com sua pequena "escada" de corda de seda enquanto ainda estivéssemos tentando entrar pela porta, e voltar à Villa Marguerite antes de irmos para lá, seria difícil provar algo contra ela. Porém, ela foi vencida, não por Hercule Poirot, mas por *la petite acrobate* com seus pulsos de aço."

Fiquei pensando na história toda.

— Quando você começou a suspeitar de Marthe Daubreuil, Poirot? Quando ela nos contou que tinha ouvido a briga no jardim?

Poirot sorriu.

— Meu amigo, lembra-se de quando chegamos a Merlinville naquele primeiro dia? E da garota bonita que vimos parada no portão? Você me perguntou se eu tinha notado uma jovem deusa e eu respondi que tinha visto apenas uma garota de olhos ansiosos. Foi assim que pensei em Marthe Daubreuil desde o início. *A garota de olhos ansiosos!* Por que ela estava ansiosa? Não por Jack Renauld, pois ela não sabia que ele havia estado em Merlinville na noite anterior.

— A propósito, como está Jack Renauld? — perguntei.

— Muito melhor. Ele ainda está na Villa Marguerite. Mas madame Daubreuil desapareceu. A polícia está procurando por ela.

— Você acha que ela organizou tudo com a filha?

— Nunca vamos saber, a madame sabe guardar segredos. E duvido muito que a polícia a encontre.

— Jack Renauld foi... informado?

— Ainda não.

— Será um choque terrível para ele.

— Naturalmente. Mas, você sabe, Hastings, que duvido que ele estivesse realmente apaixonado? Até agora, vimos Bella Duveen como a mulher-fatal e Marthe Daubreuil como a garota que ele realmente amava. Mas acho que, se mudarmos a equação, podemos nos aproximar da verdade. Marthe Daubreuil era muito bonita. Ela se empenhou para seduzir Jack e conseguiu, mas lembre-se da estranha relutância dele em romper com a outra garota. E veja como ele estava disposto a morrer na guilhotina para não envolvê-la. Penso que, quando ele descobrir a verdade, ficará horrorizado, revoltado, e seu falso amor desaparecerá.

— E Giraud?

— Ele teve uma *crise* de nervos, aquele! Foi obrigado a voltar a Paris.

Nós dois sorrimos.

Poirot provou ser um verdadeiro profeta. Quando finalmente o médico declarou que Jack Renauld estava forte o suficiente para ouvir a verdade, foi Poirot quem contou. O choque foi realmente terrível. No entanto, Jack se recuperou melhor do que eu poderia imaginar. A devoção de sua mãe o ajudou a passar por aqueles dias difíceis. Mãe e filho eram inseparáveis agora.

Faltava mais uma revelação. Poirot havia contado à sra. Renauld que ele conhecia o segredo dela, e havia afirmado que Jack não deveria ficar sem saber o passado do pai.

— Nunca vale a pena esconder a verdade, madame! Seja corajosa e conte tudo para ele.

Com o coração pesado, a sra. Renauld concordou, e seu filho ficou sabendo que o pai que ele tanto amara era, na verdade, um fugitivo da justiça. Uma pergunta hesitante foi respondida por Poirot.

— Pode ficar tranquilo, *monsieur* Jack. Ninguém sabe de nada. Até onde me consta, não tenho a obrigação de contar à polícia nada disso. Durante todo o caso, eu estive trabalhando para seu pai, não para eles. Finalmente a justiça foi feita, mas ninguém precisa saber que ele e Georges Conneau eram a mesma pessoa.

Obviamente, havia vários pontos no caso que a polícia não conseguia entender, mas Poirot explicou as coisas de uma maneira tão plausível que todas as perguntas foram sendo gradativamente silenciadas.

Logo depois de voltarmos para Londres, notei uma pequena estátua de um cão de caça adornando a lareira de Poirot. Em resposta ao meu olhar inquisitivo, Poirot assentiu.

— *Mais oui!* Recebi meus quinhentos francos! Não é esplêndido? Eu o chamo de Giraud!

Alguns dias depois, Jack Renauld veio nos ver com uma expressão resoluta no rosto.

— *Monsieur* Poirot, vim me despedir. Vou para a América do Sul quase imediatamente. Meu pai tinha muitos negócios no continente e pretendo começar uma nova vida por lá.

— Vai sozinho, *monsieur* Jack?

— Minha mãe vem comigo, e vou manter Stonor como meu secretário. Ele gosta desses lugares distantes no mundo.

— Ninguém mais vai com o senhor?

Jack ficou corado.

— Está falando de...?

— Uma garota que o ama muito, que está disposta a dar a vida pelo senhor.

— Como poderia pedir isso a ela? — murmurou o rapaz. — Depois de tudo que aconteceu, como poderia ir até ela e... Ah, que tipo de história esfarrapada eu poderia contar?

— *Les femmes,* elas são geniais para criar explicações para histórias como essa.

— Sim, mas... eu fui um idiota completo.

— Todos nós fomos, uma vez ou outra — observou Poirot filosoficamente.

Mas Jack ficou muito sério.

— Há mais uma coisa. Sou filho do meu pai. Quem iria se casar comigo, sabendo disso?

— Você é filho do seu pai, está dizendo. Hastings aqui lhe dirá que acredito em hereditariedade...

— Bem, então...

— Espere. Conheço uma mulher, uma mulher corajosa e resistente, capaz de sentir um grande amor, e de fazer um supremo autossacrifício...

O rapaz levantou a cabeça. Os olhos dele se suavizaram.

— Minha mãe!

— Sim. Você é filho da sua mãe tanto quanto do seu pai. Então vá se encontrar com *mademoiselle* Bella. Conte tudo para ela. Não esconda nada e veja o que ela vai dizer!

Jack parecia hesitante.

— Vá falar com ela não mais como um rapaz, mas como um homem... um homem marcado pelo destino do Passado e pelo destino de Hoje, mas ansioso por uma vida nova e maravilhosa. Peça que faça parte disso com você. Pode não ter percebido, mas o amor que um sente pelo outro passou por uma prova de fogo e se saiu muito bem. Os dois estavam dispostos a dar suas vidas pelo outro.

* * *

E o que dizer do capitão Arthur Hastings, humilde cronista dessas páginas?

Há rumores de ter se juntado aos Renauld em uma fazenda do outro lado do oceano, mas para o final desta história prefiro voltar a uma manhã no jardim da Villa Geneviève.

— Não posso chamá-la de Bella — eu disse —, já que não é seu nome. E Dulcie parece tão pouco familiar. Então vai ficar sendo Cinderela. Cinderela se casou com o príncipe, você se lembra. Não sou nenhum príncipe, mas...

Ela me interrompeu.

— Cinderela o avisou, tenho certeza. Veja, ela não podia prometer que iria se transformar em uma princesa. Ela era apenas uma criada, no fim...

— É a vez do príncipe interromper — falei. — Sabe o que ele falou?

— Não? "Droga!" — disse o príncipe, e a beijou!

E passei das palavras à ação.

Este livro, composto na fonte Fairfield,
foi impresso em papel Lux Cream 60g/m² na AR Fernandez.
São Paulo, Brasil, julho de 2025.